Das unglaubliche Leben des
Piratenkapitäns El Shakkabowly

AF279534

Das unglaubliche Leben des Piratenkapitäns El Shakkabowly

-

Die Lehrjahre

von
Christian Corsa

Bibliografische Information der Deutschen Nationalbibliothek:
Die Deutsche Nationalbibliothek verzeichnet diese Publikation in der Deutschen Nationalbibliografie; detaillierte bibliografische Daten sind im Internet über dnb.dnb.de abrufbar.

ISBN: 9783756814893

Herstellung und Verlag:
BoD – Books on Demand, Norderstedt

Inhaltsverzeichnis

01 - Einleitung 10

02 - Der Tag meiner Geburt.................................14

03 - Die Hamidu Ben Ali-Gesamtschule..............19

04 - Der Praktiker..29

05 - Auf der Veranda..32

06 - Verknotet..46

07 - Das Fußballspiel..53

08 - Aufwachen mit Kater......................................70

09 - Frühstück und lernen......................................82

10 - Einladung zum Tanz..88

11 - Katergesellschaft...97

12 - Schnittlauch zum Frühstück 105

13 - Schiffstypen und ein neues Gericht.............113

14 - Eine Prüfung und ein Lied............................127

15 - Pferdemist und ein Musiker 144

16 - Ein richtiger Kampf.......................................164

17 - Sternenkunde und Weltmeere......................178

18 - die Verfolgungsjagd ist nicht zu Ende 190

19 - Kriegsrat 207

20 - Schlechte Nachrichten 216

21 - Vorbereitung auf das Finale 230

22 - Die Seeschlacht 236

23 - ein Schlusspunkt aus Stein 262

24 - Müßiggang und das süße Nichtstun 268

25 - Herausgeputzt 276

26 - Der Abschlussball 283

27 - Abschied 298

28 - Reise nach Hause 303

29 - Geburtstagsfeier 310

30 - Abreise 320

Danke

An dieser Stelle möchte ich mich ganz herzlich bei meinen beiden Korrekturleserinnen bedanken. Irgendwann werde ich, die Kommaregeln verstehen. Danke für Eure Geduld!

01 - Einleitung

Seit es Menschen gibt, erzählen wir uns Geschichten. Es gibt kurze und lange Geschichten, gute und schlechte, wahre und ausgedachte. Es gibt Märchen, Erzählungen, Fabeln, Berichte und Dramen, es gibt Geschichten für Kinder und welche für Erwachsene. Es gibt Geschichten als Prosa, als Lyrik und als Gedicht, manchmal werden sie sogar gesungen. Es gibt Geschichten, die keiner hören will, die aber dennoch erzählt werden müssen und es gibt ganz und gar unnötige Geschichten auf Gartenpartys.

Heute möchte ich mich einreihen, in die lange Liste der Geschichtenerzähler und von etwas erzählen, dass sich vor langer Zeit zugetragen hat.

Wie in allen guten Geschichten ist auch hier alles wahr. Jedes einzelne Wort wurde genauso gesagt und jedes Ereignis hat sich exakt so zugetragen. Alles andere drum herum, die unwichtigen Details und die nichtigen Kleinigkeiten sind natürlich ausgedacht. Denn wir wissen: Der Stoff, aus dem die großen Geschichten sind, wird durch Seemannsgarn zusammengehalten. Es ist der Mörtel zwischen den Steinen, der die Mauer hält, aber der Kern der Geschichte ist solide.

Vielleicht erkennt sich der eine oder andere Leser in den hier beschriebenen Personen wieder. Das kann natürlich passieren und lässt sich nicht verhindern. Solche eventuell auftretenden Ähnlichkeiten zu lebenden oder vielleicht auch schon verstorbenen

Personen sind genau so gewollt und keinesfalls Zufall. Sollte sich jemand durch meine Erzählung beleidigt fühlen, dann war das wohl meine Absicht. Und sollte jemand der Meinung sein, eine Person mit guten Eigenschaften in dieser Geschichte hätte Ähnlichkeiten mit ihm oder mit ihr, dann möchte ich an dieser Stelle klarstellen, dass ihr euch irrt.

Nennt mich Ismael. Denn so nannte mich meine Mutter am Tage meiner Geburt vor vielen, vielen Jahren. Jedoch kennen mich die wenigsten unter diesem Namen. Meine Freunde nennen mich El als Kurzform von Ismael. Ich wurde auch schon einmal „Herr Shakkabowly" genannt. Ganz selten wurde ich auch schon mal „Bärchen" genannt. Wenn meine Mutter ziemlich sauer auf mich war, dann rief sie mich mit meinem vollen Namen „Ismael Leopold Shakkabowly", und ich wusste, dass ich wirklich Mist gebaut hatte. Woher wissen Leute mit nur einem Vornamen eigentlich, wann ihre Mütter so richtig sauer sind?

Die meisten Menschen kennen mich aber unter dem Namen El Shakkabowly. Genauer gesagt: Captain El Shakkabowly, denn ich bin Piratenkapitän.

Unter Piraten, Seeleuten und in den Häfen dieser Welt bin ich eine ziemliche Berühmtheit. Das kann ich hier an dieser Stelle ohne falsche Eitelkeit mit ruhigem Gewissen von mir behaupten. Ich bin ein P-Promi, ein Piraten-V.I.P.

Ihr werdet meinen Namen nicht in eurem teuren Lexikon finden, das im Wohnzimmerschrank verstaubt. Und auch das Internet wird euch keine

Informationen geben. In meinem langen Leben habe ich viele spannende Geschichten erlebt, die es alle wert wären aufgeschrieben zu werden, jedoch bleiben wir Piraten lieber unerkannt, wir leben im Geheimen.

Klar, es gibt Informationen über Piraten, es gibt Geschichten und Filme, man kann Bücher kaufen oder sich Hörspiele anhören. Doch diese Geschichten sind alle ausgedacht. Es handelt sich um Märchen und Legenden, vieles ist rein fiktiv und noch mehr erlogen. Denkt ihr, es gab wirklich einen Piraten, der sich Schwarzbart nannte? So einen dämlichen Namen kann sich nur ein mindertalentierter Märchenonkel ausdenken. Und ihr denkt, dass Francis Drake ein echter Pirat gewesen sei? Ein Pirat, der im Namen der Königin segelt? Ja, ich weiß, wenn man es laut ausspricht, merkt man, wie albern diese Idee ist.

Echte Piraten kann man nicht sehen. Und nur echte Piraten kennen die echten Piraten-Geschichten.

Dies hier ist meine Geschichte.

02 - Der Tag meiner Geburt

Der Tag meiner Geburt war der 30. Februar. Damals gab es diesen Tag noch. Jeder Monat hatte 30 Tage. Das war viel einfacher und übersichtlicher. Und niemand musste umständlich an den Handknöcheln abzählen, ob der August jetzt 30 oder 31 Tage hat.

Mein Biograph wird später vielleicht einmal behaupten, dass es sich um eine wunderschöne Vollmond-Nacht handelte. Ein paar kleine Wölkchen trieben über das Firmament und eine laue Brise wehte durch die Nacht. Es war eine dieser Nächte, in der Verliebte eng umschlungen auf Bänken sitzen und sich eine gemeinsame Zukunft ausmalen. Irgendwann gehen ihnen die Worte aus und sie küssen sich, bis die Sonne wieder aufgeht.

Meiner Mutter war der Vollmond aber in dieser Nacht herzlich egal. Sie lag in ihrer Koje und verfluchte meinen Vater auf jede erdenkliche Art und Weise, während ich mit meinem Dickkopf meinen Weg nach draußen suchte. Tja, so eine Geburt ist halt kein Kindergeburtstag und einen ausgebildeten Anästhesisten, der eine erleichternde Spinalnarkose setzen konnte, den gab es auf unserem Schiff leider nicht. Also fungierte die Küchenhilfe als Hebamme und den Rest übernahm die Natur.

Mein Vater durfte nicht dabei sein, er wäre nur im Weg gewesen. Um die Spannung besser aushalten zu können, gönnte er sich den einen oder anderen Schluck Schnaps. Ich habe mir auf dem Weg nach draußen ein bisschen mehr Zeit gelassen, so dass mein alter Herr viel hochprozentigen Rum benötigte, um seine Nerven zu beruhigen. Immerhin konnte er den Mond zweimal sehen, nachdem er auch die letzte Flasche Schnaps an Bord geleert hatte. Weil das, was reingeschüttet wird, irgendwann wieder raus muss, folgte mein Vater dem Ruf der Natur. Er beschloss, dass es eine gute Idee wäre im hohen Bogen von der Achterreling in die Fluten zu pinkeln und dabei ein altes Seemannslied zu singen. Zeitgleich mit meinem ersten Schrei schlug eine Welle gegen den Bug und mein Vater verlor das Gleichgewicht. Hart schlug er mit dem Kopf auf die Planken. Er jammerte männlich, aber niemand kümmerte sich um ihn. Die Protagonisten des Abends waren meine Mutter und natürlich ich. Mein Vater trug eine dicke Beule, einen mächtigen Kater und ein Trauma meiner Geburt davon. Auch wenn es niemand bemerkte, hatte mein Vater in dieser Nacht das *Baby pinkeln lassen* erfunden.

In welchem Jahr ich genau geboren wurde, das weiß man heute leider nicht mehr genau. Mein Vater war zu betrunken, um es aufzuschreiben und meine Mutter hatte alle Hände mit mir zu tun. Sicher ist nur, dass dieser Tag schon sehr lange her ist. Wenn ich in den Keller nach unten gehe, um mir ein Feierabendbierchen zu gönnen, spüre ich jeden einzelnen Winter meines langen Lebens, auf jeder einzelnen Stufe in meinen Knien.

Auch wo ich geboren wurde, kann man heute gar nicht mehr so genau nachvollziehen. Ich wurde auf offener See geboren, irgendwo in der Südsee auf der *Grünen Orca,* dem Schiff meiner Eltern. Das war damals nicht unüblich unter Piraten, denn man war ja ständig unterwegs. Daher steht in meinem Ausweis unter Geburtsort jetzt „offene See".

Nun, Menschen sind keine Wassertiere und müssen am Ende ihre Wurzeln genau wie Bäume in Erde pflanzen. Deshalb hat jeder Seemann und jeder Pirat einen Heimathafen, in den er oder sie immer mal wieder zurückkehrt. Denn Heimat ist nicht der Ort, an dem man am meisten Zeit verbringt, sondern der Ort, an dem man Zuflucht findet, wo man sich sicher fühlt.

Bei meinen Eltern war das die schöne Hafenstadt Vineta, an der vorpommerschen Ostseeküste gelegen. Heute ist Vineta ein Sündenpfuhl, Kneipen und Spelunken in fast jedem Haus und nachts sollte man lieber auch Augen am Hinterkopf haben, wenn man durch die dunklen Gassen gehen möchte. Aber damals, in meiner Kindheit war es ein verträumtes kleines Örtchen, in dem meine Eltern ein gemütliches Apartment in Hafennähe besaßen.

Meistens waren wir allerdings unterwegs, weswegen ich meine ersten Lebensjahre auf einem Schiff verbrachte. Klar, dass mich das geprägt hat. Gerade in meiner Säuglingszeit gab es durchaus Vorteile, wie zum Beispiel, dass eine Wippe vollkommen unnötig war. Ich wurde von den Wellen und den Gezeiten in den Schlaf gewogen.

Fairerweise muss man aber sagen, dass es auch mindestens einen Nachteil gab, die prägenden ersten

Lebensmonate auf einem Schiff zu verbringen: Ich werde nämlich sehr leicht landkrank. Das ist jetzt nichts Schlimmes, und ich möchte mein Schicksal nicht als dramatisch darstellen, aber wenn der Boden unter meinen Füßen nicht schwankt, wird mir manchmal schlecht. Es passiert, dass ich nachts wach werde, wenn ich an Land schlafe, und mir speiübel ist. Dann drehe ich mich im Kreis bis mir schwindelig wird, so vergeht die Übelkeit und ich kann mich wieder hinlegen. Oder ich weiche in eine Hängematte aus.

Die schwankt nicht ganz so schön wie eine Kajüte, aber es ist besser als gar nichts. Auf einem Boot ist mir noch nie schlecht geworden, da schlafe ich wie ein Baby. Lustig ist ja, dass viele Landratten dieses Sprichwort verwenden „schlafen wie ein Baby". Dabei haben Babys an Land doch einen eher unruhigen Schlaf. Junge Mütter von landgeborenen Kleinkindern berichteten mir, sie müssen drei, vier Mal die Nacht aufstehen, weil ihr Kind weine. Das stelle ich mir echt anstrengend und kräftezehrend vor. Auf Dauer ist man da ja total müde!

Aber auf einem schwankenden Boot schlafen Babys, so wie man es im Sprichwort meint. Sie schlafen tief und fest und die ganze Nacht durch. Ist ja auch klar, denn wachsen und lernen braucht viel Energie. Da muss man auch viel schlafen. Und die Eltern schlafen auch viel, denn auch Eltern sein braucht viel Energie.

Später war dieses permanente Schwanken auf einem Schiff auch hin und wieder hinderlich. Beim

Laufen lernen zum Beispiel. Wenn man ganz genau hinsieht, habe ich noch immer eine kleine Narbe über meinem rechten Auge. Was soll ich sagen? Schiffsplanken sind ziemlich hart.

Aber auch für meine Eltern war die Bewegung des Schiffes nicht immer einfach. Habt ihr schon mal gesehen, wie der Esstisch, die Küche und einfach alles aussieht, wenn ein Einjähriger Spinat isst? Die Antwort lautet: Grün. Und wenn das Kind, dessen Mund man versucht zu treffen, sich im Takt der Wellen bewegt, dann trifft man halt auch nicht besser. Am Ende ist einfach alles noch ein bisschen mehr grün.

Falls ihr euch gefragt habt, warum unser Schiff die *Grüne Orca* heißt, das ist nicht der Grund.

03 - Die Hamidu Ben Ali-Gesamtschule

Ich hatte eine schöne und unbeschwerte Kindheit an Bord des Schiffes meiner Eltern. Wohl behütet und ohne Sorgen war es die gute alte Zeit, in der alles besser war. Meine ersten Jahre auf der *Grünen Orca* waren geprägt von Harmonie und Liebe. Meine Eltern wollten immer das Beste für mich. Natürlich behaupten das alle Eltern von sich, aber meine Eltern setzten ihre guten Vorsätze auch in Taten um.

Irgendwann kam jedoch der Zeitpunkt, als klar wurde, dass der limitierte Auslauf auf einem Piratenschiff für einen Heranwachsenden zu eng wurde. Man kann auf einem Schiff viel erleben, aber es kommt der Tag, an dem man einen Schritt nach draußen machen muss. Wenn man in einem kleinen Dorf aufwächst, folgt irgendwann der Schritt zur weiterführenden Schule ein Dorf weiter. In einer Reihenhaussiedlung ist das der Schritt in den nächsten Stadtteil. Aber auf einem Piratenschiff würde dieser Schritt ins salzige Wasser führen.

Meine Eltern machten sich viele Gedanken, wie mein Weg weitergehen sollte. Es war ihnen wichtig, dass ich das Piratenhandwerk ordnungsgemäß an einer ernstzunehmenden, qualifizierten Schule studiere. Sie wollten nicht, dass ich lediglich durch Zuschauen bei ihnen zum Freibeuter werden würde. Eine klassische Ausbildung an einer renommierten Schule sollte der nächste Schritt sein. Und vielleicht würde ich auf dem Festland auch endlich Fahrradfahren lernen.

Also verbrachte ich meine Schulzeit in einem Internat auf dem Festland. Piratenkinder kommen auf Internate, das ist nun mal so. Weder ist ein Piratenschiff auf Kaperfahrt ein geeigneter Ort für ein Kleinkind, noch kann man einen pubertierenden Teenager auf hoher See gebrauchen. Deshalb gab es Internate, die sich auf die Aufbewahrung von Freibeutersprösslingen und auf die Piratenausbildung spezialisiert hatten.

In Beirut gab es die weltweit beste Piratenschule, die berühmte Hamidu Ben Ali-Gesamtschule für Piraten, Freibeuter und Korsaren, eine der renommiertesten Schulen für das Piratenhandwerk der damaligen Zeit. Hier konnte man alles lernen, was man im Piratenleben braucht. Dazu gehören nicht nur Schifffahrtskunde und Steuermannskunst, sondern auch kämpferische Fähigkeiten wie das Fechten mit dem Krummsäbel oder der Nahkampf mit den bloßen Händen. Und natürlich auch Taschendiebstahl, Betrug, Falschspiel, aber auch Betriebswirtschaftslehre, Mathematik und verschiedene Sprachen. Also alles, was man als kleiner oder auch größerer Gauner so braucht, um erfolgreich durchs Leben zu kommen.

Wie gesagt, meine Eltern wollten nur das Beste für mich, also schickten sie mich nach Beirut auf die beste Schule. So war das Gewissen meiner Eltern beruhigt, außerdem war Beirut weit weg und meine Eltern mochten den Gedanken wieder Ruhe an Bord zu haben.

Die Ausbildung zum aggressiven Handlungsreisenden mit besitzergreifender Tendenz (so der offizielle Name der Piraten-Ausbildung) dauerte in der Regel 12 Jahre. Wenn alles gut lief, wurde man mit ungefähr 18 Jahren auf die Welt losgelassen. Bis dahin hatte man Fächer wie Kanonenschießen, Schiffstypen, Fechten, nautische Navigation, Fingerhakeln oder Trickdiebstahl studiert.

Es wurden natürlich verschiedene Vertiefungsrichtungen angeboten. Man konnte zum Beispiel Spezialist zur unbemerkten Änderung von Besitzverhältnissen werden oder Weltenbummler mit planmäßig-koordinierter Zielankunft. Für alle, die lieber in der Hafenkneipe blieben, bot sich Kartenspieler mit übersteigertem Glücksverhältnis an.

Ich konzentrierte mich auf klassische Werte und wählte die Vertiefungsrichtung Nautischer Weltreisender, bei gelegentlicher Umverteilung von Kapital und Sachgütern.

Zu meiner Zeit wurde die Schule von Professor Dr. Harry Albus Tributum geleitet. Ein großer, schlanker Mann mit einem langen, grauen Rauschebart, der seine Position streng und unfair auslegte. Seine hagere Statur hüllte er gerne in einen langen Umhang, der mit einer Sonne, einem Mond und jeder Menge Sterne bestickt war. Eigentlich sah er eher aus wie ein Zauberer aus einem Klischee-Roman und hinter vorgehaltener Hand zweifelten wir Schüler seine Kompetenz als Pirat an. Wir hatte keine Ahnung, was ihn qualifiziert hatte ein Piratenlehrer zu sein. Und er war sogar Piratenschuldirektor! Allerdings traute sich niemand laut seine Autorität anzuzweifeln, weil Professor Tributum Strafen verteilte, wie die Jecken Kamellen im Düsseldorfer Karneval.

Nun ist es allgemein bekannt, dass kein Jugendlicher es gerne sieht, wenn der Lehrer einen besonderen Fokus auf einen armen Schüler gelegt hat. Als Schüler versucht man unter dem Radar zu fliegen und möglichst wenig aufzufallen. Denn wenn der Lehrer jemanden auf dem Kieker hat, ist das Schülerleben nicht mehr so unbeschwert. Unauffällig bleiben ist die Devise und das Ziel.

Ich habe es nicht hinbekommen unauffällig zu bleiben. Leider. Professor Tributum hatte es auf mich abgesehen. Vielleicht mochte er mich sogar und hoffte mich ändern zu können. Aber falls er mich wirklich mochte, dann zeigte sich seine Zuneigung in extra schweren Aufgaben und Bestrafungen für jegliche Kleinigkeit und Nichtigkeit.

Einmal warf ich eine Klapperschlange durch das offene Fenster des Lehrerzimmers. Heute weiß ich nicht mehr, wie ich auf diese Idee gekommen bin. Ein Spaßverderber würde vielleicht sagen, dass sei total gefährlich gewesen und mein Verhalten war unverantwortlich und kindisch. Dem widerspreche ich aber resolut! Erstens muss man bedenken, dass an einer Piratenschule der Lehrkörper eine gewisse

Abenteuererfahrung vorweisen kann und sich mit der Abwehr von tödlich-giftigen Schlagen auskennen sollte. Außerdem handelte es sich um ein ziemlich altes Exemplar. Eine Art Opa-Klapperschlange in Killer-Rente. Also allerhöchstens noch so gefährlich wie eine Brasilianische Wanderspinne mit fünf Beinen oder eine Tiger-Schlange, die nur noch einen Giftzahn hat. Mich persönlich würde so ein Exemplar unter meinem Bett nicht einmal vom Schlafen abhalten. Da empfinde ich eine aggressive Stechmücke in meinem Schlafgemach als lästiger.

Zur Ehrrettung des werten Kollegiums der Hamidu Ben Ali-Gesamtschule für Piraten, Freibeuter und Korsaren muss ich eingestehen, dass der Überraschungseffekt eine gewisse überrumpelnde Wirkung haben kann.

Also flog mein Rentner-Reptil durch das geöffnete Fenster und landete ausgerechnet auf der Zeitung, die Frau Winkebaum gerade lesen wollte. Ausgerechnet Frau Winkebaum, die junge Referendarin, die in den Fächern historische Entwicklung der Segelschiffe in Europa und Handelskunde ihren Abschluss machen wollte. Die junge Frau hatte leider nun gar keine Abenteuererfahrung und hätte sich wahrscheinlich sogar schon vor dem Bild einer Giftschlange erschrocken. Mit anderen Worten: Mein Wurf war ein Volltreffer.

Das Kreischen der Lehrerinnen und das Fluchen der Lehrer war ein Riesenspaß. Ich lernte ein paar neue Schimpfworte und Kraftausdrücke, die mir heute noch beim kräftigen Fluchen zugutekommen.

Ich lag draußen vor dem Fenster und schüttete mich aus vor Lachen. Der Tumult im Lehrerzimmer war einfach zu köstlich. Es war ja nur ein Dummejungenstreich, es wurde schließlich niemand verletzt. Also niemand Wichtiges und Frau Winkebaum konnte nach dem Biss in ihre Wade auch bald wieder fast so laufen wie vorher. Dass sie seit dem Vorfall ein bisschen hinkte, konnte man fast nicht sehen. Und den Spitznamen Frau Hinkebein gab es bestimmt schon früher.

Wie das mit Streichen nun mal leider so ist, wurde ich erwischt. Ich saß noch vor dem Fenster und wischte mir die Tränen aus dem Augenwinkel, als sich die Sonne verdunkelte und Professor Tributum vor mir stand. Er teilte meine Erheiterung nicht ganz so, wie ich es mir gewünscht hätte, sondern ganz genau so weit, wie es zu erwarten war.

„Ismael Shakkawobly! Das war ja klar! Wer sonst wäre zu solch einer sinnfreien und böswilligen Handlung in der Lage gewesen!"

Ich hatte das Gefühl hier nicht unbedingt eine Antwort geben zu müssen und schwieg lieber, obwohl mir die verbale Abwertung meiner Leistung zutiefst zuwider ging.

Er packte mich am Ohr und zerrte mich hinter sich her. Endstation der schmerzhaften Reise war sein Büro, in dem er mich ziemlich grob auf einen Stuhl vor seinem Schreibtisch schubste. Er setzte sich auf die andere Seite des Schreibtisches, faltete die Hände und schüttelte den Kopf.

„Was sollen wir nur mit Dir machen?"

Sein altes Gesicht lag in Falten und seine eisblauen Augen schauten mich traurig an.

Ich fühlte mich, als hätte ich ein Déjà-vu und dem Professor ging es wohl ähnlich.

„Obwohl deine Noten nicht gerade hervorragend sind, zeigst du doch durchaus Talent für das hier in unserem Hause weitergegebene Wissen. Aber dann immer wieder diese Kindereien…". Er seufzte und schüttelte erneut den Kopf. Dann holte er tief Luft und begann von vorne: „Wie oft hast Du schon hier gesessen? Wie oft willst du denn noch Mist anstellen?" Seine Stimme klang jetzt weniger wütend, sondern eher resigniert.

Er wartete nicht auf meine Antwort und ich hätte ihm auch keine passende liefern können.

„Wir sehen uns heute Nachmittag zum Enterhaken polieren."

„Och nee! Herr Professor, bitte!" Ich brachte mein Verteidigungsplädoyer durchdacht und eloquent vor. Dennoch ließ sich der Professor nicht erweichen.

„Ganz genau. Und zwar eine Woche lang. Wir sehen uns heute Nachmittag um 16 Uhr am Lager. Ende der Diskussion und jetzt mach, dass du raus kommst."

Kleinlaut, wie ein geprügelter Hund, verließ ich sein Büro. Diese Termine im Büro des Rektors nahmen langsam Überhand und die Bestrafungen begannen mich zu nerven. Ich sagte zu mir, dass so etwas nicht mehr vorkommen durfte. Ich wollte mich bessern!

Ein anderes Mal habe ich eine selbstgebaute Stinkbombe im Klassenzimmer gezündet, um die Klausur in Freibeutergeschichte bei Herrn Pabulum zu sabotieren, für die ich leider vergessen hatte zu lernen. Zugegebenermaßen keine sonderlich clevere Idee. Es hat gestunken, als sei ein Stinktier bereits vor Wochen hinter dem Schrank verendet. Ein Stinktier mit Knoblauchfahne und Blähungen, das zu allem Überfluss in Hundekot getreten war. Im Stinkbombenbau hatte ich durchaus Talent.

Mein Mitschüler Sören Blauzahn fiel in Ohnmacht und Katharina von Habsburg weinte still. An ein konzentriertes Arbeiten im Klassenraum war nicht mehr zu denken. Ich war mir sicher mein Ziel erreicht zu haben, kein vernunftbegabtes Wesen würde uns Schüler eine Klassenarbeit unter solchen Umständen schreiben lassen. Mit einem selbstsicheren Grinsen saß ich an meinem Platz und wartete darauf, dass wir nach Hause gehen konnten.

Dummerweise erscheint dem gewöhnlichen Schüler so manches Handeln des Lehrkörpers als weitestgehend von sinnhafter Urteilskraft befreit. Hausaufgaben über das lange Wochenende gehören dazu oder unangekündigte Tests. Und auch die Entscheidung von Herrn Pabulum die Klassenarbeit trotz des Gestanks schreiben zu lassen, stieß bei uns Schülern auf Unverständnis. Mein Grinsen fiel mir aus dem Gesicht, als mir klar wurde, dass ich die Klausur in Freibeutergeschichte wirklich würde schreiben müssen. Und zwar in diesem stinkenden Klassenzimmer, zusammen mit meiner Klasse, die in diesem Moment nicht gut auf mich zu sprechen war.

Herrn Pabulum ließ sich auch durch unser Gejammer nicht mehr umstimmen. Er murmelte nur „selber schuld", zuckte mit den Achseln und teilte die Arbeitsblätter aus. Dabei trug er eine Wäscheklammer auf der Nase und platzierte sich zur Überwachung der Arbeit, strategisch geschickt am gekippten Fenster.

Es war so etwas wie das duale System meiner Schulzeit. Ich dachte mir Unsinn und Schabernack aus, die Antwort des Lehrkörpers waren Strafarbeiten und Nachsitzen. Gerne unter persönlicher Aufsicht von Professor Dr. Harry Albus Tributum. Diese Nachmittage voller Strafarbeit, unter den strengen Augen dieses alten Griesgrams, entpuppten sich, wenn ich heute darüber nachdenke, eher als Nachhilfe oder als Sonderunterricht.

Der Professor hatte mein Piraten-Potenzial früh erkannt und wollte mich fördern. Damals war mir das natürlich noch nicht klar. Zu sehr war ich von der ungerechten Bestrafung genervt. Aber Tributum verstand das Nachsitzen als persönlich durchgeführte Förderung. Vielleicht verbrachte er auch einfach nur gerne Zeit mit mir.

Auch heute halte ich diese Art der Sonderbehandlung noch für unorthodox. Bestrafung um Zuneigung auszudrücken? Aber der Professor war halt in erster Linie Pirat und nur in zweiter Linie Pädagoge. Und er hatte nun mal den Wunsch mich an seinem Wissen Teil haben zu lassen. Egal ob ich wollte oder nicht.

Während ich also die Enterhaken polierte oder die Taue aufrollte, redete und redete er mit seiner monotonen Stimme, verlor sich in seinen eigenen Gedanken und Erzählungen. Er erzählte Seemannsgarn, wahre Anekdoten und so manche Weisheit aus seinem reichlich vorhandenen Piratenfachwissen. Auseinander halten konnte ich nicht, was wertvolles Fachwissen und was nostalgisches Geplapper war. Wirklich zuhören wollte ich ja eh nicht.

Kennt ihr dieses Konzept, bei dem man sich nachts, während man schläft, Tonbänder mit Vokabeln anhört, damit man unterbewusst eine neue Sprache lernt? Genau so war das auch in meinem Fall. Unterbewusst hörte ich ihm zu, saugte den Stoff auf und konnte später in Seegefechten oder während eines schlimmen Unwetters auf hoher See darauf zurück greifen. Das war mir zu dieser Zeit aber natürlich nicht klar. In diesem Moment war ich ein patziger Schuljunge, der sich ungerecht behandelt fühlte. Selbst wenn mir aufgefallen wäre, dass mir unbewusst Piratenfachwissen eingetrichtert wurde, hätte ich nie zugegeben, dass Nachhilfe sinnvoll war.

Man könnte sagen, der Professor und ich, wir hegten eine gesunde Lehrer-Schüler Hassliebe.

04 - Der Praktiker

Ich schaue auf ein langes und erfülltes Leben zurück. Viele, viele Jahre treibe ich mich nun auf dieser schönen Welt herum und durfte unfassbar viele unglaubliche Abenteuer erleben. Wie viele Jahre es genau sind, kann ich leider nicht sagen. Weder machten sich meine Eltern die Mühe, mein Geburtsjahr zu notieren, noch war ich in der Lage, all die Jahre zu zählen. So kommt es, dass ich im nächsten Jahr meinen 129. Geburtstag feiern werde. Genau wie in diesem Jahr und in dem Jahr davor. Ich weigere mich 130 Jahre alt zu werden, weil das so klingt, als sei ich schon sehr alt.

In meinem langen Leben gab es natürlich Zeiten, die ich am liebsten schnell wieder vergessen hätte. Aber es gab auch Momente, an die ich mich gerne erinnere, wenn ich abends im Bett liege, kurz bevor ich einschlafe.

Es gab Hochs und Tiefs und viel in der Mitte. Meine Schulzeit hatte von all dem etwas. Es gab großartige Momente und nicht so schöne Situationen.

Aber das wahrscheinlich bemerkenswerteste Jahr meiner Schulzeit war unser Abschlussjahr. Hier kam alles zusammen, sodass es zeitgleich das schönste, aber auch das schlimmste Jahr meiner Schulzeit wurde.

Vielleicht klingt das paradox, denn es war ein durchaus stressiges Jahr. All die Prüfungen und Tests, die Hausarbeiten und die Referate. Wir mussten schriftliche Aufgaben bearbeiten, die zu allem Überfluss noch benotet wurden. Viel lieber waren mir da die praktischen Prüfungen. Ich war schon immer eher ein Macher als ein Denker, eher ein Praktiker als ein Theoretiker. Das Auswendiglernen von Fakten war für mich so etwas wie eine Bestrafung. Daten in meinen Kopf zu hämmern, um sie später hervorzuholen, widerstrebte mir zutiefst. Und die Ergebnisse waren auch meist nur so mittelmäßig. Jedoch konnte ich immer, wenn es darum ging etwas vorzumachen, wieder punkten.

Wenn der Fechtlehrer fragte, wie denn eine bestimmte Finte oder ein besonderer Schlag genannt wurde, dann zuckte ich mit den Schultern. Die Finte und den Schlag vormachen, das war dann gar kein Problem. Wenn ich mit Hilfe höherer Buchhaltung ausrechnen musste, wie viel Beute eine Kaperfahrt eingebracht hatte, dann stand ich auf dem Schlauch. Wenn ich allerdings die Kiste mit dem Gold sah, konnte ich ziemlich genau schätzen, was der Inhalt wert war.

Pragmatische Denkweise und praktische Veranlagung helfen natürlich, wenn Dinge gemacht werden müssen. Ich kremple die Ärmel meines Hemdes hoch und los geht's. Auch wenn es meistens gut geht, habe ich häufig keine Ahnung, warum. Dann ist es gut, dass ich eine Mannschaft habe, die andere Dinge gut kann als ich. Ein Team gleicht sich eben aus. Das weiß jeder Fußballtrainer, jeder gute Manager und eben jeder Piratenkapitän.

Das letzte Schuljahr war eine ziemliche Achterbahnfahrt. Da waren auf der einen Seite die stressigen Prüfungen, die naturgemäß manchmal auch zu Enttäuschungen führten, aber es gab auf der anderen Seite auch viele schöne Erlebnisse, die mich mit meinen Freunden zusammengeschweißt haben.

In diesem letzten Schuljahr kam so viel zusammen. Wir waren noch halb Kinder, aber doch schon fast erwachsen. Das Leben und die Schule stellten uns große Aufgaben, allerdings hatten wir genug Energie diese anzugehen. Die große Verantwortung, die mit den Abschlussprüfungen einherging, war uns schlicht nicht bewusst. Uns war auch nicht wirklich klar, dass nach der Schulzeit der Ernst des Lebens erst beginnen würde und dass mit der letzten Prüfung der eigentlich unbeschwerte Teil des Lebens enden würde. Zum Glück.

Ich kenne viele Menschen auf der ganzen Welt und einige davon zähle ich zu meinen Freunden. Aber an der Schule habe ich einige meiner besten Freunde kennengelernt. Und die Ereignisse im letzten Schuljahr haben gezeigt, wer meine wirklichen Freunde waren und auf wen ich mich besser nicht verlassen sollte.

Außerdem war das Wetter meistens gut.

05 - Auf der Veranda

Die Hamidu Ben Ali-Gesamtschule für Piraten, Freibeuter und Korsaren, auf die mich meine Eltern schickten, war in Beirut. Für alle die, die in Geografie nicht so gut aufgepasst haben, Beirut liegt im heutigen Libanon. Wie es dazu kam, dass solch ein renommiertes Internat für die Freibeuterkunst genau dort entstand, das weiß ich auch nicht. Aber es gibt durchaus einige gute Gründe dafür, auch wenn sie nicht ganz so offensichtlich sind.

Wenn man heutzutage etwas über Piraten liest, dann ist oft von der Karibik die Rede. Deshalb wäre Port-au-Prince vielleicht naheliegender gewesen. Oder auf der anderen Seite der Welt, in Shanghai, hätte ich es auch erwartet, schon allein wegen des großen Hafens.

Richtig ist, dass beide Städte gar nicht so viel mit dem echten Piratenleben zu tun hatten. Port-au-Prince hat mit Freibeutern so viel zu tun, wie das Schloss im Disney Land mit einem echten Königsschloss. Mehr Schein als Sein, mehr Glitzer als echtes Leben. Und in Shanghai? Für die Handelsmarine war der Chang-Jiang-Hafen schon immer wichtig. Handelsschiffe bringen Geld und somit kommen auch schnell Piraten dazu. Aber wäre deshalb Shanghai ein bedeutender Stützpunkt für Piraten? Nein, denn Bankräuber wohnen ja auch nicht in einem Geldinstitut.

Beide Städte hatten ihre Rolle in der Welt der Korsaren und Freibeuter, aber der Nabel der Piratenwelt war damals Beirut.

Warum ausgerechnet Beirut und nicht eine x-beliebige andere Stadt am Mittelmeer? Wie so etwas passiert, weiß am Ende meistens keiner mehr. Oder kann mir jemand sagen, warum Paris die Stadt der Liebe genannt wird? Ich könnte wetten, dass sich auch in anderen Städten Menschen verlieben. Und wieso ausgerechnet Brügge sehen und sterben? Ich war schon mal in Brügge und mir geht es immer noch gut.

Mit Sicherheit hat das warme Wetter sich positiv auf den Standort Beirut ausgewirkt. Piraten mögen es, wenn es warm ist. Besonders bevorzugen schlechte Piraten und solche, die noch in der Ausbildung sind, das warme Wetter. Denn sie fallen hin und wieder mal ins Wasser und das ist angenehmer, wenn das Wasser nicht gefroren ist. Ich spreche hier aus Erfahrung.

Im und am Mittelmeer war schon immer viel los, was Piraten angeht. Florierende Handelsrouten wollten geplündert und aufstrebende Händler ausgeraubt werden. Ein ziemlicher Star unter den Mittelmeer-Piraten war Hamidu Ben Ali. Alle angehenden Piraten kannten seine Geschichte. Vom Schiffsjungen zum Kapitän und Befehlshaber einer Piratenflotte. Er war mutig, gerissen und erfolgreich. Außerdem sah er umwerfend aus. Ein echter Poster-Boy mit einer Bilderbuchkarriere.

Eben dieser Hamidu Ben Ali verbrachte eine Zeit in Beirut im Exil und gründete dort eine Ausbildungswerkstatt für junge Piraten. Sein Ziel war es, junge talentierte Piraten früh an seine Flotte zu binden, um nicht gestandene Seeleute anheuern zu müssen, die meist sehr teuer waren. Seine Schule nannte er zunächst *La Masia* nach dem Bauernhaus, in dem die Lehrräume entstanden. Später wurde dann daraus die ehrwürdige Gesamtschule für Piraten, Freibeuter und Korsaren, das Internat, auf dem ich meine vielleicht besten Jahre verbrachte.

Der Gebäudekomplex des Pirateninternats bestand aus einem Bereich mit Klassenzimmern, Studiensälen und Lernräumen, sowie einem Wohnbereich. Dieser war wiederum unterteilt in Wohngebäude für die Jungen, die Mädchen und einem Haus für die Lehrer. Außerdem gab es einen Bau mit der Küche und dem großen Speisesaal.

Unsere Wohnhäuser waren einfache Baracken mit nur dem nötigsten Komfort. Aber immerhin hatte jeder Schüler seine eigene kleine Kammer, das eigene kleine Reich. Die Unterkunft der Lehrkräfte stand etwas abseits und sah schon von außen luxuriöser aus, als unsere Zimmer.

Die Wohnhäuser der Schüler waren in einem weiten Rund um einen großzügigen Innenhof angeordnet. Alte Bäume spendeten Schatten oder fungierten als Pfosten für Fußballtore. Die Wiese lud zum Liegen und Studieren ein oder einfach zum Schlafen. Vor jeder Schülerunterkunft gab es eine halboffene Holz-Veranda. Dort spielte sich das eigentliche Leben ab.

Wie gesagt, konnte es in Beirut wirklich warm sein. Tagsüber war es im Sommer oft zu heiß, um vor die Tür zu gehen. Erst in den Abendstunden, wenn die Hitze erträglicher wurde, erwachte wieder das Leben.

Häufig trafen wir uns auf einer Veranda vor einem der Wohnhäuser im Innenhof. Dort standen ein paar alte Gartenstühle und es gab auch eine Hollywood-schaukel. Wer zuerst kam, hatte Glück und konnte bequem sitzen. Alle anderen saßen einfach auf den Stufen oder im Gras. Es wurde gelernt, geredet und gealbert.

So war es auch an diesem lauen Sommerabend, während diesem schicksalhaften Abschlussjahres. Mit einigen Klassenkameraden saß ich auf der Veranda vor einem Wohnheim. Es war wieder einer dieser drückend heißen Tage gewesen. Doch jetzt in der Abendsonne war es angenehm und ein leichter Wind sorgte für kühle Erfrischung.

Halb liegend machte ich mich auf einem alten Korbstuhl breit. Auf meinem Bauch lag ein dickes Buch, aufgeschlagen, aber mit dem Gesicht nach unten.

Vor mir auf den Stufen, die hinab zum Innenhof führten, saßen zwei meiner besten Freunde. Es waren Michel und Ültje, die sich gegenseitig zum Thema Meteorologie abfragten. Für einen Seefahrer gehört es zum kleinen Einmaleins das Wetter deuten zu können. Fundamentale Kenntnisse der meteorologischen

Zusammenhänge waren das A und O des nautischen Gewerbes. Aus dem Flug einer Möwe, aus dem Glitzern des Wassers oder aus dem Sprung eines großen Tümmlers sollte man Rückschlüsse ziehen können, um auf hoher See sein eigenes Überleben und das seiner Crew zu sichern. Als Pirat befindet man sich relativ häufig in der Situation, dass man möglichst schnell mit dem Schiff vorankommen muss. Entweder um die potenzielle Beute einzuholen oder um einem feindlichen Piratenboot zu entkommen und nicht selbst zur Beute zu werden. Das bevorzugte Fortbewegungsmittel eines Piraten ist nun mal das Segelschiff und auf einem solchen ist man von den Naturgewalten abhängig. Wind, Strömung und Wellengang sollte man zu deuten wissen, um sich einen Vorteil zu verschaffen. Und wenn man als Pirat in eine Flaute gerät, ist das schlicht und einfach geschäftsschädigend und sollte daher vermieden werden.

Genau das war das Thema der beiden und sie gaben sich alle Mühe, sich das notwendige Wissen gegenseitig einzutrichtern.

Michel hatte ein dickes Buch in der Hand und fragte: „Wenn ein lauer Wind von West auf Süd-Ost dreht und die Wolken sich von fluffig zu cremig ändern, wie wird sich die Strömung des Wassers verhalten?" Sein Finger glitt über die Zeilen auf der Seite. Dann hob er den Kopf und sah Ültje fragend an.

Müde hörte ich mir die Frage an und dachte, was ein Glück, dass er mich das jetzt nicht fragt. Ich war ein bisschen neugierig, wie Ültjes Antwort lauten würde.

Michel Müller war groß wie ein Baum und genauso friedlich. Seine Haut war schwarz wie eine sternenlose Nacht in der Wüste und seine Augen glänzten wie Diamanten. Ungerechtigkeit konnte er einfach nicht ausstehen und so konnte es vorkommen, dass jemand, der sich in der Schulkantine vordrängelte, ein blaues Auge bekam. Das war nicht immer verhältnismäßig, aber „Gerechtigkeit ist ein hohes Gut", pflegte er zu sagen. Allerdings wurde er nie laut. Normalerweise war er die Ruhe in Person und erklärte seinen Standpunkt mit der Geduld eines buddhistischen Mönches. Wenn aber alles nicht mehr half und es jemand wirklich nicht einsehen wollte, dann schlug er ohne weitere Vorankündigung zu. Das war dann in den allermeisten Fällen der Schlusspunkt der Debatte. Ich habe noch nie erlebt, dass dann jemand weiter diskutieren wollte.

Ültje dachte über die gestellte Frage nach. Seine Augen gingen hin und her, als ob er im Geiste das Gelernte noch einmal durchgehen würde und hoffte die Antwort irgendwo zu finden. Seine Finger massierten seine Schläfen und seine Stirn legte sich in tiefe Falten.

Nach einer Weile antwortete er: „Sie wird stärker werden...oder nein. Die Strömung wird sich drehen!" Entschlossen sah er Michel an. Als er nicht die erhoffte Reaktion in Michels Gesicht fand, zögerte er. Dann sagte er, nicht mehr ganz so entschlossen: „...oder wärmer werden?" Sein Blick war jetzt verzweifelt. Er suchte in Michels Gesicht die richtige Antwort, doch der blieb ganz ruhig.

Ültje gab auf: „Ach! Ich weiß es nicht! Niemand weiß so etwas. Es ist vollkommen unrealistisch, dass sich irgendein Mensch so etwas merken kann. Wenn jemals ein Pirat die richtige Antwort wusste, dann war das der pure Zufall."

Fluchend warf er einen Kieselstein in den Sand vor der Veranda. Etwas Staub wurde aufgewirbelt, aber es gab keinen merklichen Effekt auf das Gefüge der Welt.

Ültje sah dem Stein hinterher und begriff, dass die Lösung seiner Probleme nicht darin lag, Steine in den Sand zu werfen.

„Ich werde diesen Mist nie behalten können!", fügte er frustriert hinzu.

Ültje van Peerenboom war ein lustiger Geselle. Sich mit ihm die Zeit zu vertreiben, war nie langweilig. Er hatte immer eine kurzweilige Geschichte auf Lager oder machte einen Witz. Wenn man auf eine lange Reise gehen musste, wäre er der ideale Reisebegleiter.

Er war klein und ein bisschen rundlich. Seine stroh-blonden Haare standen immer in alle Himmelsrich-tungen ab. Seine ganze Erscheinung erinnerte mich immer ein bisschen an eine Erdnuss. Das ist nicht wirklich nett und ich habe es ihm nie gesagt, aber so war es nun einmal.

Seine Leibesfülle hing vielleicht auch mit seinem Hobby zusammen: Er aß einfach gerne. Und daher hatte er auch immer einen Snack parat. Noch ein

Grund mehr, warum er als Reisebegleiter die beste Besetzung war.

Häufig wird jungen Männern vorgeworfen, sie können ihre Gefühle nicht zeigen oder noch schlimmer, sie hätten gar keine. Ültje hatte Gefühle. Er hatte sehr viele davon. Sie sprudelten aus ihm heraus, angebracht oder nicht, die Emotionen quollen ihm aus jeder Pore. Mimik, Gestik und in dem was er tat und sagte, man konnte immer ziemlich genau erkennen, was er fühlte. Er konnte sich im Null Komma nichts in etwas hineinsteigern, vergaß die ganze Aufregung aber auch genauso schnell wieder.

Sein Kopf war mittlerweile rot angelaufen und wütend suchte sein Blick nach einem zweiten Stein, den er in den Sand pfeffern konnte. Wahrscheinlich würde dieser dann helfen, die Antwort auf die Frage zu finden.

Michel blieb ganz ruhig. „Der Wellengang wird sich erhöhen", sagte er mit seiner tiefen ruhigen Stimme, ohne die Geduld zu verlieren.

„Das höre ich zum ersten Mal!" Ültje war frustriert. „Das hast du dir doch ausgedacht, um mich zu ärgern!" Ich konnte seinen Ärger mitfühlen, hätte ich die Antwort doch auch nicht gewusst.

Michel hob nur die Augenbrauen, ohne etwas zu sagen.

Der Prüfungsdruck der Abschlussarbeiten setzte uns allen zu.

Ich für meinen Teil war der Meinung für heute genug gelernt zu haben und drehte mich zu Kittina um.

„Hast Du eine Idee, was man am Wochenende machen könnte?"

Kittina de la Gardentue war das schönste Mädchen auf der Schule. Als einzige Tochter eines mongolischen Fürsten und einer Adeligen aus einem alten Wikinger-Geschlecht, war sie von blauem Blute. Vielleicht strahlte sie deshalb immer eine gewisse Würde aus.

Die Familie de la Gardentue war so reich, dass man es sich eigentlich gar nicht vorstellen konnte. In ihrem Haus war irgendwie alles aus Gold. Die Tapeten waren mit Gold durchwoben, die Möbel waren mit Blattgold überzogen und das Besteck war natürlich aus purem Gold. Der Reichtum ihrer Familie war schon fast sprichwörtlich.

Um klarzumachen, wie reich Kittinas Familie war, muss ich eine kleine Anekdote erzählen.

Heutzutage hat jeder ein Smartphone und kann damit Fotos machen. Alles was niedlich, spannend, interessant oder lustig ist, kann man ganz schnell fotografieren. Handy raus, klick, fertig. Früher war das anders. Als es noch keine Handys gab, wurden die wichtigen Ereignisse gemalt. Wenn man Talent hatte, malte man selbst. Wenn man Geld hatte, dann hat man jemanden mit Talent malen lassen.

Die Familie de la Gardentue hatte natürlich einen Hofmaler, einen wahren Künstler. Besonders als Kittina ein Baby war, musste der arme Kerl alles malen. Immer wenn sie niedlich guckte, wie ein Engel schlief oder ganz toll auf dem Laufrad unterwegs war, wurde der Schnappschuss-Picasso gerufen. Er hatte wirklich keinen entspannten Job.

Eines seiner Bilder sollte später Berühmtheit erlangen. Frau de la Gardentue, Kittinas Mutter, fütterte den kleinen Schatz gerade mit Brei, wobei das Kindchen mal wieder so zuckersüß lächelte. Der Hofmaler musste ran und es entstand eine Art Klassiker der Aquarell-Momentaufnahmen.

Das Bild wurde später sehr bekannt, allerdings nicht wegen seiner künstlerischen Qualität, auch wenn diese fraglos vorhanden war. Auch nicht, weil die kleine Kittina so niedlich war, auch das steht außer Frage. Sondern wegen eines kleinen Details.

Was macht denn die heutige Mutti mit diesem einmalig niedlichen Bild des eigenen Sprösslings, nachdem man die Situation mit dem Handy aufgenommen hat? Richtig, das Bild landet in den sogenannten sozialen Medien. Auf einer der vielen Plattformen wird das Bild als freiwilliger Exhibitionismus hochgeladen und mit der gesamten Welt geteilt. Meist ohne groß über Konsequenzen nachzudenken.

Nun, damals gab es diese großartigen Plattformen noch nicht. Also hing Kittinas stolze Mutter das Bild an die Wand neben ihrer Haustür und dort konnte es jeder sehen.

Das, was dann mit dem Bild passierte, bezeichnet man heute als „viral gehen". Wie ein Lauffeuer zog die Info durch die Stadt, dass dort ein besonderes Bild hing. Man tuschelte auf Markplätzen darüber, man redete über Gartenzäune und es wurde sogar in der Lokalzeitung erwähnt.

Zunächst war Mutter de la Gardentue stolz auf die Aufmerksamkeit, die das Bild auf sich zog. Natürlich bemerkte sie die Menschentraube, die sich vor dem Bild gebildet hatte. War das nicht sogar ein Stück weit ihre Absicht gewesen, als sie das Bild an so exponierter Stelle aufgehängt hatte? Immerhin war sie ja mächtig stolz auf ihren Sprössling und das durfte die ganze Welt auch mitbekommen. Bestimmt waren alle neidisch auf sie.

Doch als sie die Kommentare der Leute hörte, dämmert ihr langsam, dass es gar nicht so sehr um die süße kleine Kittina ging. Der Grund für die Aufregung war eine Kleinigkeit: Der Löffel, mit dem das Kleinkind gefüttert wurde, war aus Gold! Natürlich war er das, denn Kittinas Eltern hatten gar kein anderes Besteck. Im Gartenhaus lag Silberbesteck, aber in der Küche gab es ausschließlich goldenes Besteck. Deshalb dachte sich auch niemand aus Kittinas Umfeld etwas, als das Bild fertig war.

Man könnte sagen, dass der gemeine Pöbel etwas pikiert war, aufgrund der offen zur Schau gestellten Besitzverhältnisse der Familie de la Gardentue. Man könnte sagen, dass sich bei einer gewissen Sorte von Mitbürgern Missgunst breit machte und dass dieser Geldneid sich immer lauter verbalisierte. Oder, um wieder in die heutige Sprache zu wechseln, man könnte einfach sagen, dass Mutti de la Gardentue gerade den Shitstorm erfunden hatte.

Rückgängig machen war nicht mehr möglich, aber irgendwie musste schnell gehandelt werden. Hastig rief die Verursacherin des Ungemachs einen Bediensteten, der das Bild wieder abhängen musste. Dann würde es keiner mehr sehen und die Sache wäre vergessen, so ihr Wunsch. Aber ganz so einfach war es leider nicht. Das Bild war schon von zu vielen Leuten gesehen worden, diese hatten zu vielen anderen Leuten davon erzählt und die hatten auch wieder mit Leuten gesprochen. Überhaupt sind Leute das Problem, wenn etwas viral geht, denn die Leute machen sich einen Reim auf das, was sie gesehen haben. Und das war nun mal ein Kind, das mit goldenem Besteck gefüttert wurde. Schnell machte der Ausdruck „Du wurdest mit einem goldenen Löffel gefüttert" zu einer Umschreibung, wenn man in übertrieben Reichtum geboren wurde. Auch wurde „Deine Kinderstube wurde doch mit Aquarell gemalt" abfällig verwendet, allerdings weitaus seltener und dieses Sprichwort ist heute nicht mehr so geläufig.

Nun war Kittinas Kindheit nicht nur von einem goldenen Löffel geprägt, sondern es hing auch eine schwere Entscheidung in der Luft. Ihre Mutter hatte den Status eines Jarl auf der nord-schottischen Insel Orkney. Ihr Vater brachte unangemessen große Ländereien in der Mongolei mit in die Familie. Beides Titel und Privilegien, die über Erbfolge an Kittina übergehen könnten. Da Kittina Einzelkind war, machte ihr auch niemand dieses Privileg streitig. Allerdings konnte man entweder eine Grafschaft im Norden Schottlands oder ein kleines Königreich in der Mongolei verwalten. Beides auf einmal ging nicht. Eine Entscheidung, die Kittina irgendwann treffen musste.

Herr und Frau de la Gardentue waren außergewöhnlich tolerante Eltern. Als ihnen die kleine Prinzessin erzählte, sie wolle auf die Hamidu Ben Ali Piratenschule in Beirut, wollte man ihr diesen kleinen Akt der Rebellion zugestehen. Man konnte sie auch später noch dazu zwingen, den ihr zugedachten Weg einzuschlagen. Man ging von einer Laune der pubertierenden Tochter aus. Man hört immer wieder davon, dass Jugendliche in einem gewissen Alter Flausen im Kopf haben, aber irgendwann kommen sie fast alle zur Vernunft und sehen ein, dass die Eltern immer Recht hatten. Die Leine wurde also lang gelassen, aber man würde sie niemals loslassen.

Kittina sah die Piraterie allerdings nicht als vorübergehende Mode an, sondern nahm die Sache ziemlich ernst.

Nun saß sie auf der Veranda und war in ein Buch versunken. Ihre langen braunen Haare waren zu einem Zopf gebunden, aber eine widerspenstige Strähne hing ihr ins Gesicht. Sie hatte meine Frage überhört, jedoch mitbekommen, dass sie angesprochen wurde. Sie schaute mich leicht verwirrt an und fragte: „Wie bitte?"

„Was machst du am Wochenende?", wiederholte ich.

„Ich treffe am Wochenende meine Eltern in unserem Ferienhaus in den Alpen", antwortete sie.

„Alles klar…", dachte ich, sagte aber lieber: „Alles klar."

Während Kittina wieder ihre Nase in das Buch steckte, dachte ich mir, dass ich wirklich gerne Zeit mir ihr am Wochenende verbracht hätte. Aber auch ohne sie würde mir schon etwas einfallen, wie ich die Zeit herumbekomme. Lernen stand jedenfalls nicht auf meiner Wunschliste, das Wochenende war ja zum Entspannen da.

06 - Verknotet

Das Wochenende wollte nicht kommen. Es war Freitag und allein der Vormittag dauerte gefühlt zwanzig Stunden.

Als die Uhr 9 Uhr 75 schlug, fing die letzte Lektion des Tages an: Knotenknüpfen.

9 Uhr 75 war später Vormittag. Damals war in weiten Teilen der Welt noch die klassische alte Laurentiu-Uhr verbreitet. Der Tag war in 20 Stunden aufgeteilt. 10 Stunden vormittags, 10 Stunden nach Mittag. Jede Stunde hatte 100 Minuten und jede Minute hatte 42 Sekunden. Meiner Meinung nach war dieses System viel einfacher und intuitiver. Gut, die 42 Sekunden waren ein bisschen schwierig zu rechnen, waren aber eine Hommage an den großen Philosophen Douglas Adams. Aber die 10 Stunden und die 100 Minuten passten erheblich besser zu meiner 10-Finger-Rechen-Technik als die 24-Stunden Uhr, die sich später etablierte und heute eigentlich überall Standard ist.

Ganz clevere Mathematiker und Zahlenwissenschaftler werden nun behaupten, dass die Laurentiu-Uhr weniger Sekunden am Tag hat als die 24h-Uhr. Das stimmt. Daher waren die Sekunden der Laurentiu-Uhr auch länger. Das führte leider oft zu Missverständnissen. Wenn sich ein Anhänger der 24h-Uhr mit jemandem traf, der sein Leben nach der Laurentiu-Uhr führt, und man machte aus, dass man sich, sagen wir mal, in 10min trifft, dann wird der eine darunter etwas anderes verstehen als der andere. Ist ja klar, weil die einen Minuten nicht das gleiche sind wie die anderen Minuten.

Heutzutage wird eigentlich überall auf der Welt die 24h-Uhr verwendet. In Bahnhöfen in New York, auf Flughäfen in Rio oder auf öffentlichen Plätzen in Kinshasa, überall hängen die gleichen Uhren. Allerdings gibt es Länder, in denen die Leute aus historischen Gründen im Kopf immer noch die alte Laurentiu-Uhr verwenden. Das ist so wie mit der Umstellung der Währung auf die europäische Einheitswährung Euro. Manche Leute können einfach nicht anders, als immer noch in die alte Währung umzurechnen, auch Jahre nach der Umstellung.

In Deutschland verwendet man traditionell die 24h-Uhr. Das war eigentlich schon immer so, die Leute sind daran gewöhnt, daher rechnet dort niemand um. In südlichen Ländern rechnen viele Leute noch immer nach der Laurentiu-Uhr, weil sie das so von früher kannten. In den Köpfen werden also andere Zeitsysteme verwendet. Das führt dann manchmal zu Konflikten und Verständnisproblemen. Wenn sich ein Deutscher mit einem Südländer verabredet und der Deutsche von sich behauptet, pünktlich zu sein und auf den Südländer schimpft, weil dieser zu spät ist, dann ist das nur die halbe Wahrheit. In Wirklichkeit sind beide pünktlich, aber in unterschiedlichen Zeiten.

Bisher hat niemand den Deutschen gesagt, dass sie gar nicht so toll sind und immer pünktlich erscheinen. Sie sind so stolz darauf, dass man sich irgendwann mal darauf geeinigt hat, dass man sie in diesem Glauben lässt.

Egal ob nach 24h-Uhr, nach Laurentiu-Uhr, nach alt-ägyptischer Sternenzeit oder nach Sanduhr, die Zeit ging nicht rum. Ich kämpfte mit einem Stück Seil und versuchte eine Schlaufe zu knüpfen, so, wie sie Herr Bulin sehen wollte. So richtig wollte es mir aber nicht gelingen.

Herr Bulin, das war der Lehrer für das Nebenfach „Schlaufen, Knoten und Spleiße". Er war ruhig, geduldig und vielleicht der langweiligste Mensch der Welt. Seine hagere Gestalt war in einen beige-grauen Anzug gekleidet. Seine Stimme war eintönig, seine Erscheinung frei von jeder Aufregung. Er gehörte zu dieser Art von Menschen, wenn man sie traf und danach beschreiben musste, dann fällt einem rein gar nichts mehr ein.

Er war weder groß noch klein. Sein Gesicht war weder hübsch noch hässlich. Er war einfach gar nichts.

Eigentlich die perfekte Tarnung für einen Geheimagenten oder einen Spion. Und wer weiß, ob er nicht ein geheimes Doppelleben führte.

„Ismael", sagte er, „den kleinen Finger in die Schlaufe, dann mit dem Mittelfinger das kurze Ende um das andere Ende herum." Er legte seine hohe Stirn in Falten und guckte mir skeptisch auf die Finger. Er hatte keinerlei Verständnis für das Unvermögen der Schüler.

Ich hatte kein kurzes Ende und mir war nicht klar, welches das andere Ende sein sollte. Seine Anweisungen ergaben für mich keinen Sinn, also versuchte ich es einfach weiter.

„Nein, anders herum." Er schüttelte seinen Kopf. „Komm, ich zeig es dir noch einmal."

Seine langen dünnen Finger drehten den Strick so geschwind und geschickt, dass mir fast schwindelig wurde. Wie bei einem Hütchenspieler versagte ich bei dem Versuch, der Bewegung der Finger zu folgen.

„Hast du gesehen? Eigentlich ganz einfach." Nein, hatte ich nicht, aber er sah mich erwartungsvoll an. Also drehte ich meine Seilenden irgendwie zusammen, nicht ganz sicher, was ich da tat.

Herr Bulin guckte skeptisch. Er legte seine Stirn in Falten und ich fragte mich, ob er seine Stirn jemals nicht in Falten legte oder mal nicht skeptisch guckte. Er nahm mir das Ergebnis meiner Bemühungen ab. Er beäugte es, zog an der Schlaufe und prüfte erneut.

Für einen kurzen Moment dachte ich, er wäre eingeschlafen, doch dann passierte etwas Sonderbares. Für den Bruchteil einer Sekunde konnte ich eine Emotion in seinen Augen erkennen. Einen Wimperschlag lang, dann war es wieder weg, aber irgendetwas blitzte da ganz kurz auf. Als ich mich noch fragte, was das wohl gewesen war oder ob ich mich vielleicht verguckt hatte, drehte er sich zu mir und guckte mich mit klarem Blick an. „Ismael, was ist denn das? Woher kennst du diesen Knoten?" Seine Stimme klang überraschend eindringlich, nicht so monoton und gleichgültig wie sonst.

Was sollte ich antworten? Ich kannte den Knoten ja selbst nicht, war er doch ein reines Zufallsprodukt meiner hektischen Bewegungen, frei von jedem Plan oder Idee.

Ich zuckte mit den Schultern und stammelte: „Ich…ich habe einfach geknotet…"

Meine Antwort interessierte ihn nicht wirklich, er war mit seinen Gedanken irgendwo anders, ganz weit entfernt. Mehr zu sich selbst als zu mir sagte er: „Die Schlaufe lässt sich nicht zuziehen. Das ist unkonventionell. Nicht den Normen entsprechend. So kenne ich das nicht. Das muss ich mir mal genauer ansehen…" Während er noch sprach, drehte er sich weg und ging in Richtung seines Pults. Ganz leise und verträumt murmelte er: „Zusammenpacken, für heute ist Schluss".

Was dann passierte, ist ein Phänomen, dass jeder kennt, der Geschwister hat. Man steht zum Beispiel in der Küche und brüllt den Namen der Schwester oder des Bruders, weil man Hilfe beim Abwasch benötigt. Man ruft so laut, dass man sicherlich gehört wird. Man ruft laut genug, dass man in einer Wohnung drei Straßen weiter noch gehört wird. Doch keiner reagiert und keiner kommt, um zu helfen. Man ruft noch mal und noch einmal, aber man könnte genauso gut nach einem Stein rufen, ob er denn mal bitte kommen möge. Der Stein wird nicht kommen, genauso wenig wie der Bruder oder die Schwester. Es passiert einfach nichts.

Dann macht man den Kram allein, hilft alles nichts, muss ja gemacht werden. Als Belohnung nimmt man sich ein Stück Schokolade aus dem Geheimversteck. Das Klacken des Schokoladenriegels, wenn er abbricht, ist so leise, dass es vielleicht nicht mal gemessen werden kann. Aber trotzdem haben es die Geschwister gehört und stehen Sekundenbruchteile später neben einem und wollen etwas abhaben.

Ganz genauso war das auch bei der gemurmelten Aussage von Herrn Bulin. Auch wenn der Abschluss des Unterrichts kaum hörbar war, bekam es jeder mit.

Alle Schüler ließen alles stehen und liegen. Halb verknotete Seilenden flogen polternd im hohen Bogen in die dafür bereitgestellte Kiste. Nicht alle trafen ihr Ziel, aber niemand kümmerte sich darum. Schultaschen wurden hektisch gepackt und im Hinausrennen über die Schulter geschmissen. Binnen weniger Augenblicke war die Klasse schon halb leer.

Auch ich nahm meine Beine in die Hand und suchte das Weite. Das Wochenende war endlich da und ich würde es nicht lange auf mich warten lassen.

„Sensationell. So etwas habe ich noch nie gesehen." Hörte ich Herrn Bulin im Vorbeigehen sagen. Doch das war mir so egal, wie das Amen in der Kirche. Ich hatte jetzt frei.

Jahre später erfuhr ich, dass mein Knoten wirklich etwas Besonderes war. Durch reinen Zufall hatte ich einen bisher noch nicht bekannten Knoten erfunden.

Aber nicht ich sollte dafür die Lorbeeren ernten, sondern Herr Bulin. Er ließ sich meinen Knoten patentieren. Hierfür gab er seine Festanstellung als Lehrer auf und bestritt viele Anstrengungen vor Patentgerichten und Fachausschüssen. Nach Jahren hatte er Erfolg und der Knoten wurde offiziell ihm zugeschrieben und in ein ordentliches Patentregister übernommen. Von nun an wurde die Schlaufe, die sich nicht zuziehen ließ, von Amtswegen her Bulin-Knoten genannt.

Damit hatte Herr Bulin das Recht erworben, von jedem Seemann, der „seinen" Knoten (also eigentlich meinen Knoten) knüpft, einen gewissen Obolus zu verlangen. Das war vielleicht die schlechteste Geschäftsidee, die jemals jemand hatte. Die Seeleute benannten den Knoten einfach in Palstek um und verwendeten ihn umsonst. Was aus Herrn Bulin wurde, ist nicht überliefert.

Ich hörte von dieser Geschichte erst Jahre später, als schon fast niemand mehr den Bulin-Knoten als solchen kannte. Natürlich war ich stolz auf meine unfreiwillige Erfindung, aber ich war auch ein ganz klein bisschen sauer auf meinen ehemaligen Lehrer.

07 - Das Fußballspiel

Der Ablauf des Freitagnachmittags war eine kleine Tradition, ein etablierter Brauch, eine lieb gewonnene Routine. Ich rannte auf mein Zimmer und feuerte meine Tasche in die Ecke. Hausaufgaben, Abschlussprüfungen und alles was dazu gehört, waren nicht der primäre Fokus meiner Aufmerksamkeit und da, wo ich hin wollte, würde ich meine Schulbücher nicht brauchen. Also los!

Vor dem Schulgebäude am alten Brunnen wartete Michel auf mich. Er trug einen Schal in blau und gelb und das bei über 30°C im Schatten. Das erschien mir seltsam.

„Alles klar bei dir?", fragte ich vorsichtig und wusste nicht, ob ich besorgt sein musste oder lachen durfte. Ein großer, starker Kerl wie Michel erweckte normalerweise den Eindruck der Unbesiegbarkeit. Die Vorstellung, dass er krank sei, kam mir absurd vor.

„Geht so. Habe Halsschmerzen. Aber ich will trotzdem ins Stadion. Heute ist doch das wichtige Spiel und da dachte ich mir, wenn schon ein Schal, dann in den Vereinsfarben. Das passt doch, oder?"

„Die Idee ist in der Tat gar nicht so verkehrt", entgegnete ich. „Außerdem kannst du alles tragen. Lange Unterhosen in blau-gelb würden auch toll passen."

Er lachte sein lautes tiefes Lachen, das jedoch in einen Hustenanfall überging.

„Also los", sagte ich und wir machten uns auf den Weg.

Damals war Fußball das neue heiße Ding. Englische Arbeiter hatten es mitgebracht und ziemlich schnell hatte sich ein regelrechter Hype entwickelt. Bei den Heimspielen war das Sportstadion regelmäßig bis an die Belastungsgrenze gefüllt und die Lokalzeitungen berichteten ausgiebig über die Stars des neuen Sports.

Der lokale Verein hieß al-Ansar Beirut und wir waren natürlich glühende Anhänger. Wir hatten zwar nicht die allerbesten Spieler der Welt, die für unseren Verein spielten, aber wir konnten ganz gut mit der Konkurrenz mithalten. Die Vereinsfarben waren blau und gelb, von daher passte Michels Schal wirklich ganz gut.

In den letzten Wochen waren Michel und ich regelmäßig über die staubigen Straßen in Richtung Stadion gepilgert. Das war unsere Art abzuschalten nach einer anstrengenden Woche in der Schule. Die Spiele fanden meist am Freitagnachmittag statt, das passte super als Abschluss der Woche. So wurde es schnell zu unserer festen Verabredung, freitags ging's ins Stadion!

Also machten wir uns auch an diesem Tag auf den Weg. Mit jedem Schritt weg vom Pirateninternat in Richtung Innenstadt, mit jedem Schritt weg von den Sorgen, wurde unsere Laune besser.

Vor dem Stadion war ein riesiger Menschenauflauf, selten hatte ich zuvor so viele Menschen auf einem Haufen gesehen. Es waren noch mehr Leute da als sonst. Man merkte, dass das heutige Spiel für den Verein sehr wichtig war. Die lokalen Zeitungen hatten auch wirklich ihr Bestes in den letzten Tagen gegeben, um die Stimmung ordentlich anzuheizen. Man könnte meinen, die halbe Stadt sei gekommen, um die Mannschaft spielen zu sehen.

An einem Stand auf dem Vorplatz wurde Met auf Eis verkauft, es gab verschiedene Sorten. In braunen Bechern wurde Met pur angeboten. Es gab aber auch grüne Becher, in denen Met mit Apfelsaft und lilafarbene Becher, in denen Met mit Traubensaft war. Damit man keine Fliegen mittrinkt, gab es farblich passende Strohhalme.

„Ich habe Durst, lass uns was holen. Ich geb' auch einen aus!", sagte ich und war immer mehr in Stadion-Laune.

Direkt neben dem Getränkestand konnte ich die rundliche Figur von Ültje van Peerenboom ausmachen. Das war eine willkommene Überraschung und ich freute mich, ihn zu sehen. Allerdings war er in Begleitung von Donald W. Busch. Dieser war ungefähr so schlau wie ein Meter Feldweg und wirklich keine nette Gesellschaft. Ich wunderte mich, wieso Ültje sich mit ihm abgab.

Gerade bestellte sich Ültje ein Met: „Ein Becher Met mit Apfelsaft bitte."

Donald stand dabei neben ihm. Er hatte eine leicht untersetzte Figur, war nicht besonders groß. Seine blonden Haare sahen immer fettig aus und seine

Ohren standen etwas zu weit ab. Wenn man mit ihm sprach, hatte man permanent das Gefühl, Donald würde sein Gegenüber mustern und nach Fehlern absuchen. Er schien nur auf die Makel des anderen aus zu sein, um seine Giftpfeile gezielt abschießen zu können.

Ültje bezahlte und die Bedienung stellte ihm einen lilafarbenen Becher hin. Er nahm ihn und saugte ausgiebig und geräuschvoll an seinem lilafarbenen Strohhalm. Es schien ihm zu schmecken.

„Hey, das ist doch die falsche Mischung!" Giftig zeigte Donald auf Ültjes Becher, der seiner Meinung nach grün hätte sein sollen und nicht lila. Offensichtlich hatte die Kellnerin einen Fehler gemacht. Und Donald war gewillt aus dieser Mücke einen mittelgroßen Elefanten zu machen, obwohl ihn das ja eigentlich gar nichts anging. Aber die Fehler der anderen waren gewissermaßen sein Hobby.

„Weißt du was? Ich bin langsam in dem Alter, in dem mir die Farbe meines Strohhalms egal ist", entgegnete Ültje etwas entnervt. Er konnte nicht verstehen, wieso Donald so angriffslustig auf diese Lappalie reagierte. Außerdem war es ja sein Getränk und nicht Donalds und damit im wahrsten Sinne des Wortes nicht sein Bier.

Man konnte regelrecht sehen, dass es Ültje langsam auffiel, dass es keine gute Idee war, mit Donald ins Stadion zu gehen und er begann seine Entscheidung zu bereuen.

Doch Donald hatte Blut geleckt und versprühte weiter sein Gift: „Außerdem ist dieser gemischte Met was für Mädchen…" Das Wort Mädchen zog er in die Länge und verzog dabei angeekelt sein Gesicht.

Donalds Sicht auf die Welt war von Klischees und Stereotypen geprägt. Mädchen gehörten für ihn in die Küche und sollten den Herrn des Hauses bedienen. Nicht nur mit dem weiblichen Geschlecht stand er auf Kriegsfuß, auch mit Menschen mit dunkler Hautfarbe hatte er so seine Probleme. Oder mit Menschen, die einen anderen Glauben hatten, oder eine andere Kultur, oder eine andere Heimat. Im Großen und Ganzen fand er alles doof, was nicht in seine kleine Welt passte oder ihn sogar verunsicherte. Selbstverständlich war er sich sicher, dass er die Krönung der Schöpfung sei. Selbstzweifel oder mangelndes Selbstbewusstsein gehörten nicht zu seinen Schwächen.

Man hatte den Eindruck, als könnte er gar nicht genug davon bekommen, allen zu erklären, wie viel besser er sei. Oder noch besser, wie viele Fehler die anderen alle hatten.

Dann fiel sein Blick auf uns. Wir standen in der Schlange am Getränkestand noch ein paar Meter entfernt, deshalb hatten er und Ültje uns noch nicht bemerkt. Seine Augen blitzten böse, er war auf Streit aus, das sah man sofort. Wenn nicht über Becherfarben streiten, dann musste halt etwas anderes her.

„…und Ohrringe sind auch was für Mädchen, Shakkawobly!" Mit seinem Ellbogen stieß er Ültje in die Seite, um Zustimmung zu bekommen, denn ausgrenzen macht mehr Spaß, wenn man es nicht alleine macht.

Sein Finger zeigte auf den dicken goldenen Ohrring in meinem linken Ohr. Der Ring war ein Erbstück und gehörte früher einmal meinem Ur-Onkel Kaspar-Conrad Shakkawobly. Ich trug das Familienerbstück mit Stolz. Sicherlich würde ich mich nicht von einem spätpubertierenden Dummkopf irritieren lassen.

„Was? Ohrringe sind nur was für Mädchen? Das wusste ich gar nicht!", entgegnete ich und tat überrascht. Ich griff an mein Ohr und war ganz erschrocken: „Was für ein Zufall. Ich trage auch einen Ohrring. Warum hat mir das keiner gesagt?!"

Doch dann hielt ich inne und tat so, als ob ich überlegen würde.

„Wenn ich aber kein Mädchen bin und trotzdem einen Ohrring trage… dann ist das offensichtlich nicht nur was für Mädchen!"

Die Logik erschloss sich Donald nicht. Vielleicht weil Logik sowieso nicht so sein Ding war.

Ültje hatte mittlerweile seinen Becher leer geschlürft und weggestellt. Seine Miene hellte sich auf, als er uns erkannte.

„Was freue ich mich, euch zu sehen!", sagte er spürbar erfreut und kam zu uns herüber.

Er klopfte uns auf die Schulter, schob uns leicht weg und gab uns so zu verstehen, dass wir hier ganz schnell verschwinden mussten. Dagegen hatten wir nun gar nichts auszusetzen und setzten uns in Bewegung. Donald ließen wir einfach am Met-Stand zurück, ohne uns auch nur nach ihm umzudrehen und gingen zu dritt ins Stadion.

„Was soll denn das mit dem Schal?", wollte Ültje wissen und Michel erklärte es noch einmal.

„Gute Idee", befand er, „und die Farben passen zu al-Ansar."

„Ja, was ein Zufall", lachte Michel.

„Warum warst du denn mit diesem Ekelpaket Donald hier im Stadion?", hakte ich nach, weil ich von Natur aus neugierig bin.

„Er hatte mich gefragt, ob ich mitkomme. Und ich dachte, ich gebe ihm mal eine Chance. Aber das war eine ganz dumme Idee", antwortete Ültje und nahm Michel und mich beim Laufen in den Arm. „So ist viel besser", unterstrich er noch zusätzlich seine Meinung.

Ich hatte zwar immer noch kein Met, aber ich war zufrieden mit meinen Freunden diesen Nachmittag verbringen zu können. Keiner wusste, wohin uns die Winde treiben würden, wenn die Prüfungen vorbei wären und wir die Welt erobern wollten. Vielleicht war das einer der letzten wirklich unbedarften Nachmittage für lange Zeit und das würde ich mir nicht verderben lassen.

Das Fußballspiel hielt leider nicht, was wir uns versprochen hatten. Die gegnerische Mannschaft aus einer Hafenstadt im Nord-Westen Englands war zwar besser und versuchte alles um ein Tor zu erzielen, aber unsere Lokalmatadore von al-Ansar Beirut waren Defensivkünstler und so stand es noch kurz vor Schluss torlos Null zu Null.

Unserer guten Laune tat das keinen Abbruch. Wir redeten über Gott und die Welt, vermieden dabei aber geschickt alle wirklich wichtigen Themen. Probleme wollte heute keiner von uns durchkauen. Wir tranken ein Met nach dem anderen und die Zeit verging wie im Flug.

Die Leute um uns herum hielten es ähnlich. Das Spiel wurde eher beiläufig verfolgt, stattdessen gab es angeregte Unterhaltungen, Snacks und Met. Die Atmosphäre war eher wie auf einem Marktplatz oder vielleicht wie in einer Kneipe. Es murmelte und raunte, hier lachte einer mal zu laut, dort wurde zustimmend genickt.

Gerade kam Michel mit einer neuen Runde Met zum Platz zurück, als sich unsere Mannschaft endlich mal vom Druck der englischen Mannschaft befreien konnte. Unser schneller Stürmer, ein Liebling der Fans, wurde mit einem weiten Ball auf die Reise geschickt. Er nahm den Ball elegant mit der Brust an, umspielte einen Gegenspieler und ab ging die Post in Richtung gegnerisches Tor. Schon war die Mittellinie überquert, doch dann war Schluss. Nicht für ihn, sondern für uns. Schuld daran war die Pyrotechnik, die jemand mitgebracht hatte. In den unteren Rängen brannte gerade eine famose Rauchbombe ab, was an und für sich eine großartige Idee war, aber auf Kosten des Durchblicks ging. Die Sicht war ähnlich gut wie an einem Novembermorgen an der Küste von Wales. Alles, was weiter als 50m entfernt war, verlor sich in einem grauen Sumpf. Somit rannte unser Stürmer in ein Nichts aus Rauch und wir hatten keine Ahnung, was passiert war.

Michel guckte mich an „Und? Hat er ein Tor geschossen? Hat unser Lokalmatador getroffen?" Uns blieben nur Spekulationen, denn Gewissheit hatten wir nicht.

„Das glaube ich eher nicht", entgegnete ich achselzuckend. „Aber wer weiß? Vielleicht probiert er mal etwas Neues", fügte ich ironisch hinzu und spielte dabei auf die fußballerischen Qualitäten des Publikumslieblings an.

Doch dann dröhnte von der anderen Seite des Stadions ein diffuses Raunen zu uns herüber. Schwer zu interpretieren, ob es sich um Torjubel handeln könnte oder ob es einen anderen Grund gab. Offensichtlich war etwas passiert, irgendetwas. Vielleicht hatte aber auch nur jemand einen wirklich guten Witz erzählt und das Raunen hatte nichts mit dem Spiel zu tun. Auch das war möglich, wir wussten es nicht.

Ültje war verunsichert. „Jubeln sie jetzt, weil er getroffen hat, oder weil der Torwart gehalten hat? Oder was ist los?"

Um uns herum sah ich nur fragende Gesichter. Es schien, als hätte wir und alle um uns herum die womöglich wichtigste Szene des Spiels wegen des Feuerwerks verpasst.

„Wieso fragen wir nicht einfach die Zuschauer auf der anderen Seite des Stadions?", schlug ich vor. Die anderen sahen mich begriffsstutzig an.

Michel fragte sarkastisch: „Und wie willst du das machen? Willst du rübergehen oder lieber eine Brieftaube schicken?"

Ültje setzte noch einen oben drauf: „Oder du schickst Rauchzeichen. Der Typ da unten kann Dir vielleicht ein bisschen Munition leihen."

Unbeirrt fing ich an zu rufen: „Olé, olé, olé! Traf unser Lokalmatador?"

Mehrfach wiederholte ich meinen Spruch. Michel und Ültje sahen sich fragend an, als zweifelten sie meine mentale Gesundheit an. Doch nichts findet schneller Anhänger als eine dumme Idee und schließlich fielen sie mit ein in meinen Sing-Sang und es bildete sich langsam ein Sprechchor. Dann machte noch jemand mit, und noch jemand. Es wurden immer mehr. Es dauerte nicht lange, da klang der Ruf von unserer ganzen Tribüne. Lauter, immer lauter wurde das Rufen. Langsam ging das Sprechchor in einen Gesang über.

Und dann kam die Antwort. Erst war es nicht wirklich zu hören, dann war es ganz deutlich

„Olé, olé, olé! Es traf der Lokalmatador!"

Ültje verstand als erster was das bedeutete. Er sprang auf und rief: „Tooooor!"

Jubel brannte auf unserer Seite des Stadions aus. Michel nahm seinen blau-gelben Schal und wedelte ihn im Kreis über seinem Kopf. Die Freude war groß!

Das Stadion skandierte nun wie aus einer Kehle „Olé, olé, olé! Viva Lokalmatador!"

Offensichtlich gefiel den Leuten dieses Lied. In den folgenden Monaten wurde das Singen im Stadion schnell zur Mode. Das gerade neu entstandene Lied wurde bald zu so etwas wie einem Klassiker, aber im Laufe der Zeit kamen auch andere, immer wieder neue Lieder dazu. Die Leute gingen nicht mehr nur ins Stadion, um sich zu unterhalten, sondern um Lieder zu singen und damit ihre Mannschaft anzufeuern. Aus der passiven Rolle des Zuschauers wurde die aktive Rolle des Fans. Auch in anderen Stadien und bei anderen Mannschaften setzte sich diese Art der Teilnahme im Stadion durch. So nahm auch die englische Mannschaft die neue Mode mit nach Hause und verbreitete die Lieder dort.

Ich mochte die Unterhaltungen eigentlich lieber, aber die lauten Gesänge und die damit entstandene Stimmung hatten auch was für sich.

Kurze Zeit später war das Spiel zu Ende und unsere Mannschaft hatte gewonnen. Wir schlugen unsere Met-Krüge zusammen und tranken einen großen Schluck auf den glorreichen Sieg unserer Mannschaft, der sich wie ein eigener Sieg anfühlte.

Langsam begann sich das Station zu leeren. „Lasst uns gehen", sagte Michel und stand auf. Ich tat es ihm gleich und merkte sofort, dass ich nicht mehr ganz nüchtern war. Ich schwankte ein wenig und musste mich an Michel festhalten. Glücklich ist, wer einen Freund wie Michel hat, wenn man sich mal festhalten muss.

„Hui!", den erstaunten Ausruf konnte ich nicht zurückhalten.

Michel und Ültje sahen mich an und lachten laut los. Der Moment war perfekt und wir drei lagen uns herzhaft lachend in den Armen.

Langsam schob sich die Menschenmasse durch die Gänge des Stadions, um sich dann draußen in alle Himmelsrichtungen zu verteilen.

„Sag mal, Michel", sagte Ültje mit einem Blick auf die vielen Menschen auf dem Stadionvorplatz, „sind deine Halsschmerzen irgendwie ansteckend oder so? Guck Dir mal die Leute an."

Er hatte Recht: Erstaunlich viele Leute kamen uns mit blau-gelben Schals entgegen, sie alle hatten auf einmal die Farben von al-Ansar Beirut um den Hals geschwungen.

„Entweder hast du eine Epidemie ausgelöst oder eine neue Mode kreiert", meinte ich.

„Wo ist da der Unterschied?", fragte Michel lachend.

Ein paar findige Geschäftsmänner hatten Stände mit Schals aufgemacht und verkauften diese an die feiernden Fans. Das war ungefähr so schwierig wie Angeln in einem Forellenteich voller hungriger Fische. Die Fans rissen ihnen das Fan-Accessoire nur so aus den Händen. Die fliegenden Händler hatte ganze Arbeit geleistet, so schnell wie sie ihre Stände aufgebaut hatten erinnerte ihr Geschäftssinn schon fast an Magie.

„Ich muss mal für kleine Freibeuter", meinte Michel, bog ab und ging durch eine Tür. Kaum hatte sich diese hinter ihm geschlossen, hörte man schrilles Schreien und empörtes Rufen. Die Tür flog auf und Michel stand da mit peinlich berührter Mine. Sein sonst so dunkles Gesicht war jetzt dunkelrot angelaufen.

„Falsche Tür! Das ist das Damen-Klo", erklärte er schuldbewusst und bog in die nächste Tür mit den Worten: „Es wäre hilfreich, wenn das mal jemand dranschreiben würde..."

„Wir sollten sicherstellen, dass wir auf dem Heimweg nicht verdursten", meinte Ültje mit ernster Miene und zog mich in Richtung Met-Stand.

Mit einer neuen Runde Met stellten wir uns an eine Ecke und warteten auf Michel.

„Wäre ja cool, wenn sich die Sache mit dem Singen im Stadion durchsetzen würde. Ich mag singen", sinnierte Ültje.

„Das glaube ich nicht. Eine Horde leicht angetrunkener Männer singt doch keine Lieder zusammen. Die fluchen und raufen, aber singen doch nicht." Zu diesem Zeitpunkt wusste ich ja noch nicht, dass der Gesang in die Fußballstadien dieser Welt Einzug halten würde und dass wir mit unserem kleinen Lied einen richtigen Trend gesetzt hatten.

„Ich fände es gut", stellte Ültje fest und fuhr sich mit der Hand durch die strohblonden Haare. „Und auf dem Piratenschiff, auf dem ich mal fahren werde, werde ich auch singen."

„Oh", entgegnete ich überrascht, „Du weißt schon auf welchem Schiff du fahren wirst?"

„Nein. Ehrlich gesagt habe ich keinen Plan, was nach der Schule kommt…"

Er guckte mich ratlos an. „Was ist dein Plan?"

„Ich fürchte, meine Zukunftspläne sind genauso ausgefeilt wie deine", musste ich eingestehen und klang dabei etwas resignierter als ich eigentlich wollte.

Der junge Mann mit der stämmigen Figur und dem Pfannkuchengesicht bekam einen seltsamen Gesichtsausdruck. Er drehte sich zu mir und blickte mich mit festem Blick an.

„Ismael, du wärst ein guter Kapitän", stellte er ohne einen Funken Skepsis in der Stimme fest. Jetzt sah er gar nicht mehr ratlos aus. Ganz im Gegenteil: Seine Augen waren klar und er guckte so, als wäre es ihm wirklich ernst. Diese Entschlossenheit machte mir ein bisschen Angst.

„Rede nicht so einen Quatsch. Du bist ja betrunken", lachte ich nervös und versuchte die Situation irgendwie zu entschärfen.

Ültje antwortete immer noch sehr bestimmt: „Meine Oma meinte mal, Betrunkene sagen immer die Wahrheit."

"Betrunkene und Kinder!", fiel Michel lachend in unsere Unterhaltung ein. „Um was geht's?"

Er hatte auch eine Runde Met mitgebracht, bemerkte unsere Krüge und musste nur noch mehr lachen.

Das Thema war abrupt beendet und wurde auch nicht mehr aufgegriffen. Weder sprachen wir an diesem Abend noch über Zukunftspläne noch über Piratenkapitäne. Die Art und Weise, wie Ültje seine Meinung geäußert hatte, war viel zu ernst und überzeugt gewesen, als dass ich noch einmal nachgefragt hätte. Das wollte ich jetzt nicht besprechen. Wenigstens heute Abend nicht.

Mit jeweils einem Krug in jeder Hand machten wir uns auf den Weg zurück zum Pirateninternat. Durst und Langeweile waren nicht unsere Wegbegleiter.

Wir verabschiedeten uns am Brunnen vor dem Schulgebäude, wo wir uns nachmittags getroffen hatten, und jeder ging zu seinem Schlafsaal.

„Gute Nacht, Jungs!", gähnte Michel und taumelte durch die Nacht.

Ültje war auch schon auf halbem Weg in seine Unterkunft, nur ich blieb allein am Brunnen zurück und setzte mich auf die Steine am Rand. Es war ruhig, keine Menschenseele war noch unterwegs. Die Sterne glitzerten über mir und gaben eine Ahnung, welche unendlichen Möglichkeiten diese Welt zu bieten hatte. Eine Milliarde Möglichkeiten, die noch auf uns warteten, unendliche Geschichten, die man noch erleben konnte.

Was hatte Ültje gesagt? Kapitän könnte ich werden? Das wäre fein! Allerdings auch ganz schön viel Verantwortung. Was musste ein Kapitän eigentlich alles so machen? Gibt es so etwas wie eine Aufgabenliste für einen Piratenkapitän?

Ich legte mich auf den Rand des Brunnens und guckte in die Unendlichkeit über mir. Die Steine des Brunnens waren rauh und kühl, ein angenehmes Gefühl an meinem Rücken in dieser warmen Nacht.

„Captain Ismael!", sagte ich leise vor mich hin. Lächelte kurz, doch dann dachte ich, das ist doch Quatsch! Ein Kapitän wird doch nicht mit Vornamen angesprochen.

„Captain Ismael Shakkawboly!", sagte ich etwas lauter. Das gefiel mir! Ein eigenes Schiff mit einer eigenen Crew, Abenteuer und die unendliche Freiheit. Genauso sollte das Leben sein. Ich malte mir ein Leben vor meinem geistigen Auge aus, langsam verlor ich mich in meinen Gedanken. Der Nachbar der Realität ist der Traum und ich war kurz davor, auf eine Stippvisite nebenan vorbeizugucken.

Gut, es würde auch Kämpfe geben und bestimmt Seeschlachten. Vielleicht würde es auch hin und wieder ein bisschen blutig werden, aber ich würde erfolgreich die Herausforderungen meistern und am Ende glorreich dastehen. Es wird epische Stürme geben und spannende Verfolgungsjagten auf hoher See. Und natürlich Schätze auf Inseln und…

Eine Katze strich an meinem Bein vorbei und holte mich jäh in die Realität zurück. Ich war fast eingeschlafen auf dem Rand des Brunnens. Irritiert suchte ich nach dem Grund, der mich geweckt hatte und guckte in die großen Augen einer gestreiften Katze.

„Na, wer bist denn du?", fragte ich sie leise und erwartete keine Reaktion.

Trotzdem bekam ich eine Antwort: „Mau!", sagte der kleine Tiger. Er machte auf mich den Eindruck, als ob er mir etwas damit sagen wollte, aber wirklich weiter brachte mich seine Ansprache nicht.

Irgendwo fiel irgendwas mit einem Krachen um. Ich erschrak und guckte in die Richtung, aus der der Krach kam. Doch da war nichts zu sehen. Als ich wieder nach unten guckte, war die Katze spurlos verschwunden.

„Danke, mein Freund", sagte ich leise zu einem Tier, das meine Sprache nicht sprach und das nicht einmal mehr anwesend war. Aber ich kam mir nicht dumm vor, denn es war angebracht sich zu bedanken. Wäre ich richtig eingeschlafen, wäre ich vielleicht in den Brunnen gefallen und pitsch-nass geworden.

Ich machte mich auch auf den Weg in meine Kammer. Dort angekommen, fiel ich auf mein Bett, kickte die Stiefel von den Füßen und war fast sofort eingeschlafen.

„Ein eigenes Schiff…", war der letzte Gedanke, dann kam der Schlaf.

08 - Aufwachen mit Kater

Ich entstamme einer langen Reihe von Freibeutern, Korsaren und Vitalienbrüdern. Einige meiner Ahnen haben es zu zweifelhaftem Ruhm gebracht, andere brachten es fertig, ihre Geschäfte in Anonymität zu betreiben, was in den meisten Fällen die erfolgreichere Variante ist. Meine Vorfahren haben alle sieben Weltmeere befahren und unsicher gemacht, wobei es ursprünglich nur sechs Weltmeere waren, doch dazu später mehr.

Es kehrt noch immer in so mancher Taverne in Hafennähe ehrfürchtige Ruhe ein, wenn der Name Shakkabowly fällt. Meine Vater, Antonius Shakkabowly, und sein Bruder Peter haben an dem einen oder anderen Abend so manche dieser Tavernen leer getrunken. Es wird behauptet, dass sie einige dieser Kneipen am gleichen Abend sogar zweimal leer getrunken haben, doch das halte ich für Seemannsgarn.

Es gab noch mehr trinkfeste Gesellen in meiner Ahnenliste. Da gab es zum Beispiel einen Onkel zweiten oder dritten Grades väterlicherseits. er hörte auf den Namen Kaspar-Conrad Shakkabowly. Er war über zwei Meter groß, hatte einen beachtlichen Bauchumfang und Arme wie ein Holzfäller. Er war das, was man gemeinhin einen ganzen Kerl nennt. Allerdings war er bei weitem nicht so grobschlächtig wie diese Beschreibung vermuten ließ, denn er hatte auch noch eine ganz andere Seite. Auf seiner Oberlippe wuchs ein gepflegter Schnurrbart, den er an den Seiten kunstvoll zu Kringeln aufzwirbelte. Seine Kleidung war stets gepflegt und geschmackvoll harmonisch abgestimmt und man sah ihn nie mit einem Flecken auf der Hose. Das brachte ihm den durchaus berechtigten Namen „Conrad der Schöne" ein.

Dieser Spitzname ärgerte ihn ein bisschen, weil er doch lieber aufgrund seiner Stärke bekannt gewesen wäre. Also ließ er sich von seinem Schneider ein Krokodil auf sein Hemd sticken und versuchte die Legende zu verbreiten, dass er einst ein Krokodil mit bloßen Händen getötet hätte. Stolz trug er das kleine Krokodil wie einen Orden auf seiner breiten Brust. Niemand zweifelte diese Geschichte an, denn sie erschien einfach viel zu plausibel. Jedoch sind Spitznamen eine sehr hartnäckige Angelegenheit und lassen sich nicht einfach so ändern. Auch weiterhin wurde er von allen Leuten einfach nur *Conrad, der Schöne* gerufen und mein Onkel fand sich irgendwann damit ab. An den Krokodilen hatte er jedoch Gefallen gefunden, also machte er das Beste aus der Situation. Zusammen mit seinem Schneider entwarf er ein kurzärmeliges Hemd mit Kragen und kurzer Knopfleiste. Und, ganz wichtig, einem kleinen gestickten Krokodil auf der Brust. Diese verkaufte er als so etwas wie einen Fanartikel und machte damit einen schönen Gewinn.

Diese Art von Hemden ist auch heute noch populär und wird gerne in neureichen Yacht-Clubs getragen. Auch das Konzept mit dem Krokodil auf dem Hemd, um ein bisschen gefährlich zu wirken, wurde später von den gut frisierten Kindern aus reichem Haus übernommen. Nur war der Erfolg nicht der gleiche. Conrad dem Schönen hatte man seine Krokodilgeschichte durchaus abgenommen, den Möchtegern-Krokodiljägern mit ihren schicken Hemden in Pastellfarben, mit gut gebügeltem Kragen, hat nie jemand geglaubt, dass sie gefährlich wären.

Schon allein die Kombination aus einem Bestienbezwinger und der extravaganten Bartfrisur machten ihn bekannt wie einen bunten Hund. Aber ungewöhnliche Erscheinungen sind unter Piraten und Seeleuten nichts Ungewöhnliches und bunte Hunde gibt es im Hafen wie Sand am Meer.

Das Leben schreibt die seltsamsten Geschichten und so kam es, dass nicht sein Aussehen ihn berühmt machen sollte, sondern etwas ganz anderes.

Als sich der schöne Conrad einst auf einer Kaperfahrt im Indischen Ozean befand, fuhr er den Hafen von Colombo an. Er musste seine Vorräte auffrischen und seine Crew brauchte ein wenig Landgang. Außerdem waren die Stoffe aus Ceylon auf der ganzen Welt berühmt und immer eine Reise wert. Conrad hoffte darauf, ein paar Schnäppchen zu machen und vielleicht den einen oder anderen unerfahren Händler übers Ohr hauen zu können.

Abends traf man sich in einer Hafentaverne. Kaspar-Conrad Shakkabowly hatte erstklassige Tücher erstanden, die er in Europa für das zehnfache des Preises verkaufen würde. Mit Stoffen kannte er sich aus und er wusste, dass er ein gutes Geschäft gemacht hatte. Kurzum, er war mit sich und der Welt rundum zufrieden und befand sich in vorzüglicher Trinklaune. Ein großer Becher Rum nach dem anderen verschwand in seinem mächtigen Bauch.

Die Einheimischen waren erstaunt, was der große Mann aus dem fernen Land trinken konnte. Sie riefen bei jedem neuen Becher „Broost" um Conrad anzufeuern. In ihrer Sprache hieß das so viel wie: „Guckt, was der weiße Fettsack alles trinken kann". Es war durchaus als Kompliment gemeint, denn die Einheimischen waren es nicht gewohnt, große Mengen Alkohol zu trinken.

In Colombo und auf ganz Ceylon wurde „Broost!" zum geflügelten Wort. Wenn jemand besonders viel trinken konnte, dann rief man es ihm oder auch ihr zu.

Und so kam es, dass Jahre später Handelsreisende aus Bremen in die gleiche Kneipe kamen, in der Kaspar-Conrad Shakkabowly auf sein erfolgreiches Geschäft angestoßen hatte. Sie schnappten das Wort auf und mochten es von Anfang an. Es war so schön einprägsam, so euphorisch und in ihrer Sprache gab es kein passendes Wort, um jemanden beim Saufen anzufeuern. Also brachten sie das Wort als verbales Souvenir mit in ihre Heimat. Leider hatte einer der Händler einen kleinen Sprachfehler. Und so wurde aus „Broost" das heute oft verwendete „Prost".

So kommt es, dass Fachleute und Sprachwissenschaftler den schönen Conrad als Erfinder des Wortes Prost identifizieren. Wobei das nicht ganz richtig ist, denn er hat das Wort ja nicht selber erfunden. Vielmehr wurde es für ihn erfunden.

Es war nicht anders zu erwarten und so kam es wie es kommen musste. Die Trinkeskapaden meines Ur-Onkel Kaspar-Conrad Shakkabowly nahmen kein gutes Ende.

So weit bekannt ist, war es das Frühjahr des Jahres 1401, als es auf der Nordseeinsel Helgoland zwischen Conrad dem Schönen und einem anderen Piraten zu einer verhängnisvollen Begegnung kam. Kaspar-Conrads Ruf als standfester Trinker war unter Seeleuten mittlerweile fast schon legendär. Aber es gibt immer einen, der die Legende anzweifelt, einen, der alles infrage stellt.

In diesem Fall war es ein Pirat, der sich Klaus der Freibeuter nannte. Kein sonderlich einfallsreicher Name, aber als Pirat hatte er bereits durchaus einige Erfolge erzielt und war zu einer lokalen Berühmtheit aufgestiegen. Die Idee, Conrad den Schönen im Trinken herauszufordern war dennoch nicht sehr clever, das war sozusagen eine Schnapsidee. In meinem Ur-Onkel sollte er einen übermächtigen Gegner gefunden haben.

„Dich trinke ich locker unter den Tisch", war seine vollmundige Behauptung. Wie bei fast allen Piraten war Selbstüberschätzung auch bei ihm ein ernstzunehmendes Problem.

Auch wenn mein Ur-Onkel auf sein Talent nicht übermäßig stolz war, konnte er so eine freche

Herausforderung nicht unbeantwortet lassen. Die Sache mit dem Stolz war ein anderes psychologisches Krankheitssymptom, das bei Piraten schon immer weit verbreitet war. Hätte sich Sigmund Freud weniger um alt-griechische Helden gekümmert und mehr um Freibeuter, wäre die eine oder andere Seeschlacht verhindert worden.

Aber so kam es, dass beide Seeleute von sich behaupteten der Trinkfestere zu sein. Es lief auf ein Duell Mann gegen Mann hinaus. Kaspar-Conrad legte vor. Er nahm einen Becher mit Rum, ohne mit der Wimper zu zucken trank er ihn aus, als sei es frisches Quellwasser.

Doch sein Kontrahent war auch nicht ohne, auch Klaus der Freibeuter nahm seinen Becher mit Rum und trank ihn leer. Vielleicht war er wirklich durstig, vielleicht wollte er meinen Ur-Onkel schlecht aussehen lassen, man weiß es nicht, aber Klaus trank nicht nur, er kippte den Becher ohne abzusetzen nur so hinunter.

Der schöne Conrad war nicht beeindruckt. Er bestellte ein großes Bier und trank es leer.

Und wieder das gleiche Spiel: Auch Klaus leerte sein Glas, allerdings schon wieder in einem Zug, ohne auch nur Luft zu holen. Er kippte den Inhalt hinunter, als ob ein Gletscher im Frühjahr seine Wasser in Richtung Tal entlässt.

So ging es weiter, eine ganze Weile lang ging es hin und her. Mein Ur-Onkel legte vor, Klaus legte nach. Allerdings gelang es ihm immer nur nachzulegen, also gleichzuziehen. Es gelang ihm nicht, meinen Ur-Onkel zu überholen. Am Ende des Abends legte er nicht einmal mehr nach, sondern lag nur noch unter dem Tisch. Vielleicht war es seine eigene Arroganz, die ihn besiegt hatte, vielleicht war Conrad der Schöne einfach eine Nummer zu groß für ihn gewesen. Wie auch immer, Klaus war besiegt und es war seit diesem Abend klar, dass Kaspar-Conrad der trinkfesteste Freibeuter der Nordsee war.

Am nächsten Morgen segelte Klaus der Freibeuter mit seiner Mannschaft an Bord und dem schlimmsten Kater seit Seeräubergedenken in die offene Nordsee hinaus. Nun war Klaus jedoch nicht nur der zweitstärkste Trinker unter all den Piraten, die zu dieser Zeit die Nordmeere unsicher machten, er war auch der Meistgesuchteste von ihnen. Auf seine Ergreifung war ein hübsches Kopfgeld ausgesetzt und sein Steckbrief hing an jedem Laternenpfahl zwischen Husum und Den Haag. Dummerweise ist ein verkaterter Pirat eine eher leichte Beute und so konnte er an diesem Tag dingfestgemacht werden.

Unter Piraten gibt es ein Sprichwort: „Seeräuber sein ist herrlich, aber auch gefährlich", denn die Strafe für Piraterie war schon immer recht humorlos und recht rigoros. Wenige Tage später traf Klaus also seinen Henker und lief kurz darauf kopflos durch Hamburg.

Meinem Ur-Onkel war diese Geschichte unheimlich peinlich, kann man sich ja denken. Auch wenn ich der Meinung bin, dass Klaus selber schuld war, so ganz unschuldig war Kaspar-Conrad ja auch nicht. Aber man sagt ja, die Geschichte wird von den Siegern geschrieben. Wenn er also von diesem denkwürdigen Saufgelage sprach, verzichtete er auf seinen rechtmäßig erworbenen Titel und lobte Klaus in den höchsten Tönen. Besonders hob er hervor, wie schnell Klaus seinen Becher leeren konnte. Man sprach von nun an von seinem Saufbruder nur noch als Klaus Stürzdenbecher. Onkel Kaspar-Conrad selbst möchte lieber unerwähnt bleiben. Man sagt sich, dass er seit diesem Abend kaum noch Rum getrunken und seinen Beruf als Pirat aufgegeben habe. Zuletzt hat man ihn gesehen, als er am nördlichen Nil auf Krokodiljagd gehen wollte.

Ich habe von meinem Ur-Onkel einen wunderschönen, goldenen Ohrring geerbt und auch ein gewisses Händchen bei der Auswahl meiner Kleidung, könnte man auf meinen Urahn zurückführen, doch die Trinkfestigkeit scheint bei mir eine Generation übersprungen zu haben.

Als mich die Sonne am nächsten Morgen wachküsste, hatte ich einen ernstzunehmenden Kater. Zwar holte mich die liebe alte Sonne sanft aus der Traumwelt und versprach mir einen schönen Tag, die Kopfschmerzen waren dennoch nicht zu leugnen. Ich hatte viel zu lange geschlafen und vielleicht auch zu viel Met getrunken. Meine kleine Kammer war bereits von Licht durchflutet, der Tag hatte schon lange begonnen. Als mein verschlafener Blick auf meine Uhr fiel, brauchte ich ein wenig, um meine Gedanken zu sortieren.

„Es ist Samstag, es ist egal, wie spät es ist", dachte ich im Halbschlaf, „wie schön". Ich drehte mich noch einmal in meinem gemütlichen, weichen Bett um und zog die warme Bettdecke bis zum Kinn hoch.

„abschlussprüfung", schoss es durch meinen Kopf, doch ich ignorierte diesen Teil meines Verstandes.

Gemächlich setzte ich mich auf die Kante meines Bettes, streckte mich und überlegte, was ich heute denn so machen könnte.

„Ich glaube, ich geh nachher schwimmen, das wird toll", beschloss ich.

„Abschlussprüfung", merkte mein Verstand an, fand aber immer noch kein Gehör.

„Später treffe ich mich mit ein paar Freunden im Park zum Fußballspielen."

„Abschlussprüfung!", mein Verstand pochte darauf gehört zu werden.

„Ein Mittagsschlaf wäre nicht schlecht."

„ABSCHLUSSPRÜFUNG!"

Jetzt war dieser Gedanke ganz vorne in meinem Bewusstsein angekommen. Jetzt war er da, omnipräsent und nicht mehr zu vertreiben. Der Gedanke bestand nur aus einem Wort, doch dieses Wort erzeugte schon fast körperliche Qualen. Ein stechender Schmerz in meinem Verstand, der mich rabiat und schonungslos in die Realität holte.

Mit der Erkenntnis kam schlechte Laune.

Ich ging rüber zum Waschbecken. Am Waschtisch stehend schaute ich in den Spiegel.

„Du, mein Freund, reißt dich jetzt mal zusammen!", sagte ich zu der altvertrauten Person mir gegenüber. Die mandelbraunen Haare standen in alle Richtungen, Sommersprossen zierten die Nase, die Haut war braun gebrannt. Die Gesichtszüge waren nicht mehr die eines Kindes, aber noch nicht markant genug, um als männlich durchzugehen.

Ich drehte den Wasserhahn auf und warf mir ein paar Ladungen kaltes Wasser ins Gesicht. Das kühle Nass erfrischte mein Gesicht und meinen Geist, doch das half noch nicht genug. Um wirklich wach zu werden, steckte ich meinen Kopf unter den eiskalten Wasserstrahl. Etwas länger als notwendig hielt ich den Kopf unter das fließende Wasser. Ich konnte spüren, wie die Schläfrigkeit der Nacht und die Trägheit des Morgens mit dem kalten Wasser in den Abfluss gespült wurden. Die schlechte Laune war hartnäckiger und ließ sich leider nicht so leicht wegwaschen. Aber jetzt war ich wach und das war ein Schritt in die richtige Richtung. Dann nahm ich einen Kamm und versuchte mir eine seriöse Frisur zu kämmen. Mein Kampf mit meinen Haaren resultierte in einem Mittelscheitel, doch das sah einfach nur dämlich aus. Also noch einmal den Kopf unter das Wasser und einen neuen Versuch starten. Dann kämmte ich alle Haare auf eine Seite, jetzt guckte mich eine etwas fremd, aber durchaus seriös aussehende Person mit Seitenscheitel aus dem Spiegel an.

„Sehr gut", bewunderte ich meine Transformation zum Bankangestellten. Ich nickte mir zu und begann mit meiner morgendlichen Körperhygiene.

Während ich meine Zähne putze, guckte ich aus dem Fenster auf den Hof. Dort war schon einiges los. Die Welt hatte nicht auf mich gewartet bis ich aufgewacht bin, sie hatte sich einfach weitergedreht. Wenn ich mich nicht beeilen würde, wäre das Frühstück schon beendet.

Ich trocknete mir das Gesicht ab und guckte noch einmal in den Spiegel. Die Haare waren fast getrocknet und der Seitenscheitel war größtenteils bereits Geschichte. Meine Frisur war schon wieder näher am Hubschrauberlandeplatz als an Versicherungsvertreter.

Ärgerlich drückte ich mit der platten Hand die widerspenstigen Strähnen an einen geordneten Platz, der Erfolg war nur mittelmäßig.

„Darum geht es nicht, Ismael", redete ich mir meine Niederlage gegen meine eigene Frisur schön. „Du willst nicht Friseur werden, sondern Pirat. Also streng dich an!"

Ich guckte mir selbst tief in meine dunklen Augen, um meiner Aussage Nachdruck zu verleihen. Gar nicht so einfach, sich selbst zu überzeugen.

Ich klatschte in die Hände und machte mich auf den Weg. Ich hatte schon die Türklinke in der Hand, doch dann zögerte ich.

„Piratenkapitän!", erinnerte ich mich. Ein Lächeln zeigte sich auf meinen Lippen, meine gute Laune war wieder zurück.

09 - Frühstück und lernen

„Ismael, mein Liebelein, schön, dass du uns auch schon beehrst", empfing mich die Köchin Magaretha leicht ironisch im Speisesaal. Sie war eine herzensgute Seele und mit ihrer freundlichen, direkten Art umarmte sie die ganze Welt.

„Soll ich Dir ein ernstzunehmendes Frühstück bringen?", fragte sie, dieses Mal ganz ohne Ironie, es handelte sich um eine eher rhetorisch gemeinte Frage. Magaretha sah mit ihrer rundlichen Figur, der Küchenschürze und den grauen Locken nicht nur aus wie das Abziehbild einer Großmutter, sie hatte auch einen ausgewachsenen Oma-Komplex. Der Unterschied zwischen einem All-you-can-eat Buffet und einem Essen bei ihr war, dass du bei dem All-you-can-eat selbst entscheidest, wann du satt bist.

Bevor ich antworten konnte, wurden wir von einem lauten Poltern unterbrochen. Ich drehte mich um und sah zwei Streithähne, zwei Schüler, die in eine handfeste Auseinandersetzung geraten waren. Beim Austausch ihrer Argumente war ein Stuhl umgekippt, der für das Poltern gesorgt hatte.

„Ich hatte das zuerst!", behauptete der erste der beiden.

„Nein, ich hatte das zuerst!", widersprach der andere.

Das waren Tony und Peter und sie zankten mal wieder. Man kannte sie so, denn die beiden Brüder stritten sich eigentlich immer. Sie zerrten beide an einem Buch, das wohl der Auslöser des Streites war und das beide jeweils für sich beanspruchten. Die Brüder rissen unnachgiebig daran, es war ein Hin und Her.

„Das stimmt überhaupt nicht! Außerdem bist du hässlich!", argumentierte der eine und hob die Argumentation damit auf ein neues intellektuelles Niveau.

„Und du bist viel hässlicher!", konterte schlagfertig der andere.

„Ihr seid jetzt endlich mal ruhig!", donnerte die Köchin resolut dazwischen.

Erstaunlich ruppig konnte Magaretha Unruhe unterbinden. Die Brüder ließen erschrocken zeitgleich das Buch los, so dass es plump zu Boden fiel. Sie guckten Magaretha vollkommen irritiert mit großen Augen an, als ob sie nicht damit gerechnet hätten unterbrochen zu werden.

„Ihr räumt jetzt sofort hier auf oder ich hole meinen Kochlöffel", es war nicht notwendig zu überwachen, ob ihre Anweisung durchgeführt werden würde, und auch den Kochlöffel würde sie nicht holen müssen. Ihre Autorität bei den Schülern lag weit über der Akzeptanz des Lehrkörpers. Wenn Magaretha die freundliche Tonart verließ und aus der Köchin der Feldwebel wurde, dann wussten wir Schüler, dass es keine Zeit mehr zu verlieren gab. Auch bei den Lehrern habe ich schon den einen oder anderen in Hektik verfallen sehen, weil Commander Magaretha eine Ansage gemacht hatte.

Die nette alte Dame machte auf dem Absatz kehrt und wackelte in Richtung Küche.

„Außerdem seid ihr Zwillinge. Ihr seht genau gleich aus. Wäre der eine hässlich, wäre es der andere auch", murmelte sie und schüttelte den Kopf.

Damit hatte sie durchaus Recht. Tony und Peter glichen wie ein Ei dem anderen. Selbst nach Jahren, in denen ich die beiden fast täglich gesehen hatte, konnte ich sie nicht auseinander halten und ich kannte auch niemanden, der das konnte. Sie hatten beide braunes, lockiges Haar und Gesichter, die nach Lausbuben aussahen. Warum das so war, konnte ich mir nie wirklich erklären. Vielleicht weil sie immer ein wenig dreckig aussahen oder weil sie sich immer stritten, und man sah immer den Schalk in ihren Augen. Diese Einschätzung war weitgehend ungerecht, denn sie stritten eigentlich immer nur untereinander. Anderen gegenüber habe ich sie stets als freundlich und zuvorkommend erlebt.

Jetzt war den Zwillingen klar, dass schnelles Handeln angebracht war, eine zweite Aufforderung von Magaretha brauchte es nicht. Hektisch begannen sie das Chaos zu beseitigen. Der eine hob den Stuhl auf, der andere schob den Tisch wieder richtig. Dann bückten sich Tony und Peter zeitgleich nach dem Buch auf dem Boden und stießen mit den Köpfen zusammen, was zu weiteren Beleidigungen führte. Selbst beim Aufräumen schubsten sie sich gegenseitig weg und fluchten sich an. Aber im Großen und Ganzen wurde die Anweisung umgesetzt und sie räumten blitzschnell das dreckige Geschirr auf den dafür bereitgestellten Wagen. Trotz der permanenten Streiterei fiel nicht eine Gabel zu Boden oder wurde ein Teller zu hart abgesetzt. Erstaunlich fix waren sie fertig und verließen hastig die Bildfläche, nicht ohne sich weiterhin gegenseitig zu beschimpfen.

Ich setzte mich in eine entlegene Ecke des Speisesaals, um meine Ruhe zu haben. Mit einem tiefen Seufzer ließ ich mich auf eine Bank fallen und holte die Lektüre hervor, die mich heute Vormittag beschäftigen sollte. Es handelte sich um das „Handbuch nautische Navigation", das ich vor mich auf den Tisch legte. Der Begriff Handbuch war dabei der blanke Hohn, denn der Schmöker hatte bestimmt tausend Seiten und wog so viel wie zwei Ziegelsteine.

Ich legte meine Hand prüfend neben das Buch, aufrecht mit dem kleinen Finger nach unten und dem Daumen nach oben. Das Buch war ungefähr so dick, wie meine Hand breit war.

„Deshalb also Handbuch. Voll lustig…", dachte ich, ohne dass mir zum Lachen zumute war und schlug die ersten Seite auf.

„Du bist ein guter Junge." Magaretha stellte mir einen großen Teller vor die Nase und wuschelte mir durch die Haare. Damit war es um meinen Seitenscheitel endgültig geschehen.

„Iss was, Liebelein. Leerer Bauch studiert nicht gerne."

Ihre Herzenswärme tat gut und die Rühreier dufteten fantastisch. Also folgte ich ihrem Rat und löffelte das Rührei in mich hinein.

Leider las sich das Buch nicht von allein und die Wunder der Navigation auf offener See flogen nicht von Geisterhand in meinen Kopf. Also schlug ich das Buch auf und begann zu lesen.

Den ganzen Vormittag quälte ich mich durch den dicken Wälzer, der mir erklären sollte, wie ich mich auf dem Meer zurechtfinden soll. Auf losen Blättern machte ich mir Notizen, um das Gelernte mit meinen Worten besser verinnerlichen zu können. Allerdings stellte es sich als schwierig heraus die Abschnitte im Buch wiederzufinden, auf die sich meine Notizen und Zusammenfassungen bezogen. Eine Seite sah aus, wie die andere und es gab wirklich viele Seiten. Also nahm ich kurzerhand meinen Bleistift und schrieb kleine Zahlen auf die unteren äußeren Ecken der Buchseiten. So bekam ganz einfach die erste Seite eine kleine „1". Dann blätterte ich um und schrieb auf die nächsten Seiten eine „2", dann eine „3" und so weiter. Die "13" ließ ich aus, denn die bringt Pech.

Das dauerte ein bisschen, aber jetzt hatte jede Seite eine Nummer, auf die ich mich beziehen konnte und meine Notizen ergaben viel mehr Sinn.

„Du bist ein cleveres Kerlchen", Magaretha stand hinter mir, mit einem Besen in der Hand und war von meiner Idee, Struktur in die Zettelwirtschaft zu bringen, sichtlich begeistert.

„Aber jetzt muss ich dich rausschicken, damit ich hier aufräumen kann."

Das kam mir ganz gelegen, eine Pause war angebracht. Ich stand auf, klemmte mein Handbüchlein und meine Zettel unter den Arm und trottete los.

„Und was denkst du bitte, wie dein dreckiges Geschirr in die Küche kommt?"

Eine Frage wie ein Befehl! Magaretha war aus irgendwelchen Gründen nicht begeistert meinen Dreck wegzuräumen. Ich nahm mir vor, mich bei der Hotelleitung für diesen miesen Service zu beschweren, sah aber ein, dass jetzt gerade Aufräumen eine bessere Idee war als Widerworte oder dumme Witze. Also los, schnell alles in die Küche gepackt und bloß keinen Ärger riskieren.

Beim Rausgehen rief ich „'tschuldigung", sah aber zu, dass nicht noch eine Aufgabe bei mir landen würde und machte mich schnell auf meinen Weg.

10 - Einladung zum Tanz

Mein Kopf qualmte nach der spannenden und mitreißenden Lektüre am Vormittag, ich brauchte dringend etwas Ablenkung. Normalerweise konnte ich mich in der Sporthalle abreagieren. Ein bisschen Schwitzen, ein wenig Adrenalin freisetzen und schon war der Kopf wieder frei, also brachte ich meine Bücher und meine Unterlagen auf mein Zimmer und zog mir ein altes T-Shirt und eine Sporthose an.

Auf dem Weg in die Sporthalle kam mir Katharina von Habsburg entgegen. In ihren engen Tops und ihren kurzen Röcken war sie der Schwarm vieler Jungs auf der Schule. Sie sah gut aus und war sich dieser Tatsache auch sehr wohl bewusst. Katharina hatte es perfektioniert, ihr Aussehen zu ihrem Vorteil einzusetzen. Wenn sie sich selbstsicher mit perfekt gestylten Haaren über den Campus bewegte, konnte sie sich sicher sein, dass sich nicht nur im übertragenden Sinne alle Türen für sie öffneten, sondern auch im buchstäblichen. Denn nicht nur die Jungs rissen sich darum, ihr die Tür aufzuhalten oder die Tasche zu tragen, auch die Lehrer wickelte sie mit Leichtigkeit um den kleinen, perfekt manikürten Finger. Mit ihren großen blauen Augen und dem über Jahre einstudierten Hundeblick, bekam sie die guten Noten.

Meiner Meinung nach war dieses Verhalten einer Piratin nicht würdig und ich wunderte mich, warum man sie nicht durchschaute. Sie war keine Piratin, jedenfalls nicht nach meinen Maßstäben und würde auch nie eine werden. Aber eigentlich ging mich das ja auch nichts an und ich hatte bis dahin nie ein Problem mit ihr.

Jetzt kam sie mir entgegen, auf dem breiten Gang steuerte Katharina direkt auf mich zu.

Sie trug eine weiße Bluse und eine graue Strickjacke. Die Bluse war genauso weit zugeknöpft, wie sie es sein musste, um nicht unanständig zu wirken, aber so weit offen, dass sie doch Interesse weckte. Ihr karierter Faltenrock zeigte nicht zu viel und trotzdem war ich mir sicher, dass die Jungs sich nach ihr umdrehten.

Ich war leicht irritiert, denn wirklich viel hatte ich bisher noch nicht mit ihr zu tun gehabt. Doch es gab keinen Zweifel, dass sie wirklich mich meinte. Sie stellte sich mir in den Weg und fragte mit ihrer süßen Stimme:

„Na Ismael, was treibst du denn Schönes?"

Sie spielte mit ihren blonden Zöpfen und war die Unschuld in Person. Ich stand da mit meiner stinkigen Sporthose und meinem alten Band-T-Shirt und antwortete etwas ungelenk:

„Ich habe ein Vorstellungsgespräch in der Bank".

Sie warf ihren Kopf in den Nacken und lachte etwas zu laut über meinen gar nicht mal so guten Witz.

„Du bist immer so lustig", kicherte sie gekünstelt.

„Ich wollte in die Sporthalle, du kannst ja mitkommen", stellte ich richtig und war mir sicher, dass sie nicht auf dieses Angebot eingehen würde. Dort hatte ich Katharina noch nie gesehen, wahrscheinlich war es ihr im Hantelraum zu muffig. Ich hatte jetzt keine Lust mich mit Katharina zu unterhalten und wollte einfach nur zum Sport, um meinen Kopf freizukriegen. Ich machte einen Schritt zur Seite und versuchte an ihr vorbeizugehen, doch sie stand immer noch in meinem Weg.

„Nein, nein. Das ist mir zu stinkig da", bestätigte sie mich und schüttelte lächelnd den Kopf.

„Ok, schade", sagte ich und freute mich, dass meine Strategie so gut aufgegangen war. Also war ja jetzt alles klar, oder? „Darf ich bitte vorbei?", dachte ich mir.

Aber Katharina blieb stehen, direkt vor mir, direkt in meinem Weg. Sie guckte auf den Boden und wirkte etwas unentschlossen, ganz offensichtlich wollte sie noch etwas loswerden, aber wusste nicht so ganz, wie sie es sagen sollte.

Ich war mir unsicher, was ich jetzt tun sollte, die ganze Situation erschien mir suspekt. Die Stille war etwas zu lang und wurde peinlich.

„Gut, ich geh dann mal…", sagte ich und wollte mich an ihr vorbei in Richtung Sporthalle verabschieden. Doch Katharina hielt mich auf: „Weißt du…", sagte sie sichtlich verlegen und machte eine Pause. Kurz bevor ich dachte, dass der Satz nicht mehr beendet werden würde, fügte sie noch hinzu: „Bald ist ja auch Abschlussball."

Der Abschlussball! An den hatte ich nicht gedacht, das war nicht meine Welt. Doch warum sprach sie gerade jetzt an diesem Samstagnachmittag auf diesem menschenleeren Flur ausgerechnet mich auf den Schulball an? Was hatte ich damit zu tun? Sie konnte doch eigentlich jeden Jungen in unserer Stufe fragen, ob er sie begleiten möchte. Ich bekam langsam eine Ahnung davon, was hier vor sich ging und war heillos überfordert.

Vielleicht war der Schulball nicht meine Welt, aber es war die Welt von Katharina von Habsburg. Ballkleid, Flechtfrisur und ein strahlendes Lächeln brachte sie mit, aber ihr fehlte offensichtlich noch ein Accessoire für den Ballabend an ihrer Seite.

„Ach ja, der Ball", stotterte ich. Leider hatte ich keine Ahnung, wie ich aus dieser Nummer wieder rauskommen könnte. Die Situation entwickelte sich in die vollkommen falsche Richtung.

Mir fiel auf, wie gut sie roch, ein Traum aus Blütenduft und Vanille, das machte die ganze Situation nicht viel leichter und auf einmal hatte ich einen großen Stein im Magen. Es fiel mir schwer mich zu konzentrieren und ich begann zu schwitzen. Hatte ich bis gerade noch das Gefühl gehabt die Kontrolle über das Gespräch zu haben, fühlte ich mich jetzt vollkommen hilflos.

„Na ja, ich sag ja nur, dass ich noch keine Begleitung habe", druckste sie herum. Auch sie schien sich in dieser Situation nicht ganz wohlzufühlen.

„Was? Du kannst dir deinen Begleiter doch sicher aussuchen", sagte ich ehrlich erstaunt.

„Richtig. Natürlich kann ich mir meine Begleitung aussuchen", entgegnete sie selbstbewusst, diese

Richtigstellung war ihr wichtig. Dann schaute sie mir tief in die Augen und setzte ihre Lieblingswaffe ein: Ihr Augenaufschlag war millionenfach vor dem Spiegel geübt und hatte noch nie sein Ziel verfehlt. Auch ich bin nicht aus Stein und verlor mich für einen Moment in den Tiefen ihrer Augen.

Vielleicht bin ich in manchen Lebenslagen ein bisschen langsam, aber mittlerweile war bei mir der Groschen gefallen, was sie vorhatte war nun vollkommen klar. Offensichtlich war sie der Meinung, dass ich ganz gut an ihre Seite passen würde. Vielleicht passte meine Augenfarbe zu ihrem Kleid oder ich hatte zufälligerweise die richtige Größe. Auf jeden Fall wollte sie, dass ich neben ihr stehe, wenn sie zur Ballkönigin gekürt wird.

Aber die entsprechende Frage sollte von mir gestellt werden. Nicht sie wollte mich fragen, ob ich sie zum Ball begleite, sondern ich sollte sie einladen. Ich sollte sie bitten, mit ihr zum Ball zu gehen, denn das war nun mal ihrer Meinung nach die Aufgabe des Jungen. Außerdem durfte sich ihre zukünftige Begleitung ruhig ein wenig Mühe geben, immerhin war sie der Hauptgewinn.

Das war nicht meine Welt! Ich merkte, wie mein Gesicht rot anlief und meine Gedanken Tango tanzten. So muss sich das Kaninchen vor der Schlange fühlen. Die Lage war ziemlich hoffnungslos, ein einfacher Ausweg nicht in Sicht. Ein Vulkanausbruch würde mir jetzt ganz gelegen kommen. Warum gibt es nie ein Erdbeben, wenn man eins braucht?

„Ja,…bestimmt wird dich der richtige Junge bitten, mit ihm zum Ball zu gehen." Obwohl uns beiden klar war, was jetzt von mir verlangt wurde, versuchte ich ein wenig Zeit zu gewinnen. Ich fuhr fort: „Aber so was macht man im richtigen Rahmen. Nicht einfach so auf dem Gang. So was will ja auch geplant sein. Und überhaupt…", stammelte ich. Katharina blickte mich einfach nur stumm an, während ich irgendetwas plapperte.

„Außerdem muss ich los!", fügte ich noch hinzu.

Ich drängelte mich hektisch an ihr vorbei und ging etwas zu schnell den Gang hinunter.

Katharina ließ mich passieren, sie hatte ihren Punkt vorgebracht.

„Warte nicht zu lange, Ismael!", rief sie mir hinter.

Die Situation hatte mich überrumpelt und verwirrt. Katharina hatte mich auf dem falschen Fuß erwischt. Abschlussball, Abschlussprüfungen, keine Idee, wie es nach der Schule weitergehen sollte, ich fühlte mich vom Leben überfordert.

Mittlerweile war ich in der Sporthalle angekommen. Ich legte mein Handtuch auf eine Hantelbank, schnappte mir ein paar Gewichte und begann zu trainieren. Ich pumpe das Eisen immer wieder hoch und wollte einfach nur den Kopf frei bekommen. Normalerweise half mir schwitzen dabei mit dem Denken zu pausieren, doch so richtig wollte es heute nicht gelingen. Zu viele Gedanke schwirrten in meinem Kopf herum und verlangten nach Aufmerksamkeit.

Neben mir trainierten Peter und Tony, die Zwillinge. Die beiden stritten sich mal wieder, wie sie es eigentlich immer tun. Peter lag rücklings auf einer Hantelbank, vielleicht war es auch Tony, wer kann die beiden schon auseinanderhalten? In jeder Hand hatte er eine beachtliche Hantel. Für seine eher schmächtige Figur waren das viel zu viele Hantelscheiben auf den Stangen.

Die Gesetze der Physik konsequent missachtend stemmte er die beiden Hanteln immer wieder in die Höhe und schimpfte dabei.

„…Du hast doch mit dieser Geschichte überhaupt erst angefangen. Es war ganz allein deine Idee!"

Sein Bruder stand daneben. Er stemmte einen Sandsack immer wieder über seinen Kopf. Auch hier war das Verhältnis von Sandsackgröße zu Bizeps-Umfang nicht im Gleichgewicht.

Er entgegnete: „Das ist doch gar nicht wahr. Wenn du mir nicht davon erzählt hättest, dann hätten wir später gar nicht darüber gesprochen! Also ist es doch deine schuld!".

Erstaunlich war, dass sie beim Streiten nicht pausierten, sie machten einfach mit ihren Übungen weiter. Fast so, als sei Streiten für sie so etwas wie Atmen, dass passierte einfach nebenbei, reflexartig. Es schien sie nicht einzuschränken oder ihnen die Puste zu rauben.

Ich war fasziniert und folgte gerade dem Gedanken, ob Streiten die Kondition stärken kann. Man könnte einen Spinning-Kurs anbieten, in dem während der Übungen Streitgespräche geführt werden oder einen Wettlauf bei dem Fachdiskussionen ausgefochten werden. Meine Gedanken drifteten davon. Vielleicht überraschte es mich deshalb so sehr, als ich von der Seite angesprochen wurde.

„Du musst mehr Gewicht drauf tun, weißt du."

Das war Pierre-André Fou. Er war auch im Abschlussjahrgang, ich kannte ihn aus einigen Kursen, hatte aber noch nie mehr als drei Sätze mit ihm gesprochen. Er war nicht die hellste Kerze auf der Torte, hatte aber Oberarme wie ein Holzfäller. Sein Schädel war kahl rasiert, seine Haut braun gebrannt. Die kurzen Ärmel seines T-Shirts hatte er abgeschnitten, um den Anblick auf seine beachtlichen Muskeln freizulegen. Auf dem rechten Oberarm hatte er eine Schlange tätowiert, künstlerisch nicht hochwertig, aber dennoch bedrohlich riss sie ihr Maul auf, präsentierte die Giftzähne und schien den Betrachter anzufauchen.

„Du musst richtig Gewicht nehmen, weißt du. So ungefähr", wiederholte er seinen Ratschlag.

Er nahm eine riesige Hantel von der Ablage.

„Und dann musst du so machen, weißt du?"

Er riss die beeindruckende Menge Eisen nach oben. Sein Bizeps schwoll beachtlich an. Wahrscheinlich war sein Oberarm dicker als mein Oberschenkel.

„Viel Gewicht hilft viel, weißt du", presste er unter der Last der Gewichte hervor.

Er pumpte die Hantel mehrfach nach oben und schnaufte dabei wie ein Stier. Sein Kopf wurde rot und Schweiß bildete sich auf seiner Stirn. Die tätowierte Schlange auf seinem Oberarm bewegte sich bedrohlich bei jeder Armbeugung.

Er ging mir gehörig auf die Nerven.

Pierre-André legte die Eisenstange zurück auf den dazugehörigen Ständer und baute sich vor mir auf.

„Und wenn du jeden Tag mit richtig viel Gewicht trainierst, weißt du, dann siehst du irgendwann aus wie ich!" Voller Stolz grinste er. Er stellte sich in einer typischen Body Builder Pose auf, spannte seine Arme an und präsentierte seine Muskeln. Ich war mir nicht mehr ganz sicher, ob er noch mit mir sprach oder mit seinem Spiegelbild in der verspiegelten Wand.

„Danke, dass du mich warnst. Dann mache ich das lieber nicht", kommentierte ich seine Aussage.

Das Grinsen verschwand langsam aus seinem Gesicht. Sehr langsam. Man konnte quasi live mit ansehen, wie meine Worte sich durch seine Gehirnwindungen kämpften und dort Synapsen suchten, die Sinn ergaben. Zu guter Letzt stand sein Mund offen, aber er sagte nichts. Anscheinend überlegte er sich eine schlagfertige Antwort. Aber es kam nichts mehr, sein Mund blieb still. Er guckte mich nur mit offenem Mund und leicht dümmlicher Mine an.

Ich ließ ihn stehen und ging in eine andere Ecke der Sporthalle.

„Manche Leute nerven echt wie Drahtseile", dachte ich.

11 - Katergesellschaft

Nach dem Sport und einer heißen Dusche fühlte ich mich wie ein neuer Mensch. Man glaubt nicht, wozu so ein bisschen heißes Wasser imstande ist. Ich möchte nicht behaupten, dass ich jetzt motiviert war zu lernen, aber ich war verdammt nah dran.

Ich schnappte mir das Buch *Schiffstypen* und machte mich auf den Weg in den Hof. Ich wollte mich draußen irgendwo hinsetzen, um mir dieses literarische Wunderwerk zu gönnen. Wenn ich mir schon trockene Theorie einverleiben musste, dann doch bitte an der frischen Luft.

Vor dem Haus auf der Veranda war noch ein Liegestuhl frei. Ich freute mich, dass ich so viel Glück hatte, rückte den Stuhl in die Sonne und machte es mir bequem. Ich hielt das Buch hoch vor mein Gesicht, so dass der Schatten des Buches auf mein Gesicht fiel und die Sonne mich nicht blendete, dann fing ich an zu lesen.

Schiffstypen war schwerer Stoff. Es ging um Fakten und Daten, Längen und Mannschaftsstärken, Tonnagen und Quadratmeter Segelfläche. Die Zahlen hatten so viel logischen Zusammenhang wie die Nummern in einem Telefonbuch, man konnte nichts herleiten, man musste stumpf auswendig lernen.

Die Lehrkraft, die uns dieses Thema näherbringen und unsere Begeisterung hierfür entfachen sollte, war Frau El Aboussi. Leider gehörte sie zur ganz alten Schule. Sie war mit Sicherheit eine der strengsten

Lehrer im gesamten Kollegium und kam dem Bild, das man bei dem Wort Studienrat im Kopf hat, sowohl optisch aber besonders charakterlich sehr nah. Bei Frau El Aboussi gab es ausschließlich Frontalunterricht, bei dem Fakten heruntergebetet wurden. Moderne pädagogische Konzepte waren ihr zwar bekannt, jedoch lehnte sie diese kategorisch ab.

Die Kombination aus trockenem Stoff und konservativer Lehrerin, führte ohne große Überraschung dazu, dass *Schiffstypen* mit Sicherheit das Fach war, mit dem ich am meisten auf Kriegsfuß stand.

Auf die ersten zehn oder fünfzehn Seiten des Lehrbuches konnte ich mich noch einigermaßen konzentrieren. Jedoch war der Inhalt ungefähr so spannend wie ein Regenwurmrennen, nachdem die Amsel da war. Etwa auf der sechszehnten Seite fielen meine Augen zu und das Buch mitten in mein Gesicht. Meine Nase tat weh und ich fragte mich, ob ich der erste Schüler war, der eine blutige Nase vom Studieren bekommen hatte.

Ich musste mir eingestehen, dass der Liegestuhl vielleicht zu bequem war, um darauf zu lernen. Also stand ich auf und spazierte weiter über den Hof, auf der Suche nach einem besser geeigneten Plätzchen. Die Wiese kam nicht infrage, dort spielten ein paar Erstklässler Fußball. In mein Zimmer wollte ich auch nicht, das war mir zu stickig. Meine Suche endete am Brunnen vor dem Schulgebäude. Dieser war ein wenig abseits vom Trubel im Innenhof. Dass man dort sehr bequem sitzen konnte, hatte ich ja letzte Nacht schon ausprobiert.

Ich setzte mich auf den Rand und schlug das Buch wieder auf.

„Mau" machte es zu meinen Füßen. Da war sie wieder, die Katze aus der letzten Nacht. Bei Tageslicht betrachtet konnte ich sie besser erkennen. Das hellgraue Fell war schwarz getigert und glänzte in der Sonne. Die beiden Vorderpfoten hatten weiße Socken an. Ein schöner, stolzer Hinterhoftiger.

Mit großen, wachen Augen guckte mich das Tier erwartungsvoll an.

„Hallo Kleiner. Willst du mir Gesellschaft leisten?", fragte ich und klopfte auf meinen Schoß. Ohne groß zu zögern sprang die Katze mit einem Satz nach oben, als hätte sie nur auf diese Einladung gewartet. Das kam ein bisschen überraschend, aber doch willkommen. Ein paarmal drehte sich das Tier im Kreis, auf der Suche nach der idealen Position, um sich dann auf meinen Oberschenkeln zusammenzurollen.

Vorsichtig begann ich meinen neuen Freund zu kraulen. Sein dickes Fell war warm und weich und fühlte sich gut an unter meinen Fingern. Offensichtlich machte ich meinen Job nicht komplett verkehrt, denn mein Kraulen wurde mit einem zufriedenen Schnurren quittiert.

Mit dem Buch in der einen Hand, kraulte ich mit der anderen Hand die Katze, die sonor brummte. So ging es! Ich konnte mich auf die trockene Kost

„Schiffstypen" konzentrieren, ohne erneut einzuschlafen und kam richtig gut voran.

So saßen wir eine ganze Weile auf dem Rand des Brunnens, die Katze auf meinen Oberschenkeln, das Buch in meiner Hand. Doch dann riss mich eine Stimme aus der Konzentration.

„Na, habt ihr euch angefreundet?" Erschrocken blickte ich auf.

Die Köchin Magaretha stand neben mir, ich hatte gar nicht gemerkt, wie sie gekommen war. Zu sehr war ich in das Schulbuch vertieft gewesen.

Sie hielt eine brennende Zigarette zwischen den Fingern. Dann fiel ihr ein, dass ein Schüler sie wohl lieber nicht beim Rauchen sehen sollte und sie versteckte die Zigarette halbherzig hinter ihrem Rücken. Verräterisch stieg der Rauch neben ihrer üppigen Silhouette auf.

„Die Katze, Liebelein, habt ihr euch angefreundet?", fragte sie erneut und nickte in Richtung des Fellknäuels auf meinem Schoß.

Jetzt verstand ich und guckte nach unten. Das Tier hatte sich nicht aufschrecken lassen und schlief immer noch vollkommen entspannt.

„Ja, sie hat mir Gesellschaft geleistet." Ich legte das Buch zur Seite. Überrascht bemerkte ich, dass ich es schon fast bis zur Hälfte durchgearbeitet hatte.

„Er, nicht sie."

Ich guckte sie fragend an.

„Die Katze ist ein er, ein Kater. Das ist der Graf von Ripshorst", erklärte mir Magaretha. „Er ist schon fast so lange hier wie ich." Die Köchin setzte sich neben mich auf den Rand des Brunnens. Sie roch nach Frittenfett und Zigarette.

„Als ich vor über 40 Jahren hier als junge Küchenhilfe gearbeitet habe, da habe ich mal ein halb verhungertes Kätzchen im Gebüsch hinter dem Küchenhaus gefunden. Das junge Tier war übersät mit Zecken, vollkommen verdreckt und gefährlich unterernährt. Schwach und halbtot hätte das arme Vieh die nächste Nacht wohl nicht überlebt. Ich hatte schon immer ein Herz für die, die es brauchten, also nahm ich ihn mit, wusch ihn und päppelte ihn wieder auf. Es war noch viel Lebenswille in ihm, so kam er schnell wieder zu Kräften und nach ein paar Tagen habe ich ihn wieder vor die Tür gesetzt. Eine Katze hat in der Küche nichts zu suchen. Doch er kam immer wieder. Manchmal jeden Tag, manchmal nur einmal in der Woche. Aber er war immer hier, all die Jahre."

Sie zog an ihrer Zigarette. Sie hatte wohl vergessen, dass sie diese verstecken wollte, oder es war ihr mittlerweile egal.

„Tiere sind halt dankbar", entgegnete ich. Doch dann stockte ich, da stimmte doch was an der Geschichte nicht. „Vor 40 Jahren? Katzen werden doch höchstens 15 oder 20 Jahre alt."

Ich musterte das Tier auf meinem Schoß. Ein schönes Tier, voller Energie mit schönem, glänzendem Fell. Sieht so eine rekordverdächtig alte Katze aus? Wohl eher nicht.

„Das kann ich mir nicht vorstellen. Vielleicht ist das hier ein Kind deiner Katze oder sogar schon das Enkelkind. Aber nie und nimmer ist das die gleiche Katze."

„Wer weiß das schon so genau", entgegnete Magaretha und zuckte mit den Schultern. „Ich kann dir nur erzählen, was ich gesehen habe. Es war immer diese Katze, in all den Jahren. Da bin ich mir sicher, Liebelein. Früher habe ich mir schon mal Sorgen gemacht, wenn er sich zwei oder drei Tage nicht gezeigt hatte. Mittlerweile weiß ich aber, er passt auf sich auf und er kommt immer zurück."

Sie lehnte sich herüber und kraulte das Tier hinter dem Ohr. Sofort wurde das Schnurren noch lauter.

„Was mich angeht, ich habe nie infrage gestellt, ob es immer das gleiche Tier ist. Warum sollte ich auch?"

Sie schaute mich an. „Liebelein, manchmal reicht es zu glauben. Man muss nicht immer alles hinterfragen."

„Ich glaube nur, was ich sehe", widersprach ich. „Und 40 Jahre alte Katzen gibt es nicht. Das sind Ammenmärchen." Die Worte klangen patziger, als ich es eigentlich gewollt hatte.

Als würde die Katze auf das, was ich gesagt hatte, reagieren, hörte das Schnurren sofort auf. Der Graf von Ripshorst sprang von meinem Schoß. Er blieb jedoch noch einmal stehen, drehte sich um und sah mich durchdringend eine Zeit lang an. Fast war mir, als würde mir dieser Kater einen Vorwurf machen. Dann war der Moment vorbei und mit ein paar eleganten Sprüngen über den Hof verschwand er in einem Gebüsch.

Magaretha schüttelte enttäuscht den Kopf. „Ach Ismael, Liebelein. Du muss noch so viel lernen."

Mit einem Seufzer stand sie auf und wackelte davon.

„Aber der Graf hat sich noch nie getäuscht", sagte sie mehr zu sich selbst als zu mir und ließ mich am Brunnen zurück. Ein ausgesprochen seltsamer Nachmittag. Eine uralte Katze, die fidel über den Hof springt und eine Köchin, die mir die Welt erklären will.

Ich hätte noch ein wenig über die gerade vergangene Situation nachdenken wollen, aber da mir aber nichts anderes übrig blieb, schlug ich das Buch „Schiffstypen" wieder auf. Doch so richtig wollte der trockene Stoff nicht mehr in mein Gehirn. Irgendwas war anders als noch vorhin, irgendetwas blockierte meine Konzentration. Es schien, als wäre mit der Katze meine Motivation und meine Aufnahmefähigkeit verschwunden.

Mehrfach musste ich den gleichen Absatz lesen, weil ich ihn einfach nicht verstand. Gerade Gelesenes verließ ohne Umwege wieder meinen Verstand ohne eine Spur zu hinterlassen. Nach einigen erfolglosen Minuten entschied ich für heute Schluss zu machen. Immerhin hatte ich das Buch schon mehr als halb durchgearbeitet, das konnte ich als Erfolg verbuchen. Doch ich fragte mich, wo meine Produktivität auf einmal hin war. Vorhin hatte es doch so gut funktioniert.

„Wahrscheinlich bist du einfach müde", sagte ich zu mir und klappte das Buch mit einem Knall zu. Sicher war ich mir jedoch nicht, ob das wirklich der Grund war.

Auf dem Weg in mein Zimmer fragte ich mich, was Magaretha damit gemeint hatte, dass sich der Graf noch nie getäuscht hätte? Wobei kann sich denn ein Kater irren?

Zurück in meinem Zimmer sortierte ich meine Notizen und legte die Bücher zurück an ihren Platz im Regal. Ich setzte mich auf mein Bett und atmete tief durch. Der Blick auf das Bücherregal war deprimierend. Eine ganze Armada von Büchern stand da aufgereiht und schien mich zu verhöhnen. Was ich noch alles lesen und lernen musste, wie sollte ich das jemals schaffen! Ich wünschte, ich wäre während des Schuljahres nicht so faul gewesen. Doch das ließ sich jetzt nicht mehr ändern.

Ich ließ mich rücklings auf mein Bett fallen und starrte an die Zimmerdecke. Mein Bett fühlte sich verlockend und einladend an.

„Ganz kurz liegen bleiben und die Augen ausruhen", dachte ich mir und schloss für einen kurzen Moment meine Augen.

Als ich sie wieder öffnete war bereits Sonntagmorgen.

12 - Schnittlauch zum Frühstück

Der nächste Tag weckte mich mit Sonne und guter Laune, ich war ausgeschlafen und topfit. Ich fühlte mich, als könnte ich es mit Riesen aufnehmen und die Welt erobern. Also los!

Erst einmal musste ich raus aus den Klamotten, die ich ja noch von gestern anhatte. "Wer die Welt erobern will, sollte vernünftig aussehen", ist ein Sprichwort in unserer Familie, dass von meinem Onkel Kaspar-Conrad geprägt wurde. Also suchte ich mir saubere Klamotten raus, wusch mich und zog mich an.

Ich stand vor dem Spiegel und kämmte meine Haare erneut zu einem Scheitel. Ich schaute mir das Ergebnis im Spiegel an.

„Nein, Ismael Shakkabowly, das bist nicht du", sagte ich zu der fremd aussehenden Person im Spiegel. „Wer sich verkleidet, kann sich niemals selbst finden."

Mit einem Handtuch strubbelte ich mir über die Haare und betrachtete das Ergebnis erneut.

Da guckte mich ein junger Mann voller Energie an. Die mandelbraunen Haare waren etwas zu lang und standen in alle Richtungen ab. Die großen, dunklen Augen leuchteten erwartungsvoll und herausfordernd. Um die Nase herum zeigten sich ein paar Sommersprossen und im linken Ohr steckte ein dicker goldener Ohrring, groß genug, um einen kleinen Finger durchzustecken.

Sah so ein Pirat aus? Vielleicht, ich konnte es mir selbst nicht beantworten. Wie sollte eigentlich ein Pirat aussehen? Ich hatte keine Ahnung. Klar hatte ich schon echte Piraten gesehen, meine Eltern zum Beispiel. Oder Verwandte oder Freunde der Familie oder die schrägen Vögel, die sich im Hafen herumtreiben oder auch die Lehrer an meiner Schule. Ich hatte schon viele Piraten gesehen, heruntergekommene Piraten in Lumpen und chic gekleidete Piraten in adretten Anzügen. Ich hatte Piraten in bunten Hosen gesehen und welche die komplett in Schwarz aufgetreten sind. Professor Tributum war sogar Piratenschulendirektor und trug einen albernen Umhang mit Sonne, Mond und Sternen; mein Vater hingegen, ein ehrwürdiger Pirat, mochte schwarze Jeans. Offensichtlich gab es alle möglichen Piraten mit vielen unterschiedlichen Geschmäckern. Aber was es nicht gab, war ein Ismael Shakkabowly mit Seitenscheitel.

„Wenn die Welt auf einen Piratenkapitän mit seriösem Seitenscheitel wartet, dann muss sie eben auf jemand anderen warten", teilte ich meinem Spiegelbild entschlossen mit.

Ich versuchte verwegen zu gucken, aber ich wusste nicht genau, wie das ging. Also sah das Ergebnis eher lächerlich aus. Ich startete mehrere Versuche. Zunächst riss ich die Augen weit auf und guckte von der Seite. Im Spiegelbild kontrollierte ich, wie das wirkte. Aber das sah eher idiotisch aus als verwegen. Wenn ein Freibeuter so gucken würde, dann würde ihn sicher niemand ernst nehmen.

Beim nächsten Versuch kniff ich die Augen ein wenig zusammen und versuchte streng zu gucken. Aber so konnte ich mich nicht einmal selbst ernst nehmen. Das sah alles albern aus, mehr nach Grimassen schneiden als nach Angst einflößen. Und vor allem: Das war alles nicht ich.

Ich probierte noch ein paar Varianten, aber das Ergebnis war immer wieder mehr oder weniger lachhaft.

Mir wurde klar, wie aufgesetzt meine Grimassen waren und musste über mich selbst lachen.

Das fröhliche Gesicht, das ich jetzt im Spiegel sah, das mochte ich, das war ich.

„Sollen doch die anderen grimmig gucken, ich werde keine Maske aufsetzen", beschloss ich.

Zufrieden mit meiner Entscheidung einfach nur ich zu sein, machte ich mich auf den Weg, die Welt zu erobern. Ich schnappte meine Jacke und verließ mein Zimmer in Richtung große weite Welt und Richtung Frühstück.

Als ich im Speisesaal ankam, saßen Ültje und Michel bereits an einem Tisch. Ich setzte mich dazu, ohne dass es einer der beiden wirklich zu bemerken schien. Beide waren sehr emotional in eine Diskussion vertieft und mein freundliches „Guten Morgen" wurde nur mit einem flüchtigen Nicken kommentiert.

„Hey, worum geht es denn?", versuchte ich nach einer Weile zu unterbrechen. Ich war neugierig, um was es hier ging. Außerdem langweilte ich mich so unbeachtet ein bisschen.

„Ültje meint, Rührei schmeckt besser, wenn man die Petersilie erst nachträglich zum Ei hinzugibt", bekam ich von Michel seine Zusammenfassung der Diskussion. „Nachträglich, also erst auf dem Teller und nicht in der Pfanne. Aber das ist doch Nonsens. Die blöden Kräuter kann man einfach von Anfang an mit reinwerfen."

Michel sah mich etwas hilflos an, als müsse ich ihn unbedingt unterstützen.

„Ist doch so, oder?", suchte er nach Bestätigung.

„Michel, wenn ich es Dir doch sage", verteidigte Ültje seinen Standpunkt. „Wenn die Petersilie zu früh dazu kommt, verbrennt sie in der heißen Pfanne."

Er rieb seinen Mittelfinger an seinem Daumen und tat so, als würde er etwas auf seinem Teller verteilen.

„Erst ganz zum Schluss", sagte er dabei.

Zunächst war ich mir nicht ganz sicher, ob ich die Situation richtig verstand.

„Echt jetzt?" Ich konnte es nicht fassen, „darüber streitet ihr euch? Gibt es nichts Wichtigeres?"

Versteht mich bitte nicht falsch, ich fand Essen schon immer toll, ich bin ein ganz großer Fan. An manchen Tagen esse ich sogar mehrfach. Und wenn es lecker schmeckt, finde ich Essen noch toller. Dann kann es sogar vorkommen, dass ich zu viel esse. Aber für Details hatte ich bei diesem Thema keinen Sinn. Welches Gewürz und wie viel davon, woher die Zutaten kamen und wie man sie genau zubereitet, das war nicht meine Welt. Kulinarisch war ich eher Konsument als Produzent.

„Quatsch, niemand streitet sich", wehrte Ültje vehement ab und lächelte Michel an „nur eine Diskussion unter Experten."

„Genau", stimmte Michel energisch zu „Futter-Experten!"

Beide mussten lachen und gaben sich ein High Five.

„Ihr beiden Experten, habt ihr euch denn schon auf den Test morgen in *Schiffstypen* vorbereitet?"

Mein abrupter Themenwechsel wurde genauso freudig begrüßt, wie eine Magen-Darm-Grippe auf einer langen Autofahrt.

„Mensch, Ismael, du kannst einem echt die Laune verderben." Michel war beleidigt und ich konnte es ihm nicht einmal verübeln. Meine Überleitung war plump und ungeschickt gewesen, aber das Thema brannte nun mal unter meinen Nägeln.

„Nicht nur die Laune verdirbst du uns, sondern auch den Hunger", stimmte ihm Ültje zu und stopfte sich quasi zur Bestätigung eine Gabel Rührei in den Mund.

„Tut mir leid, aber das Thema macht mich fertig. Ich habe es bisher nicht einmal geschafft das Buch komplett durchzuarbeiten und ich glaube, ich könnte bei ein paar Themen echt Hilfe gebrauchen." Mir war bewusst, dass ein bisschen Verzweiflung in meiner Stimme mitschwang.

„Kein Problem. Wenn du mich erst in Ruhe frühstücken lässt und mir versprichst nicht über die Schule zu sprechen, bis ich aufgegessen habe, dann quälen wir uns zusammen durch den Stoff." Michel machte mir Hoffnung, darin war er echt gut. Er wusste, wie man die Hektik rausnahm und den Leuten ein bisschen Zuversicht geben konnte. Vielleicht lag es an seiner kräftigen Statur, die zu sagen schien: „Hab keine Angst, ich beschütze dich", oder es lag an seiner tiefen, sanften Stimme. Wie auch immer, er hatte mich ein wenig beruhigt.

„Okay. Keine Schul-Themen mehr, versprochen!" Natürlich ging ich auf sein Angebot ein.

Michel kam ursprünglich aus Somalia, genau genommen aus Hobyo, einer kleinen Stadt an der Küste des Indischen Ozeans. Hobyo war zwar ein kleines Städtchen, aber ein außerordentlich lebendiger Ort. In der Hafengegend trieben sich viele wirklich wilde Piraten herum. Landeinwärts gab es immer wieder Bürgerkriege. So einer Umgebung konnte man nur mit Ruhe begegnen, sonst würde man verrückt werden.

Außerdem hatte Michel 12 Geschwister und wusste, wie man mit Hektik am besten umging.

„Wie sieht es mit dir aus, Ültje? Willst du mit uns lernen?", wandte ich mich im Plauderton an den Zweiten der Futter-Experten. Dabei langte ich in den Brötchenkorb. Jetzt, wo mir Michels Unterstützung sicher war, wollte ich mir ein schönes Frühstück gönnen.

„Ja, ja, klar, macht ihr mal...", antwortete Ültje merklich abwesend. Seine Laune schien sich auf einmal verändert zu haben, aber so richtig deuten konnte ich seinen Kommentar nicht. Lustlos stocherte er in seinem Frühstück herum.

„Welche Laus ist Dir denn jetzt über die Leber gelaufen?", fragte ich irritiert, doch ich bekam nur ein Brummen als Antwort.

Ich wollte gerade noch einmal nachhaken, was denn los sei, aber Michel hatte die Situation wohl nicht mitbekommen und wechselte komplett das Thema.

„Wisst ihr was ich nach den Abschlussprüfungen mache? Urlaub!"

Verträumt guckte er in die Ferne und schilderte uns seine Pläne:

„Ich wollte schon immer mal nach New York, oder nach Hawaii. Oder ich laufe einfach durch San Francisco."

„Das klingt toll", kommentierte ich seinen Plan. „Wenn Du nach San Francisco kommst, solltest du dir Blumen in die Haare binden. Das macht man da so, hab' ich mal gehört."

„Wie soll das denn gehen?", lachte Michel sein lautes tiefes Lachen und strich sich über seine raspelkurzen schwarzen Haare.

„Na los", drängte er, „was sind eure Pläne?"

Er hatte wirklich keine Lust über Schule oder die Prüfungen zu sprechen, das war offensichtlich. Er machte es mir leicht, mein Versprechen einzuhalten und das Thema Schule komplett auszugrenzen. Doch während Michel und ich über Reiseziele und andere Pläne sprachen, war Ültje nur noch halbherzig dabei. Seine Antworten fielen einsilbig aus, seine Gedanken schienen weit weg zu sein.

Ich fragte mich, ob jemand etwas Falsches gesagt hatte. Hatte ich ihn irgendwie beleidigt? Aber eingeschnappt schien Ültje nicht, eher abgelenkt und nachdenklich, als ob er sich viele Gedanken über etwas machen würde.

Noch bevor sein Teller komplett leer gegessen, war stand er auf.

"Ich muss mal los", murmelte er noch und war dann schnell verschwunden.

Ich guckte verwundert auf die nicht aufgegessenen Reste auf seinem Teller und nahm mir vor, später mit ihm zu sprechen.

13 - Schiffstypen und ein neues Gericht

Nach dem Frühstück machten Michel und ich uns an den gemeinsamen Kampf gegen die *Schiffstypen*. Wir breiteten Bücher, Hefte und Notizen auf dem Tisch aus und arbeiteten uns durch verschiedene Übungsaufgaben. Ich war froh, dass mein großer, unerschrockener Freund mir half. Er hatte ein schier unglaubliches Gedächtnis und konnte sich die ganzen Fakten aus der Enzyklopädie *Schiffstypen* offenbar spielend merken.

„Was war denn mit Ültje los? Habe ich was Falsches gesagt?", fragte ich, sein sonderliches Verhalten beschäftigte mich noch immer.

„Keine Ahnung. Er war den ganzen Morgen schon seltsam aufgeregt", antwortete Michel, hatte aber seine Nase in einem Übungsheft und schien nicht näher auf diesen Punkt eingehen zu wollen.

Gerade wollte ich nachhaken und fragen, was er denn damit meinte, aber wir konnten es nicht weiter besprechen, denn wir bekamen Besuch und es wäre unangebracht gewesen das Thema weiter zu vertiefen. Chang Pao setzte sich zu uns. Pao war ein eher ruhiger Geselle. Seine Familie kam aus einer Gegend in Fernost, die im heutigen China liegt. Nicht nur, dass fürchterlich viele Kilometer zwischen Beirut und Paos Heimatdorf lagen, auch sprachlich lagen Welten zwischen seiner Muttersprache und unserer Sprache. Daher war es nicht verwunderlich, dass er mit einem ziemlich starken Akzent sprach, besonders, wenn er aufgeregt war. Das "R" machte ihm so manche Probleme. Dazu kam, dass er eine sehr tiefe Stimme hatte. Das und der Akzent waren eine interessante Kombination. Fremde Kulturen hatten mich schon immer gereizt, denn man kann viel lernen, wenn man sich anguckt, wie die Dinge woanders auf der Welt geregelt werden. Von dieser Warte aus war Pao ohnehin eine interessante Person.

Ich hatte schon in ein paar Arbeitsgruppen mit ihm zusammengearbeitet und ich mochte ihn. Er konnte Dinge gut erklären und war damit eine Bereicherung für jede Lerngruppe. Außerdem war er ein netter Kerl. Deshalb hatte ich auch nichts dagegen, als er uns fragte, ob er sich zusammen mit uns auf den Test vorbereiten könnte.

Wir machten also zu dritt weiter.

Pao packte seine Unterlagen aus und richtete noch mal seine langen, schwarzen Haare zu einem festen Zopf. Dann sah er uns erwartungsvoll an. Michel nickte und klatschte in die Hände, als ob er einen Startschuss geben würde.

„Ok, nächste Frage", er las die nächste Übungsfrage vor: „Wie viel Quadratmeter Segelfläche kann eine Fregatte unter vollen Segeln haben?"

Er ließ das Buch sinken und sah etwas irritiert aus, was wiederum mich irritierte, denn die Frage war doch alles andere als irreführend.

„Das ist ja fast schon zu einfach", Michel sah uns an, als könne er nicht glauben, wie trivial die Fragen sind.

Pao und mir verschlug es die Sprache aufgrund dieser Aussage, hatten wir doch eine leicht abweichende Meinung und sahen ihn erwartungsvoll an.

„Fregatten werden auch Vollschiffe genannt. Das wahrscheinlich größte Vollschiff war die *Preussen* mit ungefähr 6.800m² Segelfläche, verteilt auf 5 Masten. Ich glaube, sie war das einzige Fünfmastvollschiff, aber mit Sicherheit war sie das Segelschiff mit der größten Segelfläche, das jemals gebaut wurde. 30 Rahsegel konnte sie aufziehen! Sie war fast 120m lang und mehr als 16m breit. Durch die große Segelfläche konnte die *Preussen* schon bei Windstärke 1 bis zu 4 Knoten machen! Einmal ist sie sogar 20 Knoten gelaufen. Könnt ihr euch das vorstellen? Ohne Motor!"

Michel konnte sich vor Begeisterung kaum noch halten, aber Pao und ich starrten ihn nur mit offenen Mündern an. Ich fand als Erster die Sprache wieder und fragte etwas zögerlich: „Ein Schiff mit fünf Masten?"

In dem Moment war mir nicht klar, dass ich mich mit dieser Frage vollkommen für das Thema Schiffstypen disqualifizierte. Und wenn ich es bemerkt hätte, wäre es mir egal gewesen. Zu sehr war ich fasziniert davon, wie Michel die Daten herunterratterte.

„Ja, natürlich", antwortete Michel, „aber leider wurden nicht viele davon gebaut. Zu teuer und zu unhandlich."

„Liegt auf der Hand", stimmte ich ihm allwissend zu, das leuchtete selbst mir ein.

„Wohe' weißt du denn das alles?", wollte Pao wissen. Zugegebenermaßen eine berechtigte Frage.

Michel druckste ein wenig herum und entgegnete dann etwas verlegen: „Ich habe die *Preussen* als Poster in meinem Kinderzimmer zu Hause bei meinen Eltern hängen. Die *Preussen* ist mein Lieblingsschiff."

„Ha, das erklärt so einiges!", rief ich aus „All das Wissen, das man sich als kleiner Junge aneignet, bleibt für immer im Kopf. Nur schade, dass ich mich damals mit Dinosauriern beschäftigt habe und die Schiffe erst später mein Interesse geweckt hatten. Dafür weiß ich heute noch, dass ein Brontosaurus bis zu 30t wiegen konnte."

„Das b'ingt dich beim Thema *Schiffstypen* nicht wi'klich weite' ", stellte Pao vollkommen zu Recht fest.

„Nein, nicht wirklich", gab ich kleinlaut zu.

Aber dann wollte ich doch noch einmal nachhaken: „Wie kommt denn ein Junge aus Somalia auf die Idee, sich ein deutsches Schiff an die Wand zu hängen?"

„Wegen einer Briefmarke", erklärte Michel. „Ein Onkel von mir hatte Urlaub in Bayern gemacht und mir eine Postkarte geschrieben. Vorne war Schloss Neuschwanstein abgebildet. Das kitschige Märchenschloss fand ich allerdings gar nicht so spannend, mich interessierte aber die Briefmarke, denn auf der Briefmarke war ein Bild von einem wunderschönen Schiff, der *Preussen*."

„Jungs, das sind schöne Geschichten, aber wi' sollten weite'machen" drängelte Pao.

116

Er hatte Recht, wir schweiften ab. Ich nahm Michel das Buch ab und las die nächste Frage vor:

„Muss eine Schiffsbrücke mehr tragen, wenn ein Schiff darüberfährt?" Eine kurze Frage, die es aber in sich hatte.

„Mit Schiffbrücke ist eine Brücke gemeint, über die ein Kanal fließt und über die Schiffe fahren können?", fragte Michel nach.

Ich schaute noch einmal im Buch nach, ob dort weitere Informationen standen, fand aber nichts „Ich denke schon", sagte ich schließlich.

„Steht da, was für eine Art Schiff es ist?", wollte jetzt Pao wissen.

Auch dazu fand ich nichts. „Nein, hier steht nichts. Aber es müsste doch einen Unterschied machen, wie groß das Schiff ist." Ich suchte noch einmal, ob ich nicht etwas übersehen hatte.

„Aber nein", meldete sich Pao zu Wort. Er schien eine Idee zu haben „Ein Schiff verd'ängt doch immer genauso viel Wasse', wie es wiegt. Dabei ist es egal, wie schwe' es ist. Ein kleines Schiff ve'd'ängt wenig Wasse', ein g'oßes Schiff ve'drängt eben viel. Abe' das ist doch genau das Konzept, wieso ein Schiff schwimmt und nicht unte'geht. Die Antwo't müsste also lauten ‚die B'ücke spü't das Schiffsgewicht nicht', wü'de ich sagen".

„Na klar!", rief ich. Bei mir war der berühmte Groschen gefallen. „Das ist doch genau das Gleiche, wie bei dem Typen, der die Krone des Königs vermessen sollte! Wie hieß der denn noch gleich… ich glaube er war Grieche oder so."

Pao nickte. „Du meinst A'chimedes."

„Meine Eltern hatten mal einen Hund, der so hieß", warf Michel ein und musste laut lachen.

So ging es weiter, fast den ganzen Sonntag lang. Konzentriert arbeiteten wir uns durch die Aufgaben, aber hin und wieder war auch mal ein Scherz dabei. Ich muss zugeben, dass ich Ültjes seltsame Laune schon ganz vergessen hatte.

Pünktlich zum Abendessen machten wir Schluss.

„Vielen Dank Jungs, ohne euch hätte ich das alles nie verstanden", bedankte ich mich.

„Ich glaube, wi' konnten uns gut gegenseitig helfen." Auch Pao schien zufrieden.

Michel und ich wollten zum Abendessen, Pao wollte zurück auf sein Zimmer. Also verabschiedeten wir uns.

„Ein feiner Kerl", meinte Michel auf dem Weg in den Speisesaal und ich konnte ihm nur zustimmen.

Im großen Saal angekommen gingen wir zu unserem üblichen Tisch. Es gab zwar keine offizielle Sitzordnung, aber aus irgendwelchen Gründen saß man am Ende doch immer am gleichen Tisch, auf dem gleichen Stuhl. Kittina hockte bereits an ihrem Platz. Sie hatte die Arme vor sich verschränkt und auf dem Tisch abgelegt. Ihr Kinn lag auf dem oberen Arm und sie starrte ins Nichts. Sie machte ein Gesicht wie drei Tage Regenwetter.

„Hey, zurück vom Ausflug zu deinen Eltern?", begrüßte ich sie.

„Hallo ihr zwei." Zur Begrüßung zog sie halbherzig die Mundwinkel nach oben. Von einem Lächeln zu sprechen wäre übertrieben gewesen.

„Ist denn alles in Ordnung?", erkundigte sich Michel besorgt.

„Natürlich. Alles ist großartig. Könnte gar nicht besser sein", kam die Antwort schnippisch zurück. Doch schnell veränderte sich ihr Gesichtsausdruck, von angriffslustig zu traurig.

„Ach, 'tschldigung. Ihr könnt ja nichts dafür", erklärte sie. „Es gab einen Streit mit meinen Eltern."

Michel und ich setzten uns zu unserer Freundin und sie erzählte weiter.

„Meine Eltern, ganz besonders mein Vater, fanden ja die Idee mit der Piratenschule von Anfang an nicht gut. Ach, was heißt nicht gut? Lächerlich und kindisch fanden sie die Idee! Nicht angemessen für eine junge Frau meines Standes. Außerdem sei die Piraterie ohnehin kein ehrenwerter Beruf und hätte keine Zukunft."

Sie schüttelte resigniert den Kopf, holte noch einmal tief Luft und fuhr vor: „Am Wochenende ist es dann eskaliert. Erst hat mein Vater ein Machtwort gesprochen und jetzt bestehen sie darauf, dass ich nach den Abschlussprüfungen in das Familienunternehmen einsteige."

Hilfesuchend sah sie uns mit ihren großen braunen Augen an, ihre Tränen konnte sie kaum verbergen.

„Aber du hast ihnen doch erklärt, dass du das nicht möchtest?", warf ich ein.

„Das ist ihnen aber egal. Sie sehen die Schule hier als so eine Art Zeitvertreib an, als ein Hobby."

Das roch nach einem handfesten Familienstreit. Die ungerechte Behandlung unserer Klassenkameradin ärgerte uns, aber weder Michel noch ich hatten hierzu noch etwas Kluges zu sagen.

„Mist", stellte Michel schlicht fest.

„Ja. Wirklich Mist", bestätigte Kittina.

Eine Weile lang schwiegen wir einfach nur. Kittina hatte genug gesagt und Michel und mir fiel nichts mehr ein, aber es war kein unangenehmes Schweigen, sondern ein gemeinsames ruhig sein, eine stille Zustimmung.

Nach einiger Zeit unterbrach ich die Ruhe mit dem Versuch das Thema zu wechseln, um auf andere Gedanken zu kommen.

„Wo ist eigentlich Ültje?", fragte ich „Zu spät zum Essen zu kommen ist eigentlich nicht so sein Ding." Ich guckte mich suchend um. Der Saal war voller Schüler, die quirlig durcheinanderliefen. Es ging zu wie in einem Hauptbahnhof zur Rush-Hour, nur ohne Züge und man konnte auch nirgends Blumen kaufen.

An einem großen Tisch unter dem Schulwappen saßen die Lehrer. Der Tisch war durch ein kleines Holzpodest leicht erhöht, damit sich das unterrichtende Kollegium vom unterrichteten Pöbel etwas abheben konnte. Als ob sich irgendein Schüler freiwillig zu den Lehrern gesetzt hätte.

Ich ließ meinen Blick noch durch den großen Raum gleiten, da flog die Schwingtür zur Küche mit Gepolter auf. Mein Blick fiel auf die Gestalt, die durch die Tür kam und ich erkannte Ültje. Er trug eine weiße Schürze mit ein paar Flecken, sein Gesicht wirkte müde und abgekämpft, aber er hatte ein breites Grinsen im Gesicht. Er bahnte sich den Weg durch die Schüler direkt zu unserem Tisch, vor sich trug er stolz ein Tablett mit Tellern. Geschickt wich er einigen tobenden Erstklässlern aus, blieb aber zielstrebig auf dem Weg zu uns. An unserem Tisch angekommen legte er schwungvoll das Tablett ab und rief: „Hallo, Ihr Banausen!"

Er stellte jedem von uns und auch sich einen Teller hin. Auf den Tellern lag jeweils ein dampfender, runder, flacher Fladen. Die platten Brote waren mit einer Tomatensauce bestrichen, bestreut mit einem weißen Käse und ein paar grünen Kräutern. Es duftete verführerisch.

Ültje sah uns auffordernd an, als hätte er eine Frage gestellt: „Na, was sagt ihr?"

Michel, Kittina und ich waren etwas überfordert und schauten ihn sprachlos an. Wir verstanden nicht wirklich, was hier gerade vor sich ging. Dann fiel Ültje ein, dass er vielleicht ein wenig erklären musste. Er musst lachen: „Ach ja," fing er an, „vielleicht muss ich ein bisschen was dazu sagen." Dann erklärte er: „Ich habe heute den ganzen Tag mit Magaretha in der

Küche gestanden und neue Rezepte ausprobiert. Seit Wochen diskutieren wir immer wieder mal über das Kochen und Backen. Dann hatte sie mich eingeladen, mit ihr in der Küche ein paar Sachen auszuprobieren und in die Tat umzusetzen…" Er zögerte, dann zuckte er mit den Schultern und sagte: „Ich wollte euch das nicht erzählen, weil ihr euch immer über mein Hobby lustig macht."

Er guckte verlegen auf den Boden, fuhr aber fort: „Na ja, Magaretha hat mitbekommen, dass ich gerne koche, daher hat sie mich eingeladen. All die Möglichkeiten in ihrer großen Küche! Natürlich habe ich mich sehr über die Einladung gefreut", sagte er schon fast entschuldigend.

Doch dann strahlte er uns an und es platzte förmlich aus ihm heraus:

„Wir haben etwas wirklich Großartiges erfunden!", rief er aufgeregt und zeigte auf die Teller vor uns.

„Das müsst ihr probieren. Das ist wirklich der Hammer. Alles selber gemacht!"

Seine Augen glänzten und die Worte überschlugen sich fast, so schnell sprach er.

„Wir haben uns doch nicht lustig gemacht! Wir haben dich nur ein bisschen aufgezogen", verteidigte sich Michel etwas verlegen. Er wollte den Vorwurf nicht unkommentiert lassen.

„Papperlapapp", fiel ihm Ültje ins Wort. Für so etwas hatte er jetzt keine Zeit, er war viel zu aufgeregt und gespannt auf unsere Meinung.

„Zunächst haben wir einen ganz einfachen Hefeteig ganz dünn ausgerollt", erklärte er und zeigte dabei auf den Fladen. „Darauf haben wir ein bisschen Tomatensauce verteilt, mit frischen Tomaten und Mozzarella belegt und das Ganze dann kurz in einen sehr heißen Holzofen geschoben." Er war komplett in seinem Element.

„Danach" – bei diesem Wort guckte er Michel durchdringend an – „also nachdem es gebacken wurde, haben wir noch ein paar Kräuter draufgestreut. Fertig!"

Stolz sah er uns an. Mit einem Kopfnicken forderte er uns auf, doch endlich zu probieren.

Also nahm ich ein Messer und schnitt den ersten Fladen wie eine Torte in dreieckige Stücke. Ich nahm eines der Stücke in die Hand, der Käse zog Fäden und die heißen Tomaten dampften. Besonders der Duft der Kräuter regten meinen Appetit an und mir lief das Wasser im Mund zusammen. Jedoch beäugte ich es vielleicht etwas zu lang, ungeduldig drängte Ültje:

„Na lo-hos!"

Ich kostete Ültjes Neuschöpfung. Der Käse verbrannte mir den Gaumen und ein Tropfen Tomatensauce landete auf meinem Hemd. Für ein erstes Date war das vielleicht nichts, dachte ich, doch dann kaute ich und es war wirklich lecker!

Die anderen taten es mir gleich und nahmen sich auch ein Stück. Alle waren begeistert!

Während wir mit vollem Mund erklärten, wie köstlich es schmeckt, kam die Köchin Magaretha zu uns an den Tisch.

„Einen hervorragenden Koch habt ihr da in euren Reihen", erklärte sie, dabei strich sie Ültje über den Kopf.

Ültjes Gesicht färbte sich rot: „Quatsch, ich habe ja alles von Ihnen gelernt."

Magaretha schüttelte energisch den Kopf.

„Ich habe Dir nur gezeigt, wie du das machen kannst, was du in deinem Kopf hattest. Das Talent und die Ideen hast du mitgebracht, Liebelein."

Ültjes Gesicht war mittlerweile rot wie ein mit Tomatensauce beschmierter Feuermelder.

„Schmeckt es euch denn?" wollte die Köchin wissen.

„Super!"

„Delikat!"

„Herausragend!"

Ohne Lügen zu müssen überschlugen wir uns bei der Suche nach Superlativen.

Magaretha nahm sich ein Stück des neuen Gerichtes und biss hinein. Sie kaute ein wenig und meinte: „Wir sollten die Petersilie weglassen und ein anderes Kraut verwenden…"

Kauend blickte sie nach oben, als ob die Antwort irgendwo an der Decke stehen würde. Sie schien zu überlegen, oder auf etwas zu warten.

„Wie wäre es mit Oregano", meinte Ültje. „Oder Basilikum?"

124

„Siehst du?", lachte Magaretha. „Die Antworten kommen von Dir, Liebelein, aus deinem schlauen Köpfchen."

Sie zwinkerte ihm zu, steckte sich noch ein Stück von dem Fladen in den Mund und drehte sich um. Dann wackelte sie zurück in die Küche.

„Meine Erfindung habe ich übrigens *Pita Magaretha* getauft", bemerkte Ültje. „Ich dachte, das sei ein guter Name."

Michel antwortete mit vollem Mund: „Von mir aus hättest du es auch *dem Ültje sein belegtes Tomatenbrot* nennen können, ich finde es einfach super!"

Ültje lächelte glückselig. Kochen und seine Freunde glücklich machen, war für ihn die perfekte Kombination.

Ich guckte rüber zu Kittina, offensichtlich hatte sie über das gute Essen die Sorgen mit ihren Eltern vergessen. Es freute mich, sie nicht mehr so deprimiert zu sehen. Glücklich lächelnd biss sie gerade in ein großes Stück Pita Magaretha, als sie meine Blicke bemerkte.

Mit vollem Mund fragte sie: „Was guckst du denn so blöd?"

Ich fühlte mich ein bisschen ertappt. Also lenkte ich schnell ab: „Ich überlege gerade, ob man die Pita Magaretha nicht noch mit was anderem belegen könnte. Wie wäre es zum Beispiel mit Salami?"

„Sehr gute Idee!", befand unser Chef-Koch Ültje. „Oder Spinat", spann er den Gedanken weiter.

„Oder Ananas", warf Michel ein.

Ültje schaute ihn ungläubig an „Das, mein Freund, wird mit Sicherheit nie passieren!"

Dann musste er lachen und wir lachten alle mit.

14 - Eine Prüfung und ein Lied

Der Montagmorgen kam schneller als mir lieb war und damit auch die Prüfung im Unterrichtsfach „Schiffstypen". Es erschien mir als unmögliche Herausforderung, als Problem ohne Lösung, als Klemme ohne Ausweg. Ich hatte nicht nur das Gefühl, dass ich ausreichend vorbereitet war, nein, ich war mir quasi sicher, dass ich mich besser hätte vorbereiten müssen. Aber das konnte ich jetzt nicht mehr ändern, die Zeitmaschine wurde ja leider erst viel später erfunden.

Ein flaues Gefühl im Magen sagte mir, dass ich das Frühstück lieber ausfallen lassen sollte. Aufregung schlug mir schon immer auf den Magen. Ich holte mir nur schnell einen Kaffee aus der Küche und wollte mich auf den Weg in den Klassenraum machen.

„Morgen, Ismael", ertönte es von der Seite, es war Pierre-André Fou. Obwohl er in 20 Minuten den gleichen Test wie ich schreiben musste, ließ er sich ein deftiges und reichhaltiges Frühstück schmecken. Offensichtlich hatte bei ihm die Aufregung keinen Einfluss auf den Appetit. Ich fragte mich, wie er so cool sein konnte.

„Du siehst aus wie eine Kalkwand, weißt du, total weiß im Gesicht", stellte er fest. „Geht's nicht gut?"

Die Frage überraschte mich. Es klang ernsthaft aufrichtig, als ob es ihn ernsthaft interessiert, wie es mir geht. Das war wirklich sympathisch und aufmerksam und passte gar nicht zu dem Bild, das ich bisher von Pierre-André hatte. Neulich in der Turnhalle hatte ich ihn nicht sonderlich freundlich behandelt, das bereute ich jetzt. Vielleicht hatte ich mich in ihm getäuscht und er war doch ganz nett.

„Der Test…", antwortete ich, ohne den Satz zu beenden.

„Ach, das musst du locker sehen, weißt du. Zähne zusammenbeißen und durch. Das Leben ist halt kein Katzenknutschen, weißt du." Er lachte ein lautes dreckiges Lachen mit einem Mund voller halbzerkautem Essen.

Was wollte er mir denn damit bitte sagen?

„Alles klar", stammelte ich irritiert, nur um irgendwas zu sagen. „Bis später dann".

Ich machte mich lieber auf den Weg, diese Situation wurde mir zu seltsam. Unterwegs dachte ich über die Lebensweisheit des großen Philosophen Pierre-André Fou nach. Er schien da ein paar Dinge durcheinandergebracht zu haben, aber irgendwie traf er es trotzdem auf den Punkt. Vielleicht war er dann doch gar nicht so dumm, sondern hatte nur manchmal Pech beim Denken.

Ich war froh, auf andere Gedanken gekommen zu sein. Auch wenn der Grund für die Ablenkung ein selten dämlicher Spruch war, hatte es doch einen gewissen Sinn erfüllt. Schon lustig, wie leicht der Geist in eine andere Richtung gelenkt werden kann.

Meine Aufregung war ein ganz klein wenig verflogen. Oder besser gesagt: Eine kurze Zeit lang hatte ich sie verdrängt.

Die erste Prüfung meines Abschlussjahres war wie erwartet schwer. Ich kämpfte mich durch die Aufgaben zum Thema „Schiffstypen", wie ein Schwimmer in einem alten Baggerloch sich durch die Algen kämpft. Es war eine verlorene Schlacht, das war mir schnell bewusst. Bei einigen Aufgaben war ich mir ziemlich sicher, dass meine Antwort falsch sein würde, aber die richtige Antwort hatte ich leider nicht parat. Zu einigen Fragen fiel mir erst gar keine Antwort ein, was wahrscheinlich auch nicht als richtige Antwort gewertet werden würde. Dass es keine gute Note wird, war schon klar, als ich die von mir beschriebenen Blätter bei Frau El Aboussi auf das Pult legte. Die Lehrerin musterte mich prüfend über den Rand ihrer Hornbrille. Ihre tiefschwarzen Haare waren zu einem strengen Zopf nach hinten gebunden, ihre blütenweiße Bluse war akkurat gebügelt und saß einwandfrei. Sie verzog keine Miene und sagte nichts. Trotzdem fühlte ich mich getadelt und minderwertig. Das war natürlich nicht ihre Schuld, was konnte denn schon Frau El Aboussi dafür, dass ich nicht besser gelernt hatte? Mein schlechtes Gewissen kam daher, dass mir vollkommen bewusst war, eine höchstens mittelmäßige Arbeit abgeliefert zu haben und dass es ganz allein mein Verschulden war. Ich war enttäuscht von mir selbst und meiner Leistung.

Ich senkte den Blick und schlich mich aus dem Klassenraum. Das war kein guter Start in die finalen Abschlussprüfungen.

Am frühen Abend begab ich mich auf die Veranda im Innenhof. Ich hatte meine Bücher dabei und wusste, dass ich lieber ein wenig lernen sollte. Allerdings hielt sich meine Motivation in Grenzen. Die Niederlage im Test am Morgen hatte mir schwer zugesetzt. Vielleicht wäre die richtige Reaktion ein „jetzt erst recht" gewesen, aber ich fühlte mich eher nach „ach, was soll's?"

Ich setzte mich in die Hollywood-Schaukel und schlug alibimäßig ein Buch auf. Mit einem tiefen Seufzer begann ich zu lesen, aber so richtig konnte ich mich nicht konzentrieren.

Vor mir auf den Stufen zur Veranda saßen Tony und Peter, mit einem Stück Strick übten sie Knoten.

Ich rief zu ihnen herüber: „Hey, ihr beiden, was habt ihr denn heute Morgen bei der Aufgabe geschrieben, welche Merkmale eine Schaluppe hat?"

Tony sah auf und antwortete wie aus der Pistole geschossen: „Eine Schaluppe hat einen Mast und meist ein Vorsegel. Normalerweise ist nur eine sehr kleine Besatzung an Bord."

Peter sah seinen Bruder geringschätzig an „Was du da beschreibst ist eine Sloop, du Trottel!"

„Hä?", entgegnete Tony. „Eine Schaluppe und eine Sloop sind doch das Gleiche." Er guckte Peter an, als sei er der dümmste Mensch der Welt. „Außerdem: Selber Trottel!", fügte er noch schnell hinzu, als ihm auffiel, dass er die Beleidigung vergessen hatte.

„Eine Sloop und eine Slup sind das Gleiche. Eine Schaluppe ist was anderes", konterte sein Bruder.

„Hast du überhaupt schon mal ein Boot von Nahem gesehen, du hässliche Landratte?"

So ging es mal wieder hin und her, ein Argument folgte dem nächsten und jeder Satz wurde mit einer Beleidigung garniert. Offensichtlich hatten sie aber mehr Ahnung von diesem Thema als ich. Bei einer solchen Diskussion könnte ich nicht mitmachen, dazu fehlte mir jegliche Grundlage. Das deprimierte mich nur noch mehr.

Mir fiel auf, dass sie ihre Knotenübung einfach weitermachten, sie ließen sich vom Streit nicht im Geringsten ablenken. Die Finger bewegten sich weiterhin geschickt um das Seilende, während sie stritten und sich beleidigten. Fasziniert starrte ich auf die schnellen Finger und die verknoteten Resultate. Das Streitgespräch geriet für mich immer weiter in den Hintergrund und ich verlor mich fast komplett in meinen Gedanken.

„Hey Schlafmütze, aufwachen!" Abrupt wurde ich aus meiner trüben Gedankenwelt gerissen. Kittina setzte sich neben mich und holte mich so in das Hier und Jetzt zurück.

„Was machst du denn für ein missmutiges Gesicht?", wollte sie wissen. Offensichtlich spiegelte sich meine Gefühlslage in meiner Mimik wider.

„Ach, weißt du", fing ich an „der Test heute…" Mir fehlten die richtigen Worte um meine Situation zu beschreiben, aber Kittina verstand mich trotzdem.

„Echt jetzt? So ein blöder Test verhagelt dir so doll die Laune?", lächelte sie mich an. Ihr freundliches Gesicht war Balsam für meine Seele.

Ich holte tief Luft und versuchte meinen Gemütszustand zu erklären.

„Um ehrlich zu sein, ja. Ich habe mich wirklich angestrengt und ich habe richtig viel gelernt. Aber trotzdem konnte ich einige Fragen nicht mal beantworten. Verstehst du? Ich habe nicht falsch geantwortet, mir ist nicht mal eine Antwort eingefallen!", jammerte ich. Dann fuhr ich fort: „Wenn ich nicht gelernt hätte, dann fände ich das nicht so schlimm, aber das sind jetzt die Abschlussprüfungen! Jetzt geht es um alles. Ich habe es wirklich versucht!"

Ich musste noch einmal tief durchatmen, um mich wieder zu beruhigen

„Wie ist der Test denn bei Dir gelaufen?"

Natürlich interessierte mich, wie meine Freundin abgeschnitten hatte, aber es ging mir auch darum, das Gesprächsthema von mir ein wenig abzulenken. Dass meine Gefühle im Fokus standen, mochte ich nicht.

„Okay, würde ich sagen", antwortete sie kurz, nur um dann doch wieder auf mich zurückzukommen: „Tut mir leid, für dich. Aber es war ja nur der erste Test der Abschlussprüfungen. Da kommen noch ein paar. Du kannst eine mögliche schlechte Note immer noch mit einer besseren Note in einem anderen Fach ausgleichen."

„Ja, kann ich. Aber…", ich stockte, die Regeln waren mir bekannt. „Aber was ist, wenn ich es nicht schaffe? Ich meine, was ist, wenn ich die schlechte Note nicht ausgleichen kann? Was ist, wenn ich durchfalle, wenn ich die Abschlussprüfungen nicht schaffe?"

Ich schaute Kittina an, in der Hoffnung eine Antwort zu bekommen und fuhr fort: „Wenn ich keinen Abschluss schaffe, habe ich keine Ahnung, was ich machen soll. Pirat werden war immer die einzige Option für mich. Es gibt keinen Plan B."

Während ich redete, wurde mir der Gedanke erst klar, der schon den ganzen Abend in mir keimte, aber bisher noch nicht an die Oberfläche gekommen war. Die Angst zu versagen war offensichtlich schon tief in mir drin, aber es war mir bis jetzt gar nicht bewusst.

„Wenn ich nicht Pirat werden kann, habe ich keine Ahnung, was ich sonst machen soll." Ich schnaufte. „Kannst du dir vorstellen, dass ich Bankangestellter werde? Jeden Morgen pünktlich um 8 Uhr im Anzug im Büro sitzen? Da gehe ich kaputt!"

Das Ausmaß der Tragödie wurde mir jetzt erst voll bewusst. Mein Herz raste, meine Gedanken überschlugen sich, die Worte sprudelten aus mir heraus.

„Oder ich werde Beamter beim Bootüberprüfungsverein. Wie schlimm wäre das denn? Als BÜV-Beamter jeden Tag auf die Boote gehen, sie auf Fahrtüchtigkeit zu überprüfen, um dann einen Stempel auf ein dämliches Dokument zu setzen. Aber selbst nie in See stechen!"

Mir fielen immer mehr Horrorszenarien ein, eines schlimmer als das andere.

Kittina unterbrach mich, indem sie meine Hand zwischen ihre Hände nahm und mich lange anschaute. Dann sagte sie: „Aber du bist doch schon lange Pirat."

Ich verstand die Wörter, die sie sagte, aber der Satz ergab für mich keinen Sinn. Ich schaute sie fragend an.

Sie seufzte und erklärte mir weiter: „Es gibt nicht einen Schüler auf der ganzen Schule, der mehr Pirat ist als du. Es gibt Schüler mit besseren Noten, ja, wahrscheinlich haben sogar die meisten Schüler bessere Noten und ich glaube selbst Peter und Tony da vorne bekommen einen Buchtknoten besser hin als du, aber Pirat sein ist mehr als all das auswendiggelernte Fachwissen aus den Büchern."

Mit ihrem Zeigefinger tippte sie auf meine Brust: „Da drin ist ein Pirat".

Sie nahm wieder meine Hand. „Pirat sein hat nichts mit der Ausbildung zu tun. Na gut, ein bisschen schon, denn was wir hier lernen, ist ja nicht alles totaler Unsinn. Aber in erster Linie geht es um eine innere Einstellung, um Attitude. Das kann man nicht lernen, das hat man im Charakter, in der Einstellung, in den Genen. Und ich glaube, niemand hat das mehr in seinem Blut als Du."

Während sie mir das erklärte, guckte sie mir tief in die Augen. Ich hing an ihren Lippen und glaubte ihr jedes Wort.

Der Wind wehte eine Strähne ihres braunen Haars in ihr Gesicht, sie ließ meine Hand los und strich sich die Haare weg. Dann grinste sie und schubste mich: „Und, El, lass Dir das bloß von niemanden ausreden!"

Es gibt Menschen, die blicken in dein Herz und können mit ein paar Worten deine Seele heilen. Wenn man so jemanden findet, dann sollte man diese Person besser nicht gehen lassen, sondern lieber für immer festhalten. Romeo ließ seine Julia gehen, bei Sid und Nancy hat es nicht geklappt und bei Brad und Angelina hat es auch nicht für die Ewigkeit gereicht. Sie alle haben es gründlich vermasselt.

Kittina war für mich so eine besondere Person. Wäre mir das damals schon klar gewesen, hätte ich einige Entscheidungen anders getroffen, aber wer kann schon die Vergangenheit ändern?

„Danke", sagte ich einfach. „Das bedeutet mir echt viel." Jetzt ging es mir ein ganz klein bisschen besser.

Eine Weile saßen wir einfach nur da auf der Hollywood Schaukel nebeneinander und pendelten langsam vor und zurück, ohne etwas zu sagen.

Nach einigen Minuten fiel mir ein, wie betrübt Kittina gestern beim Abendessen ausgesehen hatte. Es war mir schon fast peinlich, wie fürsorglich sie sich gerade um meine Sorgen gekümmert hatte und ich hatte mich nicht einmal nach ihrem Wochenende erkundigt. Das holte ich jetzt nach und fragte: „Was war das denn für ein Streit mit deinen Eltern?"

Kittina konnte schon immer hervorragend die Probleme anderer Menschen lösen. Sie war eine unglaublich empathische Zuhörerin, erkannte immer schnell das eigentliche Problem und konnte klasse

Ratschläge geben, aber über ihre eigenen Probleme sprach sie nur sehr ungern.

„Ist doch egal", sagte sie eher abwehrend.

„Nein, gar nicht egal. Was war los?", bohrte ich nach. Es war klar, dass es sich hier um eine größere Baustelle handelte.

Dann begann sie doch: „Du weißt doch, dass meine Eltern die Sache mit der Piratenausbildung nicht so ernst nehmen", fing sie langsam an. „Sie sehen das als so etwas wie ein Hobby an." Sie schnaufte verächtlich und man konnte die Verärgerung in ihrer Stimme hören: Langsam stieg die Wut in ihr empor.

„Als ich am Wochenende über meinen Büchern saß und lernen wollte, kam mein Vater zu mir. Er nahm eines der Bücher und blätterte es einmal durch. Er lachte verächtlich und fragte mich, wie lange ich den Quatsch denn noch machen will. Und ich sagte, dass ich das vielleicht für immer mache. Daraufhin hat er nur noch mehr gelacht und meinte, dass ich mich nicht wie ein dummes Mädchen aufführen soll. Ich solle mich meinem Alter angemessen verhalten, ich wäre immerhin fast erwachsen. Es wäre jetzt mal langsam an der Zeit sich zu entscheiden, ob ich seinen Thron in der Mongolei oder die Position des Jarl auf Orkney übernehmen würde. Immerhin habe die Familie de la Gardentue auch einen Ruf zu verlieren." Ihre Augen füllten sich langsam mit Tränen.

„Er hat ganz großzügig getan, weil sie mich ja wählen lassen zwischen Schottland und der Mongolei, aber ich will doch weder das eine noch das andere!"

Sie guckte mich an und die erste Träne rollte über ihre Wange. „Warum darf ich denn nicht einfach machen was ich will?" Die Wut war aus ihrer Stimme gewichen, jetzt klang sie nur noch nach Verzweiflung.

Mir fiel nichts Besseres ein, als sie einfach wortlos in den Arm zu nehmen. Sie weinte leise an meiner Schulter und auch mir war nach Heulen zumute. So saßen wir eine Weile. Irgendwann setzte sie sich wieder gerade hin, kramte ein Taschentuch aus ihrer Hose und schnupfte hinein.

Die Hollywood-Schaukel schwankte hin und her und wir saßen schweigend nebeneinander. Tony und Peter waren schon lange nicht mehr da und auch sonst war es ruhig geworden im Innenhof. Die Sonne war schon lange untergegangen, aber ein voller Mond sorge für eine helle Nacht.

Kittina wollte zurück in ihr Zimmer und ich brachte sie noch zu dem Gebäude, in dem sich die Räume der Mädchen befanden.

Sie war die Stufen zum Gebäude bereits hochgegangen und hatte die Klinke der Tür in der Hand, da rief ich ihr hinterher: „Kittina, was ist es denn, was du willst? Was willst du denn eigentlich werden?"

Sie hielt inne, die Klinke noch immer in der Hand. Eine Zeit lang passierte gar nichts und ich hatte schon Angst, dass ich eine falsche Frage gestellt hätte. Dann sagte sie leise, gerade so laut, dass ich es verstehen konnte, nur ein einziges Wort:

„Piratin."

Dann verschwand sie durch die halboffene Tür. Die schwere Holztür zog sich hinter ihr zu und ich blieb allein zurück in der Vollmondnacht.

Jetzt stand ich einsam am Fuße der kleinen Treppe, die hoch zum Eingang führt. Der Innenhof war mittlerweile leer, keine Menschenseele war mehr zu sehen oder zu hören. Trotzdem war ich nicht ganz alleine, in meinem Kopf waren tausend Stimmen. Jeder Gedanke hatte offensichtlich einen eigenen Lautsprecher bekommen und diese schrien jetzt um die Wette. Die eine Stimme rief „Prüfungsangst!", die andere blaffte „Du bist ein Pirat!" und wieder eine andere zeterte: „Du hast keine Ahnung, was ein Pirat tut!". Was für ein Chaos.

Ich ging ein paar Meter über den Innenhof und versuchte Ordnung in meine Gedanken zu bringen.

Die Angst zu versagen war mir bisher gar nicht bewusst gewesen. Wie ein unbarmherziges Ungeheuer in einer tiefen, dunklen Höhle war sie versteckt gewesen. Doch jetzt war das Biest frei, jetzt war das Untier draußen und ich konnte es sehen, riechen und hören. Mit jeder Faser meines Körpers konnte ich es fühlen. Es war groß, hässlich und angsteinflößend, aber ich konnte es jetzt erkennen und musste lernen damit umzugehen. Der Feind im Verborgenen ist bedrohlicher als der Widersacher direkt gegenüber, denn was ich sehe, kann ich bekämpfen.

Einmal ausgesprochen, verstand ich mich plötzlich selbst besser. Was selbstverständlich klingt, braucht manchmal eine Erkenntnis. Ich war immer davon ausgegangen, Pirat zu werden, das war in meinen tiefsten Gedanken so selbstverständlich wie der nächste Morgen. Mit einer Alternative hatte ich mich nie beschäftigt. Warum sollte ich mir über einen Plan B Gedanken machen, wenn nur Plan A infrage kommt? Aber zwischen mir und diesem Ziel standen diese nervigen Abschlussprüfungen. Ich fühlte mich seltsam motiviert. Es war klar, dass es kein Spaziergang werden würde, aber ich wusste nun, wie wichtig es war, die letzten Prüfungen zu bestehen.

Tief in Gedanken versunken lief ich über den Campus, als ich eine seltsame Musik hörte. Es war ein tiefer Singsang, mehr ein Sprechen als ein Singen. Begleitet wurde der Gesang durch ein ebenso tief klingendes Saiteninstrument, das jemand zupfte. Es klang düster und mysteriös, aber auch faszinierend. Mein Interesse war geweckt, ich wollte herausfinden, woher die Musik kam. Ich musste in Erfahrung bringen, wer diese Musiker waren.

Ich folgte den Klängen und fand in einer abgelegenen Ecke, am Rande des Innenhofes, den Ursprung des Gesangs. Auf einer alten Holzbank saßen Chang Pao und sein Bruder Chang Yi. Noch konnte ich die gesungenen Wörter nicht verstehen, also ging ich näher heran.

Dass Pao eine beeindruckt tiefe Stimme hatte, war mir schon aufgefallen, aber dass er so schön schaurig singen konnte, überraschte mich. Während Pao sang, spielte Yi auf einer Art sehr großen Gitarre, die aufrecht vor ihm auf dem Boden stand. Er zupfte die tief gestimmten Seiten und summte die Melodie als Begleitung, mit einer Stimme, die ähnlich tief war wie die seines Bruders. Gemeinsam ergab sich diese schaurig-schöne Stimmung.

Ich war fasziniert von dieser ungewöhnlichen Musik, so etwas hatte ich noch nicht gehört. Die beiden Brüder bemerkten mich nicht, sie waren zu sehr in die Musik vertieft. Gerade begannen sie das Lied von vorne. Jetzt war ich nah genug bei ihnen, um den Text zu verstehen:

„Fuffzehn Mann auf des toten Manns Kiste,
Ho ho ho und 'ne Buddel mit 'um!
Fuffzehn Mann sch'ieb de' Teufel auf die Liste,
Schnaps und Teufel b'achten alle um!"

Auch singend hatte Pao einen starken Akzent, der aber herrlich zum Lied passte.

Ich setzte mich dazu. Die beiden nickten mir fast unmerklich zu, mehr Begrüßung gab es nicht. Sie spielten einfach weiter. Das Lied bestand aus einem Kehrreim, der sich in jeder Strophe fast identisch wiederholte. Ich begleitete Pao summend und brummend wie sein Bruder und wurde so Teil des Ganzen. Zwei oder drei Strophen lang hörte ich zu, dann blickte mich Yi an und nickte mir auffordernd zu. Ich war dran! Also sang ich:

„Fünfzehn Mann auf des toten Manns Kiste,
Ho ho ho und 'ne Buddel mit Rum!
Schnaps stand stehts auf der Höllenfahrtsliste
Ho ho ho und 'ne Buddel mit Rum!"

Paos Mundwinkel zuckten unmerklich nach oben. Ich verstand das als Anerkennung, offensichtlich war mein Beitrag gut genug gewesen. Ich freute mich darüber, in den exklusiven Zirkel der Musiker aufgenommen worden zu sein.

Jetzt übernahm Yi den Gesang:

„Fuffzehn Mann gehen nie mehr auf die Piste
Ho ho ho und 'ne Buddel voll Rum!
Jetzt sitzen se nicht mehr auf der Goldkiste
Ho ho ho denn der Schnapps brachte alle um."

So ging es reihum. Jeder sang eine Strophe, die anderen begleiteten ihn summend und brummend. Dazu schnarrten die tiefen Saiten der großen Gitarre.

Es ging noch ein paarmal reihum, wir waren tief in unsere Musik versunken und bemerkten gar nicht, dass auf einmal Professor Tributum vor uns stand! Er war ungekämmt, er trug einen Schlafanzug und an den Füßen nur Schlappen. Seinen langen dunklen Umhang mit dem Mond und den Sternen hatte er nur umgehängt. Er sah zornig aus.

„Was ist denn das!", schnaubte er.

„Drei Piraten mit 'nem Kontrabass", antwortete ich wahrheitsgemäß.

Das Gesicht des Lehrers lief rot vor Zorn an.

„Seid ihr denn von allen guten Geistern verlassen?", fragte er. Ich bezweifelte, dass er auf diese Frage wirklich eine Antwort haben wollte. Also ersparte ich mir einen Kommentar, obwohl mir ein lustiger eingefallen wäre.

Jetzt erst fiel mir auf, dass wir direkt vor dem Gebäude saßen, in dem die Lehrer untergebracht waren. Anscheinend hatten wir unter dem Schlafzimmerfenster des Professors gespielt und ihn um seine Nachtruhe gebracht.

„Ihr sitzt morgen alle drei nach!", donnerte er, machte auf dem Absatz kehrt, sodass sein Umhang um ihn herumwirbelte und verschwand wieder im Haus.

Ich war begeistert, wie dramatisch so ein Abgang mit einem wehenden Umhang ist.

„Und wenn jetzt keine Ruhe ist…" murmelte Professor Tributum, während er zurück in das Haus ging und dabei wild mit dem Zeigefinger in die Luft drohte. Welche Konsequenz uns dann erwarten würde, konnte ich nicht mehr hören, aber wir drei waren uns einig, dass das nicht der springende Punkt war.

Pao und ich halfen Yi seine große Gitarre einzupacken. Ohne große Worte verabschiedeten wir uns, wir nickten uns nur kurz zu und gingen alle in die Richtung unserer Unterkünfte.

Auf dem Weg summte ich noch leise das Lied vor mich hin.

„Ich hoffe, auf dem Schiff, auf dem ich mal segeln werde, wird auch gesungen", dachte ich bei mir.

Als ich im Bett lag war mein letzter Gedanke „Ho ho ho, sie leerten 'ne Flasche guten Rum."

15 - Pferdemist und ein Musiker

Leider war Professor Dr. Harry Albus Tributum zwar alt, aber nicht vergesslich. Er konnte sich auch am nächsten Tag noch ganz hervorragend daran erinnern, dass wir drei nachsitzen mussten, und er wusste auch noch allzu gut, warum. Er wirkte unausgeschlafen, mürrisch und schlecht gelaunt, als er uns nach dem morgendlichen Unterricht für die Strafarbeiten einteilte.

Chang Pao und sein Bruder Yi wurden zu Frau Winkebaum geschickt, sie sollten ihr helfen eine Inventur in der Bibliothek durchzuführen. Das klang für mich unfassbar langweilig. Bücher zählen und in eine Liste eintragen, könnte eine Foltermethode sein. Meine Aufgabe hingegen sollte es sein, den Pferdestall auszumisten. Zwar konnte ich mir bessere Beschäftigungen vorstellen, aber im Vergleich zum Bücherzählen in der Bibliothek oder zum sonst eher üblichen Enterhakenpolieren, war das noch eine ganz annehmbare Strafe. Ein bisschen körperliche Anstrengung würde mir ganz gut tun. Selbstverständlich würde ich nicht allein im Stall sein, natürlich wurde meine Strafarbeit wieder vom Professor höchst persönlich überwacht.

Der Stall war zum Glück nicht sehr groß und es waren nicht mal alle Pferdeboxen belegt. Früher gab es ein Unterrichtsfach zum Thema Reiten und dementsprechend viele Pferde an der Schule. Heute wirkt ein Eroberer auf einem Streitross jedoch antiquiert und überholt. Ein paar Reittiere waren jedoch übriggeblieben und dienten sowohl einigen Lehrern, als auch einigen Schülern als Hobby und sportliche Beschäftigung. Natürlich hatte der Professor, als von Grund auf altmodischer Mensch, auch ein Pferd im Stall und er kümmerte sich persönlich darum, dass der Stall immer tip top gepflegt war. Oder besser gesagt: Er ließ kümmern, denn eine Mistgabel würde er sicher nicht selbst anfassen.

Der große, schlanke Mann, mit seinem langen, grauen Rauschebart, drückte mir einen Besen in die Hand und murmelte: „Nun leg mal los." Dann zog er sich einen alten Holzstuhl hinzu und stellte diesen in eine Ecke, von wo aus er mich prima beobachten konnte, aber nicht allzu sehr im Wege saß. Er machte es sich auf dem Stuhl bequem, wickelte sich in seinen Umhang und verschränkte die Arme vor der Brust. Mit einem Nicken deutete er auf die erste Box und murmelte schläfrig: „Na los, Stallausmisten ist wie Yoga. Nur etwas schneller." Dann schloss er die Augen und atmete tief. Es dauerte nur einige Sekunden, bis sein Atmen erst tiefer und ruhiger wurde, dann in ein leises Schnarchen überging.

„Gut", dachte ich mir, „dann habe ich wenigstens meine Ruhe."

Ich öffnete die erste Pferdebox und trat ein. Auf der Tür war der Name des Pferdes angebracht: „Bob" hieß das Tier.

„Guten Tag Bob, hier kommt der Zimmerservice," sprach ich den Vierbeiner an. Normalerweise mistet man Boxen aus, die gerade ohne Pferde sind. Das hatte der Professor wohl etwas falsch getimt, war mir aber egal. Ich konnte schon immer gut mit Tieren und wusste, wenn man mit ihnen spricht, wird es einfacher. Und so war es auch dieses Mal, ich erklärte Bob was ich vorhatte und der Gaul machte geduldig Platz. So konnte ich sein Appartement aufräumen und seine Hinterlassenschaften in die bereitgestellte Schubkarre werfen.

Während ich mich sehr einseitig mit Bob unterhielt, hörte ich von draußen leise Musik. Sie kam von der Rückseite des Stallgebäudes, wo ein kleiner Wald lag. Erst war die Musik nur ganz leise zu hören, doch allmählich wurde sie immer deutlicher. Da der Professor immer noch den Schlaf des Despoten schlief, genehmigte ich mir eine kleine Pause und ging nachgucken was da los war. Als ich aus der Hintertür heraustrat, kam gerade ein zotteliger Mann um die Ecke. Er hatte eine Gitarre an seinem Rucksack befestigt und spielte auf einer Mundharmonika. Seine Kleidung passte ihm nicht so recht, war dreckig und verschlissen. Er machte den Eindruck eines Landstreichers auf mich, erschien aber harmlos und spielte eine sehr schöne Melodie.

Als er mich sah, lächelte er und sprach mich freundlich an: „Hallo! Mein Name ist Robert, Robert Zimmermann. Kennst du dich hier etwas aus?"

„Guten Tag Robert", erwiderte ich. „Ich denke schon. Was suchst du denn?"

146

„Ich verdiene mein Geld als Musiker und suche eine Taverne oder ähnliches, wo ich auftreten kann."

Ich konnte ihm helfen und beschrieb ihm den Weg zu einer Kneipe, von der ich wusste, dass dort hin und wieder Musiker auftraten. Der Name der Kneipe war *Zum Eberkopf*, sie war für ihre gute Stimmung und ihre dreckigen Toiletten berühmt.

„Klingt perfekt", bedankte sich der musikalische Landstreicher und wollte sich auf den Weg machen. Ich hielt ihn aber zurück und fragte:

„Willst du dich nicht ein paar Minuten zu mir setzten und mir was vorspielen? Eigentlich müsste ich den Stall ausmisten, aber eine Pause würde mir gut tun."

Das Lächeln im Gesicht des Musikers wurde breiter. „Na klar. Nichts lieber als das!"

Wir setzten uns gemeinsam auf einen Strohballen. „Ich kann gut verstehen, dass du keine Lust hast weiterzuarbeiten", sagte Robert, „früher habe ich im Sommer immer auf der Farm meiner Tante Maggie gearbeitet, um mir was dazuzuverdienen. Das war wirklich kein Spaß! Da werde ich bestimmt nie wieder arbeiten!"

Er begann auf seiner Gitarre zu spielen und sang dazu:

„Wie fühlt es sich an,
So ganz allein und ohne Heimat.
Wie ein rollender Stein,
Der niemals frei hat."

Nach der ersten Strophe legte er die Gitarre hastig weg, nahm die Mundharmonika und spielte darauf einen Zwischenteil. Danach folgte ein zweiter übereilter Instrumentenwechsel zurück zur Gitarre.

Am Ende seiner Darbietung klatschte ich und nickte anerkennend.

„Das Lied finde ich super! Wobei ich die Metapher mit dem rollenden Stein nicht wirklich verstehe. Der Protagonist ist allein und immer unterwegs, wie ein rollender Stein, aber ein Stein hört doch irgendwann auf zu rollen…" Ich schaute ihn fragend an, aber er zuckte nur die Schultern. Das war wohl die berühmte künstlerische Freiheit.

„Außerdem musst du das Problem mit dem Instrumentenwechsel zwischen Mundharmonika und Gitarre lösen. Das dauert einfach zu lange."

„Du hast natürlich Recht. Ich will halt beide Instrumente nutzen, aber mir ist noch keine Lösung eingefallen", sagte er und sah etwas hilflos aus.

„Ich glaube ich habe da eine Idee", verkündete ich stolz.

Schnell ging ich zurück in den Stall und holte ein altes Halfter und ein Stück dicken Draht. Ich verbog den Draht so, dass er die Mundharmonika halten konnte. Der Landstreicher schaute mir gespannt zu. Dann verband ich den Draht mit dem Halfter und legte beides um Roberts Hals. Mein Gestell hielt die Mundharmonika spielbereit, ein Stückchen vor Roberts Mund. Jetzt hatte er die Hände frei und konnte Gitarre spielen und gleichzeitig in die Mundharmonika blasen.

„Was sagst du dazu?", fragte ich stolz.

„Das ist großartig! Vielen Dank." Der junge Künstler war sichtlich begeistert und testete direkt meine Erfindung.

Ich begutachtete mein Werk noch einmal etwas genauer. Auf dem Halfter war der Name des Vorbesitzers eingestickt „Bob". Offensichtlich gehörte das Halfter dem Gaul, dessen Mist ich gerade beseitigt hatte. Ich musste lachen. „Und einen neuen Spitznamen habe ich dir gleich mitgeliefert!"

„Vielleicht wird das ja mein Künstlername: *Bob Zimmermann*!" Aber er schüttelte den Kopf. „Nein, das passt noch nicht so ganz. Darüber muss ich mir noch einmal Gedanken machen."

Der Barde stand auf und schnallte den Rucksack wieder auf seinen Rücken. „Ich muss langsam mal weiter. Mach's gut." Dann hielt er mitten in der Bewegung inne, als ob ihm etwas eingefallen wäre. „Wie unhöflich von mir, ich habe Dich gar nicht nach deinem Namen gefragt."

„Ismael Shakkabowly, zukünftiger Piratenkapitän!" Ich stand stramm wie ein Soldat und salutierte vor dem Musiker.

„Oh-ha!", rief er aus. „Dann bist du ja so was wie ein Prominenter!", sagte er mit einem Augenzwinkern.

Er nahm die Gitarre in die Hand, blies in seine Mundharmonika und sang:

„Mach es gut, Captain Shakkabowly, mein Freund,
Du hast mir tolle Dienste geleistet an diesem schönen
Tag.
Der arme Kerl arbeitet noch auf der Farm.
Aber das heißt nicht, dass er es mag."

Singend und spielend schlenderte er davon.

Kurz dachte ich darüber nach, ob Landstreicher nicht mein Plan B sein könnte. Frei und ohne jegliche Verpflichtung durch die Lande ziehen. Dann fiel mir ein, dass ich keine Gitarre spielen konnte und das Piratenleben über alles liebte und ich verwarf den Gedanken wieder. Es gab einfach keinen Plan B.

Ich seufzte, nahm die Mistgabel und machte mich an die nächste Pferdebox, denn meine Strafarbeit war ja leider nur pausiert und noch nicht abgeschlossen. Also öffnete ich das Gatter und besuchte den nächsten Vierbeiner in seinem Zuhause. Ein Blick auf das Namensschild verriet mir, dass der stolze aber nicht mehr ganz junge Hengst, der jetzt vor mir stand, auf den Namen *Totilas* hörte.

„Hallo Totilas, du bist aber ein ganz Hübscher", ich tätschelte ihn zur Begrüßung am Hals.

„Natürlich ist er ein 'ganz Hübscher', es handelt sich ja auch um mein Pferd." Professor Tributum war aufgewacht und stand jetzt in der Tür zur Pferdebox. Also war es mit der Ruhe vorbei.

„Und ich finde ein 'ganz Hübscher' ist noch ziemlich untertrieben", setzte er noch einen obendrauf. Er trat nun auch in die Pferdebox und strich dem Pferd über die Blässe. Der Rappe erwiderte die Liebkosung und schien seinen Besitzer zu erkennen. Dieser ließ den Blick durch die Box gleiten und bemerkte:

„So richtig weit bist du ja nicht gekommen."

Ich fühlte mich ertappt. Er hatte ja Recht, den Groß-teil der Zeit hatte ich mit einem Gitarre spielenden Landstreicher auf einem Strohballen gesessen. Trotz-dem versuchte ich mich zu verteidigen:

„Sie haben so friedlich vor sich hingeschnarcht und ich wollte Sie nicht stören. Und leises Arbeiten ist lei-der nicht schnelles Arbeiten…"

„Ja, ja, passt schon", winkte der Lehrer ab. „Aber wusstest du, dass mir Schnarchen mal das Leben ge-rettet hat?"

Mir war klar, was jetzt kommen würde. Professor Tributum würde mal wieder eine seiner langweiligen Geschichten auspacken, eine seiner nervigen Anek-doten, die kein Mensch hören will. Voller Vorfreude fragte ich höflich nach: „Ach was? Wie denn das?"

„Das war so", holte der Schulrektor verbal aus, zog sich seinen Stuhl zurecht und setzte sich. So wie er sich vorbereitete, erwartete mich keine Kurzge-schichte. Er holte tief Luft, dann fuhr er fort:

„Das Ganze ist schon viele Jahre her. Ich war ein junger Draufgänger in meinen besten Jahren. Voller Kraft und Tatendrang gab es nicht viele Abenteuer, die ich ausgelassen hatte. Bei so manchem gefährli-chen Ereignis war mein treuer Totilas bei mir. Wer weiß, ob ich jetzt noch hier sitzen würde, ohne seine

Kraft und Ausdauer. Vielleicht wäre ich ohne dieses tolle Pferd eines Tages nicht lebend von einem Abenteuer zurückgekehrt."

Allein der Gedanke an ein verfrühtes Ableben meines Lieblingslehrer trieb mir den kalten Schweiß auf die Stirn. Wer würde mich dann mit Geschichten nerven? Wer würde sich Strafarbeiten für mich ausdenken? Ganz vielleicht wäre meine Schulzeit dann sogar angenehm verlaufen. Ein solch langweiliges Leben konnte und wollte ich mir nicht vorstellen.

Während der alte Mann weitersprach, versuchte ich seine Stimme möglichst weit auszublenden, um so der nun kommenden, langweiligen Geschichte zu entkommen. Natürlich versuchte ich mir mein Desinteresse nicht anmerken zu lassen und der Professor ließ sich nicht davon abbringen weiterzuerzählen:

„Ich war allein mit Totilas in der kargen Wildnis der Ostkarpaten unterwegs. Der kalte Wind kroch in jede offene Stelle meiner Kleidung. Aber es war keine Zeit anzuhalten und ein wärmendes Feuer zu entzünden, ich war in Eile, denn in meinen Satteltaschen waren einige bedeuten Kunstwerke verstaut. Mit so einer Fracht an Bord macht man lieber nicht allzu lange irgendwo in der Wildnis Rast. Wenige Tage vorher konnte ich ein paar ausgesprochen schöne und sehr wertvolle Stücke aus dem Goldschatz von Pietroasa entwenden und befand mich nun auf der Flucht. Mit der ortsansässigen Polizei war auch damals nicht zu spaßen und an einen Aufenthalt in einem rumänischen Gefängnis hatte ich kein Interesse. Allerdings hatte ich einen guten Vorsprung herausgearbeitet - Totilas sei Dank!", er nickte in die Richtung des angeblichen Wunderrosses. Totilas ignorierte seinen Besitzer vollkommen und fraß lieber Heu. Ein cleveres Tier! Mir gelang das mit dem Ignorieren nicht so gut und irgendwie hörte ich dem alten Lehrer doch ungewollt zu.

„Vielleicht wurde ich etwas unachtsam durch den vermeintlichen Vorsprung und die damit aufkommende Sicherheit. Vielleicht war es auch die Müdigkeit des langen Ritts. Wie auch immer, ich wurde unaufmerksam und übersah eine Gefahr, die einzigartig ist in dieser unwirtlichen Gegend. Nirgends sonst auf der Welt muss man sich vor diesem Raubtier fürchten. Es ist genauso scheu wie selten. Es ist so selten, dass es oft als Legende abgetan oder als ausgestorben abgestempelt wird. Hinzu kommt, dass die, die es mal zu Gesicht bekommen haben, niemandem mehr davon berichten konnten.

Unverhofft zischte etwas direkt vor uns, Totilas erschrak, scheute und warf mich ab. Unglücklich stürzte ich zu Boden, stieß mir den Kopf an einem Felsen und verlor mein Bewusstsein. Als ich wieder zu mir kam, hatte das Unheil seinen Lauf genommen: Ich lag in der schraubzwingenartigen Umarmung eines Murmeltigers! Schnell wurde mir klar, wie aussichtslos meine Lage war. Natürlich kannte ich die Geschichten und Erzählungen rund um dieses etwa wildschwein-großen Tieres. Der Murmeltiger umschlingt dich mit seinen Pranken und lässt dich nie mehr los. Nie mehr! Egal wie du dich wehrst und gegen ihn kämpfst, er hält dich fest, bis du vor Ermüdung stirbst. Nichts und niemand ist jemals einem Murmeltiger entkommen!"

Er machte eine dramatische Pause.

„Bis zu diesem Tag!"

Was für eine unerwartete Wendung, dachte ich mir.

Tributum fuhr fort: „Ich spürte seinen stinkenden Atem in meinem Nacken, meine Lage erschien aussichtslos. Natürlich war mein erster Reflex der Versuch mich mit Gewalt zu befreien. Von hinten hatte er meinen Hals in den Würgegriff genommen, das machte einen direkten Angriff schwierig. Aber es blieb mir ja nichts anderes übrig, also sammelte ich alle meine Kräfte zusammen und griff ihn mit dem Mute der Verzweiflung an. Ich schlug mit den Ellenbogen nach hinten aus, um das Mistvieh zu treffen, ich warf mich von links nach rechts und ich versuchte meine Finger irgendwie unter die Pranken des Untiers zu bekommen, um den Todesgriff lockern zu können. Doch alle Anstrengungen blieben erfolglos, natürlich. Die Kraft und die Ausdauer, mit der der Murmeltiger sein Opfer umarmt, erscheint schier endlos. Also gab ich auf. Und zwar so richtig! Ich gab so doll auf, dass mein Widersacher denken musste, er sei am Ziel, dass er mich besiegt habe. Ich stellte mich schlafend und begann zu schnarchen, in der Hoffnung, dass der Murmeltiger dachte, ich sei vor

Erschöpfung eingeschlafen und endlich loslassen würde."

Der Professor war vollkommen in seinem Element. Heldentaten aus der guten, alten Zeit waren sein absolutes Lieblingsthema. Aber die Geschichte war noch nicht zu Ende:

„Genau wie ich es mir erhofft hatte, so geschah es auch! Das Raubtier fiel auf meine List herein, er löste seinen Griff und schnüffelte an mir. Sein Sabber tropfte auf mich, so sehr freute er sich auf sein Mahl. Aber nicht mit mir, nicht so einfach. Endlich frei von seinem erbarmungslosen Griff, konnte ich schnell wie ein Falke meinen Dolch ziehen."

Mittlerweile hatte mich die Geschichte doch in ihren Bann gezogen. Auf meine Mistgabel gestützt lauschte ich dem Professor. Dieser fuchtelte mit der Hand in der Luft, was wohl seinen Angriff auf das Untier darstellen sollte.

„Der Moment Unaufmerksamkeit war sein Fehler: Ich zog meinen Dolch aus dem Gürtelholster und rammte ihm den Stahl genau zwischen seine bösen Augen! Das war sein Untergang und meine Rettung. Der Murmeltiger war besiegt und lag nun leblos auf dem felsigen Boden vor mir. Ein schönes Tier, mit rotgelbem Fell, einem kräftigen, kurzen Schwanz und mächtigen Pranken. Sein Kopf ähnelte der einer Hauskatze, aber erheblich größer, der Körper hatte etwas von einem Wildschwein, nur mit längeren Beinen. Aus der Wunde an seiner Stirn, die ich ihm zugefügt hatte, trat dickflüssiges, stinkendes Blut aus.

Die Legenden besagen, dass das Blut des Murmeltigers ätzend und hochgiftig ist. Ich hatte kein Interesse diese Aussage zu überprüfen und ließ den modrig stinkenden Kadaver mit meinem Messer im Schädel zurück.

Wissenschaftlich gesehen ein Fehler," mein Lehrer zuckte mit den Schultern. „Aus heutiger Sicht hätte ich anders gehandelt und das tote Tier zwecks Studien mitgenommen. Jedoch war ich in diesem Moment so froh, mit dem Leben davon gekommen zu sein, dass mir die Chance auf eine zoologische Forschung nicht in den Sinn kam.

Ich fing mein Pferd wieder ein und konnte entkommen. Ich denke, ich muss nicht erwähnen, dass der Goldschatz von Pietroasa sich noch immer in meinen Satteltaschen befand und es mir gelang, mit meiner Beute zu entkommen." schloss Tributum seine Geschichte ab.

„Nicht schlecht", ich nickte ehrlich anerkennend. Die Geschichte war gut, aber natürlich nur Seemannsgarn, lediglich eine ausgedachte Anekdote eines alten Mannes, dem die Eintönigkeit des Schulbetriebes zugesetzt hatte.

Da sich die Arbeit ja leider nicht alleine erledigen würde, machte ich mich wieder daran, Totilas Mist in die Schubkarre zu schaufeln.

„Verstehst du, was ich Dir mit dieser Geschichte sagen will?", fragte der alte Mann mit dem weißen Bart. Er hatte sich wohl eine andere Reaktion von mir erhofft.

„Dass sie ein ziemlich toller Hecht sind?", war mein erster Tipp.

„Nein!", er erschien fast schon ärgerlich. „Die Moral ist hier, dass egal wie aussichtslos eine Situation erscheint, es immer eine Lösung gibt. Man muss sie nur suchen und die Zügel selbst in die Hand nehmen."

„Ok, hab's kapiert", antwortete ich in der Hoffnung, dass die Lektion damit abgeschlossen war.

„Ach, Shakkabowly…", jetzt war er offensichtlich wütend und mir war nicht ganz klar, warum. „Wenn der Finger auf den Mond zeigt, guckt der Dumme auf den Finger", sagte er halb zu sich selbst. Dann aber wieder laut und deutlich: „Damit bist du gemeint!" Sein langer dünner Finger zeigte auf mich. „Du sollst endlich deine Geschicke selbst in die Hand nehmen, du Narr!" Ich starrte auf den ausgestreckten Finger und verstand nicht, warum er so wütend geworden war.

Er stand von seinem Stuhl auf und verließ den Stall, sein langer Umhang wehte hinter ihm her. Ich blieb allein mit meiner Mistgabel und dem Wunderhengst Totilas zurück. Offensichtlich hatte ich ihn enttäuscht, ich fühlte mich schlecht und dumm. Schuldbewusst erledigte ich meine Arbeit und dachte darüber nach, was der Professor versucht hatte, mir zu erklären. Doch was war die Lektion? Wenn mich mein Wundergaul abwirft, darf ich mich nicht von wilden Tieren fressen lassen? Oder wenn ich in einer schroffen Landschaft unterwegs bin, sollte ich lieber vorsichtig reiten? Es war verwirrend.

So verbrachte ich meinen Nachmittag mit Ausmisten und Nachdenken. Eine Pferdebox nach der anderen wurde von mir gesäubert. Als ich fertig war und gerade die letzte Schubkarre auskippen wollte, kam Frau Winkebaum in den Stall mit Pao und Yi im Schlepptau. Allerdings hatte sie noch einen dritten Schüler dabei. Der Dritte im Bunde war Donald Busch. Es stellte sich heraus, dass auch er Nachsitzen musste und direkt in die Bibliotheksgruppe eingeteilt wurde. Ich freute mich, dass ich meine Arbeit nicht mit ihm ableisten musste, das hätte die Strafe noch verdoppelt.

„Wo ist denn der Professor?", wollte die junge Referendarin wissen.

„Der ist schon vor einer ganzen Weile gegangen", erklärte ich.

„Ach, ist ja eigentlich auch egal. Ich wollte ihm lediglich seine Schüler zurückbringen." Sie nickte ihren Schützlingen zu. „Sie haben gute Arbeit geleistet".

Sie guckte sich im Stall um und fügte hinzu: „Aber du warst ja offensichtlich auch sehr fleißig. Am Ende seid ihr doch alles nette Jungs."

Wir lächelten unsicher. So viele nette Worte von einem Lehrer waren wir nicht gewohnt. Aber Frau Winkebaum war nicht viel älter als wir und vielleicht erinnerte sie sich an ihre Schulzeit.

Dann schien sie sich an ihren Lehrauftrag zu erinnern: „Ich hoffe ihr habt alle fleißig für die Prüfung

158

im Fach Handelskunde gelernt. Ich habe mir die Aufgaben schon ausgedacht und ich habe mir extra viel Mühe gegeben!" Sie schien mächtig stolz auf ihre Prüfungsaufgaben zu sein. Wahrscheinlich hatte sie noch nicht allzu viele Prüfungen gestellt.

Yi antwortete: „Na klar, Frau Winkebaum, alles kein Problem."

Und auch Donald und Pao versicherten ihr viel Fleiß.

Ich sagte nichts, sondern guckte nur auf den Boden.

„Was ist mit Dir Ismael, hast du noch Fragen zum Unterrichtsstoff?", wollte die Referendarin von mir wissen.

Ich druckste ein wenig herum, dann sagte ich zögerlich: „Ach wissen sie, Frau Winkebaum, es gibt ein paar Themen, die einfach nicht in meinen Kopf wollen. Steuerliche Abgaben und Handelsrecht zum Beispiel, das verstehe ich einfach nicht und kann es mir nicht merken…"

„Mmmmh", brummte Frau Winkebaum nachdenklich. Sie schien mit sich zu hadern, doch dann ergänzte sie: „Guck Dir noch einmal Kapitel 7 und 13 an. Dann wird das schon."

Nachdenklich drehte sie sich um und hinkte aus dem Stall. In der Tür blieb sie stehen und blickte noch einmal zurück. „Ach was soll's?", fragte sie. „Steuerliche Abgaben und Handelsrecht kommen in der Abschlussprüfung gar nicht dran. Aber sagt das nicht weiter!" Dann verschwand sie aus dem Stall.

Ein paar Sekunden war es still und wir blickten uns nur fragend an.

Dann brach es aus Donald heraus: „Man muss auch mal Glück haben!"

Pao und Yi gaben sich High-Five und auch ich ballte eine Siegerfaust. Was ein Glück! Die junge Referendarin hatte uns gerade bestimmt zwei Nachmittage Auswendiglernen erspart. Und das einfach so! Wir konnten unser Glück kaum fassen.

Am Abend war ich der Erste auf der Veranda, noch waren alle Sitzgelegenheiten frei. Wahrscheinlich würde es auch so bleiben. Es war einer der wenigen Abende in Beirut, an denen das Wetter mal nicht ausgezeichnet gut war. Am Horizont hatten sich dunkle Gewitterwolken zusammengebraut und ein fieser Wind fegte zwischen den Gebäuden des Pirateninternats. Mir war es eigentlich ganz recht allein zu sein. Ich dachte noch darüber nach, was der Professor zu mir gesagt hatte. Er hatte seine seltsame Murmeltiger-Geschichte damit beendet, dass ich mein Leben selbst in die Hand nehmen soll. Das würde ich ja gerne tun, aber im Moment war ich doch ziemlich fremdbestimmt, war mein Leben doch sehr stark von den Richtlinien der Schule bestimmt. Ich musste für viele Lehrer Aufgaben erledigen und Sachen auswendig lernen. Wo blieb da bitte Platz für mein eigenes Leben?

„Ganz schön zauselig geworden", stellte jemand neben mir fest. Kittina hatte sich unbemerkt von hinten herangeschlichen und setzte sich neben mich. Ich war überrascht, dass sie so plötzlich aufgetaucht war und konnte ihrer Feststellung nicht folgen. Im Anflug eloquenter Schlagfertigkeit, die mir stets zu eigen ist, fragte ich „Hä?"

„Na ja, es ist zauselig geworden", wiederholte sie. Doch als ich offensichtlich immer noch nicht verstand erklärte sie: „Kennst du das Wort zauselig nicht?" Sie lächelte ihr bezauberndes Lächeln und fuhr fort: „Das bedeutet, es ist windig, ungemütlich…"

„Alles klar, das gefällt mir. Das Wort werde ich mir merken." Endlich lernte ich mal etwas, das nicht von Lehrern kam.

„Was treibst du denn so allein hier auf der Veranda?", wollte sie wissen.

Ich erzählte ihr von Tributums Anekdote, von Totilas, vom Murmeltiger und von dem Schatz, den er geraubt hatte, und ich erzähle ihr von der Moral, die er daraus für mich geschlossen hatte. Ich endete mit „…aber wie soll ich mein Leben selbst leben, wenn ich dauernd für die Schule lernen muss?" Fragend sah ich Kittina an und hoffte auf eine Erklärung.

Kittina nickte. „Du Dummerchen", sagte sie „denkst du immer noch, dass du für die Schule lernst?" Wieder lächelte sie mich an. Ich fühlte mich aber nicht ausgelacht, sondern ernst genommen. Sie erklärte: „Was der Professor meinte ist, dass du nicht für Schule oder die Lehrer lernst, sondern für dich und dein Leben. Du sollst aus all dem Wissen, dass uns hier vermittelt wird, etwas machen. Etwas Eigenes. Dein eigenes Leben."

Ich begann zu verstehen, worauf sie hinauswollte. Sie redete weiter: „Was bringt Dir denn eine gute Note hier an der Schule, wenn du keinen Plan für Dein Leben hast?"

„Weiß nicht…", antwortete ich unschlüssig.

„Gar nichts!", löste Kittina auf. „Die Noten bringen dich am Ende nicht weiter, aber viele Dinge, die wir hier lernen sind für das Piratenleben unerlässlich."

Langsam fiel der Groschen, manchmal war ich etwas schwer von Begriff, aber ich glaubte, dass ich es jetzt kapiert hatte. Ich war froh, eine so kluge junge Frau als gute Freundin zu haben.

Wir saßen noch auf der Veranda und ich dachte über die Worte des Professors nach, dieses Mal aus dem Blickwinkel, den mir Kittina aufgezeigt hatte. Langsam machte so einiges Sinn.

Das Gewitter war näher gekommen und es begann langsam zu regnen. Die ersten dicken Tropfen fielen auf den Rasen vor uns und bald würde ein Wolkenbruch über uns nieder gehen. Der Geruch von Regen lag schon in der Luft.

„Jetzt wird es mir hier zu usselig, ich geh zurück auf mein Zimmer", stellte Kittina fest.

Schon wieder verstand ich sie nicht und fragte verwirrt nach: „Usselig?"

Sie lachte laut auf und meinte: „Das kennst du auch nicht? Du musst noch viel für Dein Leben lernen!"

„Ha ha", sagte ich leicht beleidigt. „Und was soll das heißen, Frau Lehrerin?"

„Usselig ist wie zauselig, halt nur mit Regen." Sie lachte und rannte durch den beginnenden Wolkenbruch zurück in ihr Wohnhaus.

Ich schaute ihr nach, bis sie um eine Ecke verschwand und noch ein bisschen länger. Dann ging auch ich auf mein Zimmer.

16 - Ein richtiger Kampf

Das Warten auf Ergebnisse war der schwierigste Teil der Abschlussprüfungen. Ich wusste, dass der Test in „Schiffstypen" nicht gut gelaufen war, konnte gar nicht, weil ich nicht mal in der Lage war, alle Fragen zu beantworten. Meine Einschätzung war, dass es gerade so zum Bestehen gereicht haben könnte. Vielleicht war ich aber auch zu optimistisch und ich war durchgefallen. Oder, vielleicht sah ich auch alles zu negativ. Wenn alle meine Antworten richtig waren, also mal den besten aller Fälle angenommen, dann könnte es noch eine ganz gute Note geworden sein.

Meine Gefühlslage war also irgendwo zwischen Hoffen und Bangen, je nach Wetterlage. Geduld war leider noch nie meine größte Stärke.

Das Notensystem an der Hamidu Ben Ali-Gesamtschule für Piraten, Freibeuter und Korsaren war komplex, unlogisch und nur schwierig zu verstehen. Einheitliche Noten suchte man vergebens, denn eigentlich hatte jeder Lehrer sein eigenes Konzept. So gab es in manchen Fächern kurze Stricke mit Knoten, um die Benotung auszudrücken. Je mehr Knoten im Strick waren, umso besser hatte der Schüler abgeschnitten. Da die Seilenden aber nicht alle gleich lang waren, passten gar nicht für alle Schüler gleich viele Knoten an den Strick. Ein Umstand, der zu einer gewissen Ungerechtigkeit führte.

In anderen Fächern wurden Kreuze unter den Test gekritzelt. Bei den meisten Lehrern waren fünf Kreuze die höchste Auszeichnung, aber nur, wenn sie ausgemalt waren. Nicht-ausgemalte Kreuze waren schlecht. Kreuze mit Schatten waren das Beste, davon gab es aber nur maximal zwei. Wichtig war auch, dass man Kreuze nicht mit X verwechselte, denn da war die Gewichtung wieder ganz anders.

Und es gab natürlich auch das gute alte Daumen-nach-oben- oder Daumen-nach-unten-Prinzip. Dabei war es natürlich wichtig, ob es die rechte oder die linke Hand war. Ein Daumen der linken Hand nach oben war gleichbedeutend mit durchgefallen. Es sei denn, der Lehrer war Linkshänder, dann war es natürlich anders herum.

Für uns Schüler war es schwierig unsere Leistungen einzuordnen. Besonders im Abschlussjahr war die Gesamtnote ja doch von Interesse. Manchmal hatte ich das Gefühl, die Lehrer würden die Unübersichtlichkeit ausnutzen, um willkürlich bei ihren Lieblingsschülern die Note anzuheben. Aber wer hätte an einer Piratenschule ein wirklich faires Notensystem erwartet?

Um ein wenig Licht ins Dickicht zu bringen, hatte ich mir eine Methode ausgedacht, wie man die verschiedenen Noten klassifizieren konnte. Im Prinzip hatte ich mir drei Kategorien überlegt, wobei jede Kategorie zwei Unterkategorien hatte.

Die beste Kategorie war der Bereich „prima". Hier unterschied ich noch zwischen „gut", da hatte man schon sehr viel richtig gemacht, und „sehr gut", da hatte man eigentlich alles richtig. Das war also die Streberkategorie.

Die mittlere Kategorie war für mich die Interessanteste. Ich nannte sie den „Arbeitsbereich" oder auch die "Komfortzone". Hier unterschied ich noch in „ausreichend", dabei hatte man gerade so eben das Hindernis übersprungen. Vielleicht hatte man es sogar noch mit dem Fuß gestreift, aber man war drüber. Wenn noch eine Handbreit Luft zwischen Dir und dem Hindernis war, du also locker drüber gekommen bist, dann war die Note ein „befriedigend".

Getreu dem Motto „ein gutes Pferd spring nicht höher als es muss" bewegte ich mich für gewöhnlich irgendwo zwischen „befriedigend" und „ausreichend". Der „Arbeitsbereich" war mein Spielfeld.

Es gab aber noch die böse Kategorie, ich nannte sie das „Tal der Tränen". Das war der Notenbereich, bei dem man das Hindernis nicht übersprungen hatte, man war also durchgefallen. Auch hier gab es zwei Unterbereiche. Bei der Note „mangelhaft" gab es noch Hoffnung. Offensichtlich war man nah dran, man hatte es fast geschafft. Das Hindernis vielleicht noch mit dem Fuß berührt und war dabei hängen geblieben. Ein oder zwei Mal üben und dann würde man es vielleicht schaffen.

Und dann gab es da noch „ungenügend". Das war die schlechteste Note, die es in meiner Einteilung gab. „ungenügend" war gleichbedeutend mit einem Totalschaden. Vergessen abzuspringen, voll gegen das

Hindernis gerannt, sich den Kopf aufgeschlagen und den Fuß verstaucht. „Ungenügend" war schlimm.

Wir hatten gerade unsere Noten für den Test in „Schiffstypen" erhalten und saßen im Speisesaal um unsere Ergebnisse herum. Wir versuchten einzuschätzen, was die Zeichen unter unseren Arbeiten bedeuten sollten.

Michel zählte seine Kreuze. „Guckt mal, ist das hier ausgemalt oder nicht?"

Peter antwortete: „Ich glaube das ist egal. Bei fünf Kreuzen ist egal, ob eins ausgemalt ist oder nicht. Nach Ismaels Einteilung müsste das ein ‚befriedigend' sein."

„Du bist hässlich und dumm, aber dieses Mal hast du Recht", warf Tony ein.

„So dumm kann ich nicht sein. Ich habe nämlich ein ‚gut' ", antwortete Peter und hielt seinem Bruder sein Heft unter die Nase, damit er es auch ja sehen konnte. Natürlich kam sofort der Konter seines Bruders, der das Heft zu Seite schob und sagte: „Hab' ich auch. Und ich habe nicht mal gelernt."

Manchmal waren die beiden echt anstrengend, aber niemand beachtete noch ihre Streitereien. Es war wie das Klatschen der Wellen gegen die Bordwand. Frag mal einen Seemann, ob er das noch hört.

Kittina hatte mal wieder ein ‚gut', während Ültje und ich nur auf ein ‚ausreichend' kamen. Aber im Großen und Ganzen waren alle zufrieden.

Als wir noch unsere Köpfe zusammensteckten und Kreuze zählten, kam Donald Busch vorbei.

„Na ihr Verlierer, sucht ihr verzweifelt die Kreuze unter euren Tests?" In seiner Hand hatte er ein Heft, damit winkte er in der Luft herum.

„Also, ich habe unter meinem Test fünf Kreuze gefunden." Sein Grinsen war genauso breit wie unsympathisch. Hinter ihm stand Pierre-André Fou, der ihn dumm grinsend unterstützte.

„Komm", sagte Donald zu Pierre-André, „lassen wir die Verlierer allein."

„Ja, alles Verlierer, weißt du", plapperte dieser nach und trotte Donald hinterher.

„Na, da haben sich ja zwei gefunden", stellte Kittina fest und hatte damit den Zwischenfall für sich abgehakt.

„Blödköppe", sagten Tony und Peter einstimmig. Sie grinsten sich überrascht an, weil sie mal einer Meinung waren.

Ich war mir aber gar nicht so sicher, wer hier der Blödkopp war. Fünf Kreuze waren mindestens ein ‚gut' und damit um Längen besser als meine Note. Wenn Donald also ein Blödkopp war, was war denn dann ich? Plötzlich war ich mit meiner Note gar nicht mehr zufrieden.

„Wie macht er das bloß?", fragte ich, mehr an mich selbst gerichtet als an die anderen.

„Was hast du gesagt?", wollte Michel wissen.

Mein Gedankengang war mir irgendwie peinlich und ich wollte ihn nicht mit meinen Freunden teilen.

Also sagte ich nur: „Ich muss jetzt mal los." Ich packte meine Sachen zusammen und stand auf. Ich versuchte die negativen Gedanken nicht überhand nehmen zu lassen. Am Nachmittag stand für mich noch die praktische Prüfung in „Kämpfen mit dem Säbel" an und dabei würden mir allzu tiefsinnige Gedanken wohl eher nicht helfen.

In den letzten Tagen hatte ich mich akribisch auf diesen Termin vorbereitet. Mein Gespräch mit Kittina hatte mir die Augen geöffnet und es war mir jetzt klar, dass Lernen kein notwendiges Übel, sondern die Grundlage von angemessenen Noten darstellte und somit der Schlüssel zu einer erfolgreich abgeschlossenen Ausbildung. Es wäre vielleicht besser gewesen, wenn mir diese Erkenntnis nicht erst beim Schlusssprint gekommen wäre, aber wenigstens war mir diese Erkenntnis nicht erst nach den Abschlussprüfungen gekommen. Ob es noch früh genug gewesen war, würde sich allerdings erst in der Endabrechnung zeigen.

Die praktische Prüfung fand auf einem Sportplatz neben der Schule statt und wurde von Olga Khaharlan abgenommen. Sie war für mehrere Sportarten die Fachlehrerin und bei uns Schülern eigentlich sehr beliebt.

Als ich am Sportplatz ankam, saß sie in einem Campingstuhl und las ein Buch. Sie begrüßte mich freundlich:

„Hallo Ismael. Bist du gut vorbereitet? Keine Sorge, wir bekommen das hier schon hin."

„Hallo Frau Khaharlan. Ja, ich glaube schon, dass ich ganz gut vorbereitet bin."

„Pass mal auf, Dein Duell-Partner wird sich verspäten. Er hat mir ausrichten lassen, dass er frühestens in einer Stunde hier ist."

Die Duell-Partner für die Prüfung wurden ausgelost. Den Jungen, der heute mit mir seine Prüfung absolvieren sollte, kannte ich nicht. Ich wunderte mich, warum man zu einer Abschlussprüfung zu spät kommen konnte, aber eigentlich war es mir auch egal. Ich setzte mich an den Rand des Sportplatzes in den Schatten eines Busches, nahm das Buch mit den Fecht-Fachbegriffen heraus und blätterte es noch einmal durch.

Etwas raschelte im Gebüsch direkt hinter mir und ich drehte mich um. Zwischen den Zweigen erkannte ich den Grafen von Ripshorst. Der getigerte Kater kam ganz ohne Scheu zu mir, strich an meinem Bein vorbei und rollte sich dann ganz dicht neben mir ein. In einer Hand hielt ich das Buch, mit der anderen Hand kraulte ich das angeblich uralte Tier.

Ich hatte das Gefühl, mich hervorragend konzentrieren zu können. Die Fachbegriffe mit schwierigen Namen, die aus dem Lateinischen oder Französischen abgeleitet wurden, blieben alle in meinem Kurzzeitgedächtnis hängen. Es war eine perfekte Vorbereitung. Als mich Frau Khaharlan nach einer Weile rief, dass sie jetzt gerne anfangen würde, guckte ich auf das brummende Fellknäuel neben mir.

„Langsam glaube ich doch, dass Magaretha Recht hat. An dir ist irgendetwas besonders", sagte ich leise zu der Katze. Diese hob den Kopf, stand auf, machte einen Buckel und verschwand wieder im Gebüsch.

Mein Duell-Partner hieß Matthias, war hager und bleich. Er schwitzte vor Aufregung und wirkte sehr angespannt. Frau Khaharlan versuchte beruhigend auf ihn einzuwirken, jedoch ohne sehr großen Erfolg. Ich fühlte mich hervorragend und als wir dann mit den Waffen in der Hand im staubigen Sand voreinander standen, hatte ich nicht die geringsten Selbstzweifel.

„Also gut, dann mal los", sagte die Fechtlehrerin. "Ismael, zeig mir mal eine Ligade."

Meine Bewegungen kamen wie automatisch, ohne nachzudenken. Meine Klinge beschrieb rückwärts und vorwärts einen Kreis, möglichst nah am Säbel meines Duell-Partners. Meine Füße tänzelten auf dem Boden und mein Säbel wirbelte durch die Luft. Am Ende der Bewegung schlug ich Matthias mit einem lockeren Schlag die Waffe aus der Hand.

Sein Säbel landete im Staub und er schaute ihn verwundert an.

Frau Khaharlan kommentierte die Aktion leicht genervt: „Ismael, das war eine sehr schöne Ausführung. Aber Matthias, es wäre nett, wenn du den Säbel festhalten könntest."

Der arme Junge stotterte eine Entschuldigung und nahm seinen Säbel wieder auf. Wir gingen zurück in die Ausgangsstellung.

„Gut, Matthias, zeig mir doch mal bitte einen Patinando", ordnete Frau Kharlan an.

Mein Duell-Partner sprang nach vorne, landete dabei aber unglücklich, knickte um und landete im Staub. Er jammerte und hielt sich den Knöchel, er schien sich wirklich weh getan zu haben.

„Ach herrje, Matthias!" Die Lehrerin kam herbeigeeilt und kümmerte sich um den verletzten Schüler. „Was machst du denn für Sachen? Bei einem Patinando springt man doch nicht."

Sie begutachtete seinen Knöchel, der in Sekundenschnelle erstaunlich dick angeschwollen war. Das sah nicht gut aus.

„Das sollte sich ein Facharzt angucken", schloss sie ihre Untersuchung ab.

„Da warte ich doch ewig auf einen Termin", schluchzte Matthias, den Tränen nahe.

„Bist du denn nicht Pirat-versichert?" fragte Olga Kharlan sichtlich verwundert, aber auch mit einem Hauch von Mitleid.

„Nein, ich habe vergessen mich da anzumelden…" Matthias sah seine Lehrerin hilfesuchend an, aber auch sie konnte seinen Knöchel nicht gesund zaubern. Es war klar, für Matthias ging es nicht weiter.

Aufmunternd sagte Frau Kharlan zu ihrem Schüler: „Geh jetzt erst einmal in die Küche und hol dir einen Eisbeutel. Später sehen wir weiter." Sie lächelte ihn an und gab ihm einen Klapps auf die Schulter.

Matthias zog die Nase hoch, nickte und humpelte davon. Jetzt hatte ich keinen Duell-Partner mehr und ich fragte mich, was das für meine Prüfung bedeuten könnte.

„Ich bezweifle, ob aus ihm jemals ein ernstzunehmender Pirat wird", murmelte die Lehrerin und sagte dann etwas lauter zu mir: „Dann musst du halt mit mir kämpfen! Ich übernehme seinen Part." Angriffslustig stand Frau Khaharlan plötzlich mit ihrem Säbel in der Hand vor mit. Ihre Körperhaltung war angespannt und ihr Blick fokussiert.

„Allez hop! Finte links! Finte rechts!" Sie sprang elegant vor und zurück, ihre Klinge zischte mal links neben meinem Ohr vorbei, mal knapp an meinem Bauchnabel. Das kam unerwartet, dennoch parierte ich ihre Angriffe. Mal wich ich geschickt aus, mal lenkte ich mit meinem Säbel ihre Klinge zur Seite. Schnell wie ein Skorpion führte sie ihre Angriffe durch und versuchte mich in der Defensive zu halten. Meine Abwehr wurde aber immer dominanter, sodass ich nach einer Weile auch eigene Angriffe platzieren konnte. Erst ging es nur hin und her, doch dann hatte ich immer mehr das Gefühl die Oberhand zu gewinnen und ich fragte mich ernsthaft, was ich denn machen sollte, wenn ich gegen meine Fechtlehrerin gewinnen würde.

Irgendwann war der Punkt gekommen, dass ich sie wirklich fast verletzt hätte. Erst eine Finte links, dann ein Schritt zurück, dann führte ich einen Angriff auf ihre Körpermitte aus, den sie nur mit Mühe und Not nach hinten stolpernd abwehren konnte. Ich erschrak, so sollte das nicht laufen. Ich machte einen Schritt zurück, brach den Angriff ab und Frau Khaharlan ließ ihre Waffe sinken. Sie schnappte nach Luft und nickte anerkennend.

„Endlich mal wieder ein ernstzunehmender Gegner!", lachte sie mich an. „Ismael, Dir bringe ich nichts mehr bei. Dafür bekommst du von mir die Bestnote."

Als mir klar wurde, dass ich keinen Ärger bekomme, weil ich meine Lehrerin besiegt hatte, sondern endlich mal eine gute Note, machte sich ein Grinsen in meinem Gesicht breit, von einem Ohr bis zum anderen.

„Das war richtig gute Arbeit." Sie klopfte mir anerkennend auf die Schulter. „Jetzt brauch ich erstmal eine heiße Dusche." Sie schnappte sich ihre Sporttasche und ließ mich allein auf dem Sportplatz zurück.

Hatten sich jetzt endlich die Geschicke zu meinen Gunsten geändert? Ging es jetzt bergauf?

Noch ganz euphorisch begann ich meine Sachen in meine Tasche zu packen. Da hörte ich ein langsames Klatschen hinter mir. „Hervorragend, ein echter Kämpfer."

Die Stimme kannte ich doch. Ich drehte mich um, hinter mir stand Katharina von Habsburg.

Das kam überraschend, dachte ich doch, ich sei allein auf dem Sportplatz.

174

„Du bist ja ein richtiger Kämpfer. Ich bin beeindruckt."

Sie stand da mit ihrem engen T-Shirt und spielte unschuldig mit ihren Zöpfen.

Ich merkte, wie ich rot im Gesicht wurde. Ich war immer noch von dem Duell ein wenig außer Atem und entgegnete wahrheitsgemäß: „Ja, ich glaube das habe ich ganz gut hinbekommen."

„Ich bin ganz zufällig hier vorbeigekommen und habe euch beide beim Kampf gesehen", erklärte sie ganz unschuldig. „Und ich dachte, ich frage mal ganz unverbindlich nach, wie denn deine Pläne für den Abschlussball aussehen."

„Ach so, das war alles Zufall", dachte ich, „na dann…"

Aber wie auch immer, es musste eine Entscheidung gefällt werden. Ich hatte es gerade einigermaßen geschafft, mein Leben in den Griff zu bekommen. Jetzt musste auch dieses Thema geklärt werden.

Also nahm ich all meinen Mut zusammen, machte einen Schritt auf sie zu und sah ihr in ihre großen blauen Augen. Ich stand dicht bei ihr und konnte ihren angenehmen Duft wahrnehmen. Ich wischte mir Staub und Schweiß von der Stirn und mit all dem Selbstbewusstsein aus einem erfolgreichen Duell sagte ich:

„Katharina, ich wollte Dich fragen, ob du mit mir zum Abschlussball gehen möchtest."

Ein unbeteiligter Zuschauer hätte meine Gestik auch als Angriff deuten können. Stand ich mit aufrechter Haltung und angespannten Muskeln mit einem Säbel in der Hand vor Katharina. Aber selbst wenn ich einen Angriff geplant hätte, das war nicht mein Spiel, sondern Katharinas. Und sie war eine Meisterin in diesem Spiel, ich nur ein blutiger Amateur.

„Was? Das kommt so überraschend, ich weiß gar nicht, was ich sagen soll." Wenn jemals ein Oscar für Laiendarsteller in Beziehungsdramen vergeben werden wird, ich würde Katharina vorschlagen. So echt spielte sie ihre Überraschung. Sie war so überzeugend, dass ich es ihr in diesem Moment sogar glaubte und mich darüber wunderte.

„Ich dachte, du wolltest, dass ich dich das frage…", stammelte ich vollkommen perplex.

„Natürlich habe ich davon geträumt, aber ich habe doch niemals damit gerechnet!", rief sie voll gespielter Freude. Sie sprang mir um den Hals und drückte mich überschwänglich. Dann gab sie mich wieder frei und drückte mir einen Kuss auf die Wange. Sie lächelte mich an, klimperte mit ihren Augen, drehte sich um und ließ mich auf dem Sportplatz zurück.

Doch dann zögerte sie noch einmal und sagte über die Schulter in einem ziemlich resoluten Ton: „Du holst mich am Ballabend um 17:30Uhr ab. Du trägst ein cremefarbenes Hemd, kein weißes! Deine Schuhe sind ockerfarben. Der Blumenstrauß, den du mir mitbringst, wird dominiert von weißen Rosen, aber nicht nur Rosen, das wäre zu kitschig." Das waren keine Vorschläge, sondern Befehle. Und ich wurde das

176

Gefühl nicht los, dass sie sich über diese Liste schon im Vorfeld Gedanken gemacht hatte.

„Natürlich, wird erledigt", akzeptierte ich kleinlaut die Anweisungen. Dann verschwand sie.

Jetzt stand ich wirklich alleine auf dem Sportplatz und wusste nicht genau, wie ich mich fühlen sollte. War die Einladung zum Abschlussball meine Entscheidung gewesen oder wurde ich hier an der Nase herumgeführt?

Ich entschied, dass das jetzt egal war und versuchte meine Gedanken wieder auf meinen Triumpf im Fechten zu lenken. Am Ende des Tages sollte doch die Freude über das Erfolgserlebnis in einer Abschlussprüfung überwiegen.

17 - Sternenkunde und Weltmeere

Für uns Schüler im Abschlussjahr verlief die Sache so: Bis zu der entsprechenden Prüfung ging der Unterricht in dem Fach weiter, danach war das Fach abgeschlossen und der Unterricht wurde beendet. Es ergibt ja auch keinen Sinn weiter zu unterrichten, wenn nicht kontrolliert wird, ob der Stoff bei den Schülern angekommen ist. Unterricht ohne Lernzielkontrolle ist was für Idealisten, nichts für das echte Leben. Wir Schüler wurden dann für dieses Fach freigestellt. Da aber in einigen Fächern die Prüfungen früher angesetzt waren als in anderen, verringerte sich die Anzahl der Unterrichtsfächer allmählich. Das führte dazu, dass wir immer weniger Unterrichtsfächer besuchen mussten und immer mehr Freistunden hatten. Wir hatten mehr Zeit zur freien Verfügung, die wir nutzen konnten, um uns auf die noch ausstehenden Prüfungen vorzubereiten. Oder anders ausgedrückt: Wir hatten mehr Zeit, um uns vor dem Lernen zu drücken.

Umso mehr Freistunden wir hatten, umso mehr Prüfungen hatten wir schon abgelegt. Daher zeigten die vielen Freistunden ziemlich praktisch auf, wie die Chancen standen, noch etwas an der Gesamtnote zu verbessern.

„Bei Fächern, die noch unterreichtet werden, können wir noch die Kartoffel aus dem Feuer holen. Bei den anderen sind die Würfel bereits gefallen", meinte

Ültje und ich wunderte mich nicht, dass sein Vergleich etwas mit Essen zu tun hatte.

„Warum sind dir denn Würfel runtergefallen?" fragte ich nach.

„Nicht runtergefallen", korrigierte mich mein Kumpel. „Sie sind gefallen. Wie bei einem Spiel. Wenn Du die Würfel losgelassen hast, dann kannst du das Ergebnis nicht mehr beeinflussen", erklärte er wie ein Lehrer.

„Kennst du das Sprichwort nicht?" Jetzt imitierte er Tormento Pabulum, unseren Lehrer in Freibeutergeschichte. Dafür strich er sich sein blondes Haar zu einem Scheitel zur Seite und verstellte seine Stimme. „Shakkawobly, Sie Schandfleck der Piratengeschichte, haben Sie denn gar nichts bei mir gelernt?" Drohend hob er seinen Zeigefinger. „Dieses Zitat stammt vom großen Admiral Nelson. Er sprach diese klugen Worte als die britische Flotte die Linie der feindlichen Schiffe durchbrach. Natürlich sagte er es auf Latein, weil das viel intelligenter klingt. Außerdem versteht niemand diese blöde Sprache und keiner merkt, wenn man nur Stuss redet!" Er konnte seine strenge Stimme nicht mehr beibehalten und musste lachen.

„Diese großen Zitate sind manchmal ganz schöner Unfug", meinte ich. „Auch wenn ich die Würfel noch in der Hand habe, kann ich den Verlauf nicht beeinflussen. Würfeln ist doch reines Glück…"

„Genau, reines Glück. Genau wie bei unseren Prüfungen!", konterte Ültje lachend.

Für mich war die Phase der Abschlussprüfungen bisher durchwachsen gelaufen. Ein paar Prüfungen waren im Bereich „prima". Im Fingerhakeln hatte ich sogar „sehr gut" abgeschnitten.

Im praktischen Fach „Kanonen schießen" hatte ich mir drei eiserne Kugeln und einen Stern erarbeitet. Nach meiner Umrechnungstabelle entsprach das immerhin einem „gut". Jedoch fühlte ich mich ungerecht behandelt, da ich alle Ziele getroffen hatte. Aber Professor Tormento Pabulum, der auch dieses Fach unterrichtete, wollte nicht auf meine Argumente hören und blieb stur. Der Professor hatte mit dem Schulleiter Tributum nicht nur den grauen Rauschebart, sondern auch das pädagogische Konzept gemeinsam. Kein Wunder, dass die beiden gute Freunde waren.

Pabulum meinte nur: „Bei mir hat noch nie jemand vier eiserne Kugeln bekommen und das bleibt auch so."

Ich zeigte ihm noch einmal die Ergebnisse aller Schießübungen und wies darauf hin, dass meine Ergebnisse tadellos waren. Besser ging es eigentlich nicht und meiner Meinung nach hätte meine Leistung eine sehr gute Note verdient.

Leicht genervt schnaufte er durch die Nase und sagte „Wissen Sie was, Shakkawobly?"

Er sah mich mit seinem arroganten Blick an und fuhr fort: „Gucken Sie sich mal um in Ihrer Klasse, in Ihrem Jahrgang, auf dieser Schule, sie werden viele gescheiterte Existenzen finden, die wegen „Kanonen schießen" durchgefallen sind. Die, die zu den Glücklichen gehören und bei mir bestehen, haben ein oder maximal zwei eiserne Kugeln als Bewertung erhalten und damit gerade so eben bestanden. Sie haben drei und zusätzlich noch einen Stern und wagen es noch, sich zu beschweren? Wenn Sie sich nicht bald aus meinem Sichtfeld entfernen, nehme ich Ihnen den Stern wieder weg. Und jetzt lassen Sie mich bitte in Ruhe."

Damit war das Thema durch.

In anderen Fächern waren die Ergebnisse leider nicht so zufriedenstellend. Meine Noten befanden sich dann eher im „Arbeitsbereich" mit Kontakt nach unten. Oft war ich einfach nur froh, nicht durchgefallen zu sein. Und mal ganz ehrlich, leider waren die eher schlechten Noten deutlich in der Mehrheit.

Da war zum Beispiel „Sternenkunde" bei Frau El Aboussi. Hier wurde die Abschlussprüfung nicht schriftlich, sondern in einer mündlichen Prüfung durchgeführt. Dabei stand sie vor verschiedenen Sternenkarten und zeigte mit einem Rohrstock auf Himmelskörper, die man benennen und beschreiben musste.

Ich saß auf einem einfachen Holzstuhl mitten im Klassenzimmer und fühlte mich wie das Kaninchen vor der Schlange. Ihre Erscheinung war einschüchternd. Mit ihrem strengen Zopf, ihrer Hornbrille und ihrer blüten-weißen Bluse sah Frau El Aboussi unnahbar aus. Gnade war von ihr nicht zu erwarten.

Die Prüfung lief schon eine Weile und leider lief sie bisher nicht sehr erfreulich und langsam lief mir die Zeit davon, denn allmählich verlor die strenge Lehrerin ihre Geduld mit mir.

„Bäm!", der Rohrstock knallte erneut auf die Karte und sie fragte: „Welcher Stern ist das und wo findet man ihn am Abendhimmel?" Die Frage klang wie ein Befehl.

Ich zögerte und ich konnte erkennen, wie ihr Mundwinkel ein ganz klein bisschen nach oben zuckte. Sie war sich ihres Triumphes sicher, wieder einmal einem Schüler seine Unwissenheit vor Augen geführt zu haben.

Ich wollte gerade antworten, dass ich diesen Stern leider nicht kenne. Damit wäre die Prüfung wahrscheinlich beendet gewesen und ich wäre durchgefallen. Bevor ich antworten konnte, öffnete sich die Tür und das bärtige Gesicht des Schulleiters erschien im Türspalt.

„Yara, wie lange brauchst du noch hier?", fragte er Frau El Aboussi. Diese war merklich überrascht, strich sich hektisch den Rock gerade und antwortete in einem überraschend freundlichen Ton: „Ich bin hier gleich fertig, Harry. Höchstens noch fünf Minuten."

Die Tür schloss sich, Professor Tributum verschwand und mit ihm auch wieder jegliche Freundlichkeit aus Frau El Aboussis Stimme.

„Shakkawobly, die einzige Himmelsrichtung, die Sie finden ist oben. Eine letzte Chance gebe ich Ihnen."

Der Rohrstock peitschte erneut auf die Karte, dass es nur so knallte.

„Welcher Stern, wo am Abendhimmel?" Sie wollte schnell fertig werden, es war nicht mal mehr Zeit für ganze Sätze. Sie hatte eine Verabredung und meine Hinrichtung würde nicht den Grund für eine Verspätung liefern.

„Canopus", sagte ich leise. Es war mehr geraten als gewusst, denn wirklich viele Sterne kannte ich nicht, aber ich setzte jetzt alles auf eine Karte. Ich ging all-in und wiederholte mit fester Stimme:

„Das ist Canopus aus dem Sternbild Schiffskiel. Er ist am Südhimmel zu sehen." Mein Fachwissen war im Allgemeinen frappierend schlecht, aber bei diesem einen Stern war ich mir einigermaßen sicher. So sicher, wie man sich sein konnte, wenn man sich nicht vernünftig auf eine derartige Prüfung vorbereitet hatte. Es war also nicht ganz ins Dunkle gefeuert, aber so halb.

Die Reaktion von Frau El Aboussi war dennoch komplett überraschend. Der strengen Lehrerein entglitten die Gesichtszüge und ihr fiel die Kinnlade herunter. Das gab mir Grund zur Vermutung, dass mein blinder Wurf ins Schwarze getroffen hatte.

Zwei bis drei Sekunden benötigte sie, nicht mehr, doch gefühlt eine Ewigkeit. Dann erlangte sie ihre Fassung zurück und sagte:

„Shakkawobly, Sie sind voller Überraschungen!"
Sie musterte mich über den Rand ihrer Brille.

„Ich hoffe, ich werde nie auf einem Schiff fahren,
auf dem Sie navigieren. Sie haben von Sternenkunde
keine Ahnung und würden wahrscheinlich einen Sex-
tant falsch herum halten. Aber die Antwort ist richtig,
daran ist nichts zu rütteln und damit haben Sie bestanden. Denkbar knapp, aber ich lasse Sie nicht
durchfallen."

Ich hatte sie auf dem falschen Fuß erwischt als sie
mir gerade den Gnadenstoß verpassen wollte und
wirklich verblüfft. Allerdings hatte ich sie positiv
überrascht und vielleicht verbuchte sie diesen Erfolg
für sich. Immerhin hatte sie mir ja beigebracht, wo die
ganzen Sterne zu finden sind und wofür sie gut sind.
Aber das war jetzt egal, denn ich hatte entgegen jeder
Wahrscheinlichkeit bestanden und das war alles was
zählte.

Die Verblüffung wich aus Frau El Aboussi Gesicht
genauso schnell, wie eben die Freundlichkeit nach
Professor Tributums Kurzbesuch wieder gewichen
war. Jetzt stand sie wieder aufrecht, der Feldwebel
war zurück und sie zischte im Befehlston:

„Und jetzt raus hier!"

Die Euphorie der knapp bestandenen Prüfung war
dann aber wieder schnell verflogen und der Alltag
hatte mich zurück. Es gab einfach zu viel zu tun, zu
viel auswendig zu lernen, zu viel zu lesen und zu viel
zu lernen, als dass man einen kleinen Sieg ausgiebig

hätte feiern können. Und so saß ich abends mal wieder mit Ültje, Michel und Kittina und einigen anderen Schülern auf der Veranda. Eigentlich hätten wir noch lernen müssen, doch es war spät geworden und die Gedanken und die Gespräche waren abgedriftet. Aus einer eigentlich einfachen Geographie-Frage war eine kleine Diskussion geworden.

„Atlantik, Pazifik, Indischer Ozean, Nordpolarmeer, Chinesisches Meer und Mittelmeer. Das sind die sechs Weltmeere. Fertig!" Michel war sich seiner Sache sehr sicher und das sah man ihm an.

„Ja. Aber du vergisst die Karibik, meiner Meinung nach sollte sie dazugehören. Und dann sind es eben sieben Weltmeere", versuchte ich möglichst ruhig meine Meinung zu erläutern. Es ging um die Frage, welche Gewässer den Status Weltmeer verdient hätten und langsam begann die Diskussion hitzig zu werden.

„Aber du kannst doch nicht einfach ein Meer dazudichten", unterstützte ihn Kittina, allerdings weitaus weniger emotional als Michel und ich.

„Ich dichte hier überhaupt nichts dazu", entgegnete ich empört. „Die Karibik ist sehr wohl ein eigenständiges Meer und noch dazu für uns Piraten ein sehr wichtiges. Und deshalb gehört es mit in die Liste der Weltmeere. Fertig!" Mein Versuch Michels Wortwahl zu wiederholen, war auch nicht von Erfolg gekrönt. So leicht war er nicht zu überzeugen.

„Du kannst doch nicht einfach ignorieren, was in den Büchern steht." Michels Argumentation klang langsam verzweifelt.

„Papier ist geduldig", entgegnete ich weise. „Außerdem ignoriere ich es nicht. Ich ergänze das Wissen der Bücher mit meinem eigenen Wissen. Das ist besser, als einfach alles zu glauben, was geschrieben steht."

„Das macht Sinn", nickte Kittina und guckte Michel mit fragenden Augen an, ob er das auch so sieht.

„Mmmh, ich weiß nicht. Sieben Weltmeere? Das klingt komisch…", brummte mein großer Freund. Langsam aber sicher schien er einigermaßen überzeugt.

Während er noch vor sich hinmurmelte, kam Katharina von Habsburg vorbeigetanzt. Anders kann man ihre Art sich zu bewegen nicht bezeichnen. Sie stellte sich vor mich, zufälligerweise genau so, dass sie zwischen mir und Kittina stand. Mit ihrer zuckersüßen Stimme sagte sie: „Ich wollte dir nur noch mal sagen, wie sehr ich mich auf den Ball mit Dir freue!" Sie drückte mir einen Kuss auf die Wange und verschwand wieder genauso schnell, wie sie aufgetaucht war.

Kittina und Michel guckten mich fragend an. Nur Ültje hatte nichts mitbekommen, weil er seine Nase in ein Buch gesteckt hatte.

Ich wusste nicht, was ich sagen sollte und merkte, wie mein Gesicht rot anlief.

„Was war das denn bitte?" Michel fand seine Sprache zuerst zurück. Ungläubig guckte er mich an und schien abzuwägen, ob er lachen durfte.

Kittinas Gesicht war wie versteinert, von ihr kam überhaupt keine Reaktion.

Ich versuchte mich in Erklärungen: „Nun ja, ich habe sie halt gefragt, ob sie mit mir zum Ball gehen will", stammelte ich entschuldigend. „Es war eigentlich mehr ihre Idee und nicht meine und dann hat sich das halt so ergeben." Mir war klar, wie armselig das klang.

Michel schien ich überzeugt zu haben. Er nickte anerkennend und meinte: „OK, kann man so machen. Und sie ist ja auch eine Hübsche."

Vorsichtig guckte ich zu Kittina herüber, konnte in ihrem Gesicht aber immer noch keine Emotion erkennen. Warum auch immer fragte ich sie: „Ist das für dich ok?"

Warum fragte ich Kittina nach Erlaubnis? Sie war eine gute Freundin, sogar eine sehr gute. Aber wen ich zum Ball einlade, war doch immer noch meine Sache, oder? Trotzdem hatte ich gefragt und hatte jetzt Angst vor der Antwort. Ich musste eine Weile warten und fragte mich, ob sie mir einfach eine Ohrfeige verpassen würde. Dann fand sie ihre Sprache wieder und erklärte mit eisiger Stimme: „Natürlich ist das ok für mich!"

Sie sah mich durchdringend mit ihren großen braunen Augen an und wiederholte: „Na klar, ist das ok. Warum sollte es auch nicht ok sein? Du bist doch schon ein großer Junge und darfst deine eigenen Entscheidungen treffen!"

In ihr brodelte ein Vulkan, aber sie blieb dabei ihre offensichtliche Wut hinunterzuschlucken. Sie stand auf und schoss weiter Worte in meine Richtung: „Das ist ja auch eine naheliegende Entscheidung. Katharina ist bestimmt das begehrteste Date auf dem diesjährigen Abschlussball. Also herzlichen Glückwunsch. Und wieso fragst du überhaupt, ob ich das in Ordnung finde?"

Hätte sie mir nicht einfach eine Ohrfeige geben können? Wie kam ich da wieder raus?

„Ich weiß nicht…", stotterte ich.

„Ach ist ja auch egal" erklärte sie und strich sich eine ihrer braunen Strähnen aus dem Gesicht. „Ich habe nämlich auch schon jemanden gefunden, der mich zum Ball begleitet." Ihre Stimme hatte die Kälte verloren und klang jetzt eher beleidigt. Sie ging zu Ültjes Stuhl, legte ihre Hand auf seine Schulter und verkündete: „Ich werde mit Ültje zum Ball gehen!" An Ültje gerichtet fragte sie: „Stimmt doch, oder?"

Der arme Ültje hatte gar nicht mitbekommen worum es ging und war vollkommen überrumpelt. Fragend blickte er auf: „Was machen wir?", wollte er wissen.

„Ich habe gerade erklärt, dass du mich fragen wirst, ob ich mit dir zum Ball gehen werde." erklärte Kittina ihrer zukünftigen Begleitung die Situation.

„Ach, werde ich das? Ok…", Ültje guckte mich hilfesuchend an, aber ich war mit der Situation genauso überfordert und konnte keine Hilfe anbieten.

„Ja, das wirst du", schloss Kittina die Verhandlung ab. Demonstrativ gab sie ihm einen Kuss auf die Wange und haute energiegeladen ab.

Ich guckte ihr hinterher und verstand die Welt nicht mehr.

Wieder fand Michel die Sprache zuerst wieder: „Ismael Shakkawobly, du steckst volle Kanne in Schwierigkeiten!"

Damit hatte er die Situation ziemlich gut zusammengefasst.

18 - die Verfolgungsjagd ist nicht zu Ende

Der nächste Morgen begann ein wenig hektisch. Ich hatte mich einmal zu oft im Bett umgedreht und war deshalb spät dran. Heute stand die Abschlussprüfung im Fach Handelskunde auf dem Programm und ich beeilte mich, um pünktlich in Frau Winkebaums Klassenzimmer zu erscheinen.

Ich hatte das Frühstück mal wieder ausfallen lassen. Allerdings nicht, weil ich verschlafen hatte, denn für ein schnelles Frühstück wäre noch genug Zeit gewesen. Auch nicht, weil ich wegen der Aufregung einen flauen Magen gehabt hätte, denn es gab ja gar keinen Grund für Prüfungsangst. Die junge Referendarin hatte uns einen Tipp gegeben, der Gold wert war und für Entspannung vor der Prüfung gesorgt hatte. Dadurch, dass sie uns verraten hatte, dass Steuerliche Abgaben und Handelsrecht nicht Teil der Prüfung sein werden, hatte sie die zu lernende Menge des Unterrichtsstoffes mehr als halbiert. Und das bisschen, das übrig blieb, war wirklich nicht schwer. Die Prüfung würde also ein Spaziergang auf einer Blumenwiese werden: leicht und unbeschwert.

Nein, die Prüfung war heute Morgen nicht der Grund, warum ich den Frühstücksraum mied. Vielmehr wollte ich vermeiden Kittina zu treffen. Ihr Verhalten gestern hatte mich zutiefst irritiert. Wieso freute sie sich nicht für mich, dass ich mit Katharina von Habsburg auf den Ball gehen würde? Immerhin erhöhte das meine Chancen ganz gewaltig, dass ich zusammen mit ihr zum Ballkönigspaar gewählt werde. Da könnte sie sich doch für mich freuen, immerhin waren wir doch Freunde. Und wie kam es bitte dazu, dass sie mit Ültje auf den Abschlussball gehen würde? Hatte sie nicht gesagt, dass sie der Ball gar nicht interessierte? Und wenn meine zwei besten Freunde zusammen auf den Ball gehen, wieso erzählen sie mir nicht einfach davon?

Ich hatte das Gefühl, dass ich allen Grund dazu hatte, auf Kittina und Ültje sauer zu sein. Seltsamerweise war ich es nicht, ich war sauer auf mich selbst, ohne zu wissen warum.

Diese Gedanken sollte ich lieber ganz schnell wegwischen, dachte ich bei mir, sonst wird das selbst mit dieser Spaziergangsprüfung heute nichts.

Als ich den Klassenraum betrat, waren die Sitzreihen schon gut gefüllt und auch die Lehrerin saß schon an ihrem Pult.

„Guten Morgen Ismael", begrüßte mich Frau Winkebaum fröhlich. Die junge Frau stach positiv aus dem Lehrerkollegium hervor. Die meisten Lehrer an der Hamidu Ben Ali-Gesamtschule waren griesgrämig, arrogant und übermäßig streng. Die Referendarin war auf dem Boden geblieben und hatte noch einen gewissen Draht zu uns Schülern.

„Der Platz hier vorne ist noch frei", sie deutete lächelnd auf das letzte leere Pult direkt in der ersten Reihe.

Ich nickte ihr zu und nahm den angebotenen Platz an. Erst setzte ich mich, packte meinen Rucksack aus, dann orientierte ich mich. Ich blickte über meine rechte Schulter nach hinten, ein paar Reihen hinter mir sah ich die Chang-Brüder. Und auch den blonden Haarschopf von Donald W. Busch konnte ich ausmachen. Als er mich sah hob er beide Daumen nach oben und grinste dämlich. Ich erwiderter nichts und drehte mich zur anderen Seite um. Zwei Reihen hinter mir saß Ültje. Er schien mich nicht zu bemerken und sortierte tief konzentriert seine Stifte. Vielleicht wollte er mich auch nicht bemerken.

Kittina konnte ich nicht erkennen, allerdings war der Raum auch groß. Wahrscheinlich saß sie irgendwo in den hinteren Reihen.

Frau Winkebaum humpelte durch die Reihen und begann damit, die Aufgabenblätter zu verteilen. Mir legte sie als letztes das Blatt auf das Pult und setzte sich dann mir direkt gegenüber an ihren Schreibtisch.

Sie zwinkerte mir zu und deutete mit einem Blick auf die Aufgaben, konspirativ sah sie mich kurz an, dann war der Moment schon wieder vorbei.

Mit lauter, aber freundlicher Stimme sagte sie zu allen Anwesenden: „Ab jetzt zwei Stunden Zeit. Viel Erfolg."

Ich drehte das Blatt um und las die erste Aufgabe. Das Hauptthema war Handelsrecht. Die zweite Aufgabe war eine Anschlussaufgabe und nur sinnvoll zu lösen, wenn man die erste Aufgabe korrekt bearbeitet hatte. Die dritte Aufgabe war über das Thema Steuerliche Abgaben und deren Bedeutung auf das internationale Handelsrecht. Das war alles, mehr Aufgaben gab es nicht. Das waren genau die Themengebiete, die nicht drankommen sollten. Wie konnte das sein?

Geschockt sah ich die Lehrerin an. Frau Winkebaum lächelte mich noch immer an. Aber ihr Lächeln sah gar nicht mehr freundlich aus. Es hatte etwas Diabolisches, etwas Triumphierendes. Ich hatte den Becher mit Aqua Tofana getrunken und ich hatte mich auch noch bedankt. Ich Trottel war auf ihre List reingefallen! Die nette Frau Winkebaum hatte meinen Streich mit der Klapperschlange nicht vergessen und heute war Tag der Abrechnung.

Geschockt von meiner eigenen Naivität quälte ich mich durch die Prüfung. Es half ja alles nichts, jetzt musste ich da durch. Während ich versuchte mich irgendwie an Zusammenhalte aus der Unterrichtsreihe Handelskunde zu erinnern, ärgerte ich mich über meine eigene Dummheit. Auf Frau Winkebaum war ich gar nicht wirklich sauer, nur auf mich und meine naive Leichtgläubigkeit.

Nach der Prüfung traf ich die beiden Chang-Brüder vor dem Klassenzimmer. Sie hatten auf mich gewartet. Ich guckte sie an und fragte nur: „Und?"

„Desaster", meinte Yi.

„Katast'ophe", bestätigte Pao.

Bevor ich etwas dazu sagen konnte, kam auch Donald aus dem Klassenraum. Seltsamerweise sah er gut gelaunt aus und tanzte fast mehr, als dass er ging. Freundschaftlich gab er mir im Vorbeigehen einen Klapps auf die Schulter. Er grinste breit und sagte in einem Plauderton in die Runde: „Hey, das war doch mal eine easy Prüfung, oder?"

Ungläubig und sprachlos guckten wir drei ihn an. Hatte er nicht die gleichen Informationen wie wir? War er etwa nicht auf Frau Winkebaums falsches Spiel hereingefallen?

„Jetzt steht hier nicht rum wie die Ölgötzen", lachte er fies. „Und jetzt lasst mich mal durch, ich habe noch Wichtigeres zu tun."

Stolz wie ein Erpel marschierte er davon. Durch seine untersetzte Figur sah dieser Abgang eher albern aus, was ihm aber entweder nicht bewusst oder vollkommen egal war. Oder beides.

Wir brauchten ein oder zwei Sekunden, um die Situation auf uns wirken zu lassen.

„Was wa' das denn bitte?", wollte Pao von uns wissen und guckte dabei immer noch total perplex Donald hinterher.

Yi zuckte einfach nur wortlos mit den Schultern.

„Ich habe keine Ahnung!" entgegnete ich genauso fassungslos wie aufrichtig. „Aber irgendwas ist da doch faul."

Während wir noch ungläubige Blicke austauschten, strömten weitere Schüler aus dem Klassenzimmer an uns vorbei, darunter auch Kittina. Sie würdigte mich weder eines Blickes und erst recht keiner Begrüßung. Wortlos ging sie an uns vorbei ohne mich zu beachten als sei ich Luft. Kurz überlegte ich sie anzusprechen, mal zu fragen, was los ist und wie es ihr geht. Ich ließ es dann aber doch lieber und sagte nichts.

Der Nachmittag verlief wie so viele Nachmittage in letzter Zeit. Ich saß auf dem Rand des Brunnens vor dem Schulgebäude mit meinen Heften und Büchern und lernte. Dieses ruhige Plätzchen vor den Toren der Piratenschule hatte sich als ideal herausgestellt. Hier hatte ich meine Ruhe und wurde nicht abgelenkt.

Fast immer leistete mir der Graf von Ripshorst Gesellschaft. Erklären konnte ich es mir nicht, aber wenn der getigerte Kater auf meinem Schoss lag, konnte ich mich einfach besser konzentrieren. Anfänglich fragte ich mich noch, warum das so war, doch irgendwann war es mir egal. Wenn es dazu führte, dass ich den trockenen Stoff der Bücher leichter in meinen Kopf bekam, sollte es mir recht sein. Ich hatte nichts davon gehört, dass ein bisschen Katzen-Doping verboten wäre.

Als ob es schon eine kleine Tradition wäre, verbrachten wir auch diesen Nachmittag mit lesen, kraulen, nachschlagen, brummen, usw.

Doch dann geschah etwas Ungewöhnliches und der Nachmittag war dann doch anders als die anderen. Während der Graf und ich da so saßen, huschte auf einmal eine untersetzte Gestalt am Brunnen vorbei. Sie kam vom Schulgelände und bewegte sich rasch in Richtung Stadt. Ich schaute auf und konnte noch die blonden Haare erkennen. Auch wenn ich den hektischen Spaziergänger nur von hinten sah, handelte es sich doch eindeutig um Donald W. Busch. Jedoch bewegte er sich jetzt gar nicht mehr so übertrieben stolz wie noch heute Morgen. Vielmehr lief er jetzt geduckt und nervös, als wollte er nicht bemerkt werden. Der Brunnen, an dem ich saß, war groß und ich befand mich auf der abgewandten Seite. Wahrscheinlich hatte Donald mich nicht mal bemerkt.

„Jetzt oder nie", raunte ich dem Grafen zu. Über meine geistige Gesundheit braucht man eigentlich nicht viel mehr zu sagen, als dass ich mich jetzt schon mit einer Katze unterhielt. Vielleicht war der Graf von Ripshorst eine besondere Katze, aber er war immer noch eine Katze. Doch darum ging es jetzt nicht. Jetzt war schnelles Handeln angebracht. Die Katze sprang von meinem Schoss und guckte mich fragend an, als wollte sie den Grund für die plötzliche Hektik verstehen.

„Pass du mal auf mein Buch auf, ich muss was erledigen", erklärte ich meinem Lernkumpel. Dann versuchte ich meinem Klassenkameraden unauffällig zu folgen. Das war gar nicht so einfach. Donald hatte kurze Beine, war etwas pummelig und somit nicht der klassische Modellathlet. Er konnte sich aber erstaunlich schnell bewegen. Auf dem Weg in die Stadt hatte ich noch keine größeren Probleme unbemerkt an ihm dranzubleiben. Als er sich aber Richtung Altstadt und damit in die engen verwinkelten Gassen Beiruts bewegte, wurde diese Aufgabe immer schwerer. Wie eine Ratte bewegte er sich elegant und schnell um die vielen Ecken. Ich halte mich für eher sportlich und damals war ich in einer körperlich noch viel besseren Verfassung als heute, aber in den Gassen der Altstadt hatte mich Donald abgehängt.

Ich ging noch um ein paar Ecken, guckte noch einmal hier und einmal da, aber er war weg. Die Verfolgungsjagd hatte mich an den Rand eines kleines Parks geführt, der mitten in der Altstadt von Beirut lag. Enttäuscht und erschöpft suchte ich mir eine Bank, um mich auszuruhen und über meine nächsten Schritte nachzudenken. Ich setzte mich und schloss kurz die Augen.

„Hallo."

Ich erschrak! In der Hektik hatte ich gar nicht bemerkt, dass eine weitere Person auf der Parkbank saß. Ein unscheinbarer Herr Mitte 30 lächelte mich an. Er wiederholte sein „Hallo". Er war nicht aufdringlich oder störend, sondern er grüßte mich lediglich sehr höflich.

Verdutzt antworte ich ebenfalls mit einem „Hallo".

„Darf ich mich vorstellen? Mein Name ist Antoine Vicomte. Ich bin Pilot auf der Durchreise." Er sprach ruhig und freundlich, mit einem klar zu erkennenden französischen Akzent.

Erst jetzt nahm ich den Herren wirklich wahr. Er trug einen Anzug aus grobem, grauem Stoff, der vielleicht irgendwann mal modern gewesen war. Seine Stirn ging hoch hinauf, seine dunklen Haare waren bereits deutlich auf dem Rückzug. Zu meiner Überraschung erkannte ich nun, dass er ein Tier auf seinem

Schoss hatte. Ich konnte nicht wirklich erkennen, um was für ein Tier es sich handelte. Es hatte sich auf seinem Schoss eingerollt und genoss, dass Herr Vicomte es kraulte. Eine Katze schien es nicht zu sein, aber wie ein Hund sah es auch nicht aus. Das rötlich-braune Fell war struppig und wies kahle Stellen auf. Von der Frisur her passten also beide prima zusammen. Ich war neugierig geworden, doch wollte ich nicht unhöflich sein und direkt fragen, was er da denn hat. Also stellte ich mich erst einmal vor.

„Angenehm, Herr Vicomte. Mein Name ist Ismael Shakkabowly. Ich bin Student auf der Hamidu Ben Ali Piratenschule."

„Oh, ein zukünftiger Pirat!" Der Herr machte große Augen und schien beeindruckt. „Ich habe von dieser Schule schon sehr viel gehört. Schön, wenn so traditionelle Berufe weiter gepflegt werden. Ich bin kein großer Fan der modernen schnelllebigen Zeit."

Genug der Höflichkeit: „Was haben sie denn da?", fragte ich und zeigte ziemlich unhöflich mit dem Finger auf das Fellknäul in seinem Schoss.

„Das?" Er folgte mit seinem Blick meinem Finger und guckte an sich hinab. „Ach, das ist nur Tarfaya, mein Fuchs", sagte er als sei ein Fuchs ein weit verbreitetes Accessoire, das eigentlich jeder in den Park mitbringt. Das Tier schien die Aufmerksamkeit zu spüren und hob den Kopf. Jetzt konnte ich auch erkennen, dass es sich wirklich um einen Fuchs handelte. Allerdings hatte er nur ein Auge, das eine Ohr war angeknabbert und das stumpfe Fell war strubbelig und unregelmäßig gewachsen. Meine Überraschung schien offensichtlich, denn der Herr beschwichtigte: „Ich weiß, er sieht wild aus. Aber das ist nur sein Äußeres, tief in seinem Inneren ist er wunderschön."

Meine neue Bekanntschaft schien ein Poet zu sein. Oder ein Philosoph. Oder einfach nur ein Tierfreund.

„Was ist denn mit dem armen Kerl passiert?" wollte ich wissen.

„Das weiß ich auch nicht. Und das werde ich auch nie erfahren. Ich habe ihn irgendwann mal im Wald getroffen und hatte Mitleid mit dem kleinen Kerl. Vielleicht hatte ihn ein Greifvogel angegriffen oder ein Wolf. Ich wollte ihm helfen, aber er ist natürlich sofort weggerannt, als ich mich ihm näherte. Also kam ich am nächsten Tag zur gleichen Stelle zurück. Der Fuchs war wieder da und dieses Mal durfte ich etwas näher kommen. So haben wir beide das über Wochen gemacht, wir wurden einander vertraut. Jetzt ist er mein Freund und begleitet mich auf meinen Reisen. Er ist ein toller Zuhörer und wärmt mich in der Nacht. Ich habe ihn gezähmt und deshalb bin ich jetzt zeitlebens für ihn verantwortlich."

„Was für eine schöne Geschichte", sagte ich ehrlich berührt. „Die sollten Sie mal aufschreiben."

„Ja, das habe ich in der Tat vor", stimmte er verträumt zu und betrachtete eine Weile lang liebevoll seinen besonderen Freund.

„Entschuldigen Sie, dass ich so direkt frage", unterbrach ich die Ruhe. „Aber wo nimmt ein erwachsener Mann die Zeit her in aller Ruhe einen Fuchs zu zähmen?" In der Welt, die mir bisher gezeigt wurde, hatten Erwachsene Aufgaben, die erledigt werden mussten. Erwachsene waren Lehrer, Beamte, Handwerker oder vielleicht auch Piraten, aber niemals Träumer.

Antoine Vicomte lachte. Er lachte ein glückliches, aufrichtiges Lachen. Für einen kurzen Moment hatte ich das Gefühl, er würde mich auslachen, aber da war nichts Boshaften in seinem Lachen. Als seine Lust zu Lachen gestillt war, wurde er wieder ernster: „Ich habe mich mein Leben lang dagegen gewehrt, das zu werden, was man heutzutage einen richtigen Erwachsenen nennt. Wenn wir ganz und gar aufgehört haben, Kinder zu sein, dann sind wir schon tot. Und wenn man keine Zeit mehr hat, einen neuen Freund zu gewinnen, dann ist man eh bereits verloren."

Darin steckte viel Wahrheit, aber er ließ mir nicht die Zeit, darüber nachzudenken, denn er wechselte bereits das Thema: „Aber was ist mit dir? Warum kommst du so außer Atem hier angerannt?"

„Ach wissen Sie, in letzter Zeit laufen viele Dinge nicht so gut. Mir scheint, dass am Ende alles schief geht."

„Nein", widersprach er mir mit fester Stimme. „Am Ende wird immer alles gut." Er sah mich durchdringend an und fuhr fort: „Und wenn es noch nicht gut ist, dann ist es noch nicht das Ende."

„Noch nicht zu Ende", wiederholte ich leise für mich selbst. Vielleicht hatte er Recht. Nicht aufgeben, sondern weitermachen. Dass ich auf Frau Winke-baum hereingefallen war, ärgerte mich, aber es gab noch genug Prüfungen, um das wieder gut zu machen. Und dass mich Donald abgehängt hatte, war auch ärgerlich, aber ich konnte ihn ja wiederfinden.

„Wissen Sie was, Herr Vicomte?", fragte ich rhetorische und antworte sofort selbst: „Sie haben vollkommen recht!"

Ich hatte neuen Mut gefasst, sprang auf und machte mich auf den Weg. Dann zögerte ich und drehte mich noch einmal um. „Ich kenne auch so ein Tier wie ihr Tarfaya. Es ist eine Katze. Nun ja, er sieht aus wie eine Katze. Aber ich glaube, in ihm steckt viel mehr, als man im ersten Moment sieht."

„Genau!", nickte der nette Philosoph. „Manchmal darfst du Deinen Augen nicht trauen, denn man sieht nur mit der Seele gut, das Wesentliche steckt tief unter der Oberfläche."

Ich hatte Donald in den engen, verwinkelten Gassen der Altstadt verloren. Irgendwann konnte ich ihn einfach im Gewühl der Menschenmenge nicht mehr finden. Aber vielleicht war er gar nicht zwischen all den Leuten untergetaucht, sondern er war in eine der vielen Kneipen gegangen? Das war für uns Schüler nicht unbedingt der beste Ort, aber wer weiß, was Donald vorhatte.

Die nächstgelegene Kneipe hieß *Zum Eberkopf*, also genau die Kneipe, die ich dem musikalischen Landstreicher Robert Zimmermann empfohlen hatte. Ich folgte meiner Intuition, öffnete die verzogene Holztür und trat ein. Ein Nebel von Tabakgeruch, abgestandenem Met und altem Schweiß traf mich wie ein übelriechender Dampfhammer. Ich musste kurz innehalten, trat dann aber doch ein. In der Kneipe gab es nur dämmriges Licht und man konnte nicht viel erkennen. Die wenigen Fenster waren viel zu dreckig, als dass sie Tageslicht hineinlassen könnten und Lampen schienen nicht zum Inventar zu gehören. Als sich meine Augen an das schwache Licht gewöhnt hatten, konnte ich mich ein wenig orientieren. Der Raum war verwinkelt und in den zahlreichen Nischen standen alte Holztische mit bunt zusammengewürfelten Stühlen. An einigen Tischen saßen dunkle Gestalten und steckten die Köpfe zusammen. Niemand schien von mir Notiz zu nehmen.

Auf der einen Seite des Raumes befand sich eine Bar, auf der anderen Seite eine kleine Bühne. Dort spielte mein Freund Robert gerade auf seiner Gitarre und sang ein Lied über das Wanderleben. Ich war bis dahin noch nicht wirklich häufig in derartigen Etablissements gewesen und wusste nicht genau, wie man sich verhält. Da mir nichts Besseres einfiel, setzte ich mich unsicher an die Bar und bestellte mir ein Met. Ein paar Minuten lang hörte ich dem Landstreicher mit seiner Gitarre zu und sondierte dabei die Leute in der Kneipe. Dann auf einmal entdeckte ich ihn: Dort saß doch wirklich Donald, in einer Nische an einem der Tische, mit einer kleinen Gruppe anderer Leute. Sie hatten mich sicherlich nicht bemerkt, dafür waren sie viel zu sehr in ihr Gespräch vertieft. Unauffällig schlich ich mich an einen Tisch in einer besonders dunklen Ecke, ganz in der Nähe der Gruppe. Von hier aus konnte ich dem Gespräch lauschen und vielleicht den einen oder anderen Blick auf Donalds Gesprächspartner werfen.

Neben Donald bestand die Gruppe noch aus zwei weiteren Personen. Eine Person saß mit dem Rücken zu mir. Es handelte sich wohl um eine junge Frau, mehr konnte ich nicht erkennen. Wenigstens ließen die Silhouette und die Frisur diesen Rückschluss zu. Die andere Person konnte ich trotz der ungünstigen Lichtverhältnisse verhältnismäßig gut erkennen. Es handelte sich um einen älteren Mann, jenseits der 50. Sein bärtiges, wettergegerbtes Gesicht war voller Narben und über einem Auge trug er eine schwarze Klappe. Seine fettigen, grauen langen Haare waren zu einem schlampigen Zopf nach hinten gebunden.

Gerade sprach die Frau: „…und natürlich wollen wir nicht, dass so talentierte junge Piraten wie Du durch die Prüfungen fallen."

„Zu freundlich von Ihnen", entgegnete Donald W. Busch und er klang dabei so arrogant wie eh und je. „Aber es soll ja auch nicht zu ihrem Nachteil sein." Mit diesen Worten schob er ein kleines Säckchen über den Tisch.

„Ja, ja, natürlich", erwiderte die Frau, von der ich nur den Rücken sah, nahm das Säckchen an sich und stand auf. „Jetzt entschuldigt mich, es wäre nicht von Vorteil, wenn ich hier gesehen werde. Erst recht nicht mit euch. Deshalb mache ich mich lieber aus dem Staub." Als sie das Säckchen in ihre Handtasche warf, hörte man es klimpern, so wie nur Goldmünzen klimpern. Sie schob ihren Stuhl zur Seite und begab sich Richtung Ausgang. Dabei konnte man eindeutig erkennen, wie sie hinkte, die Verschwörerin hatte einen Gehfehler!

„Ist das etwa...?", dachte ich und musste mich zusammenreißen, um unentdeckt zu bleiben.

Als sie an einem der verdreckten Fenster vorbeikam, fiel kurz ein wenig Licht auf ihr Gesicht und mein Verdacht bestätigte sich. Es war wirklich Frau Winkebaum. Offensichtlich hatte mein lieber Klassenkamerad sie bestochen! Das erklärte einiges!

Jetzt, wo klar war, dass Donald ein hinterhältiger Betrüg war, wollte ich die ganze Wahrheit herausfinden. Ich rückte auf meinem Stuhl so nah wie möglich an die beiden verbliebenen Verschwörer heran. Auch wenn sie leise sprachen, konnte ich fast jedes Wort verstehen.

„Ay, die junge Sprotte war eine einfache Beute. Ein unerfahrenes Ding ist sie, hat unser erstes Angebot angenommen", sagte der Mann mit der Augenklappe. Verächtlich stieß er Luft aus und grunzte zufrieden.

Ich konnte hören, wie er geräuschvoll einen tiefen Schluck aus seinem Krug nahm. Leise reden, aber laut trinken, so funktionieren also die Geschäfte hier.

„Master Donald, ich fürchte wir müssen noch den einen oder anderen Lehrer mit ein bisschen Gold auf unsere Seite locken. Mein Informant hat mir Ihre Ergebnisse aus dem Lehrerzimmer geholt. Es sieht nicht gut aus für Sie."

„Barnabus, mein Vater bezahlt Sie fürstlich für ihre dreckigen Machenschaften. Erledigen Sie einfach ihren Job und nerven Sie mich nicht mit Details!", zischte Donald ihn genervt an. Damit waren die Rollen geklärt: Der alte Pirat mit der Augenklappe hatte den Auftrag Donald durch die Abschlussprüfungen zu bringen. Wie es aussah, hatte Donalds Vater kein Vertrauen in die Piratenfähigkeiten seines Stammhalters und hatte beschlossen, ein wenig nachzuhelfen.

„Ay, wenn nur ein bisschen Piratenblut in ihren Adern fließen würde, Master Donald, wäre dieses Unterfangen hier einfacher. Die Schule zu betrügen ist eigentlich gegen alle Prinzipien", brummte der Mann mit der Augenklappe, den Donald Barnabus genannt hatte und nahm einem weiteren Schluck aus seinem Krug.

„Ach, der feine Herr bekommt Gewissensbisse?", harschte ihn Donald schroff an. „Willst du den Preis nachverhandeln, Du gierige Ratte?"

„Ay, Ihr habt die guten Manieren eures Vaters, junger Master. Aber keine Sorge, ich mache meine Arbeit, solange die Bezahlung stimmt."

Freunde waren die beiden wohl eher nicht, aber Gold hat schon häufig die unterschiedlichsten Subjekte in ihren Interessen vereint.

Ich hatte genug gehört. Es galt unter allen Umständen zu verhindern, dass mich Donald W. Busch erwischen würde. So unauffällig wie es mir möglich war, verließ ich den *Eberkopf* und lief schnell zurück zur Schule. Von diesen Neuigkeiten musste ich meinen Freunden berichten.

19 - Kriegsrat

Die moralische Verfehlung meines Klassenkameraden und meiner Lehrerin hatten mich schwer getroffen. Wer hätte denn bitte damit rechnen können, dass an einer Piratenschule derart hintertriebene Spielchen ablaufen? Ich war stets von einem Ehrenkodex ausgegangen, der zwar nie niedergeschrieben wurde, aber dennoch für alle gültig ist. Dass in dieser konspirativen Affäre sowohl eine Lehrkraft, als auch ein Schüler verwickelt waren, schockierte mich. Aber offensichtlich gab es auch unter Piraten schwarze Schafe und gerissene Schlitzohren. Jetzt wusste ich wenigstens, woran ich war.

Nachdem ich den *Eberkopf* verlassen hatte, bin ich auf dem schnellsten Wege zurück zur Schule gelaufen. Ich musste mein Erlebnis dringend mit meinen Freunden teilen. Ich musste die Angelegenheit mit jemandem besprechen und es musste ein Plan her, was man dagegen unternehmen könnte.

Es war mittlerweile Abend geworden und es war klar, dass ich meine Freunde auf einer der Terrassen vor einem der Häuser finden würde. Ich musste einfach nur eine Veranda nach der anderen aufsuchen und würde sie früher oder später finden, das war klar. Allerdings war mein erster Versuch direkt ein ziemliches Fettnäpfchen. Ausgerechnet Kittina saß dort mit ein paar anderen Mädchen und man wollte wohl lieber unter sich bleiben.

Ich kam die zwei Stufen zur Veranda hoch und noch bevor ich etwas sagen konnte, ergriff Jana das Wort. Sie war die Zimmernachbarin von Kittina und war wohl zu ihrer persönlichen Beschützerin aufgestiegen. In dem Moment als sie mich erkannte, fuhr sie mich harsch an: „Shakkabowly, was hast du denn hier zu suchen? Sieh zu, dass du Land gewinnst!"

Ihre feuerroten Haare hatte sie zu zwei Zöpfen geflochten, die wild herumflogen als sie sich zu mir umdrehte. Normalerweise hatte ich sie als freundlichen, zurückhaltenden Menschen kennengelernt, aber jetzt machte sie eher den Eindruck einer gift-sprühenden Hexe auf mich.

Ich schaute in die Runde und hatte kurz Augenkontakt mit Kittina, doch sie guckte sofort nach unten.

Für Jana dauerte dieser Moment wohl zu lange, denn sie keifte mich weiter an: „Hallo? Hast du Tomaten auf den Ohren oder was?"

„Schon gut, schon gut", beschwichtigte ich die wild gewordene Furie und verließ diese Veranda, um meine Freunde auf der nächsten Terrasse zu suchen. Zwar hätte ich liebend gerne mit Kittina über die Verschwörung gesprochen, aber das schien im Moment wohl nicht möglich zu sein. Also musste ich weiter nach Ültje und Michel suchen.

Auf halbem Weg zur nächsten Veranda kamen mir die beiden schon entgegen.

„Hey El, du warst doch wohl nicht etwa da drüben auf der Terrasse, oder?" Michel grinste breit. „Dort halten gerade ein paar Mädels Kriegsrat ab und ich glaube, du bist das Hauptthema."

„Wir wollten dich warnen", erklärte Ültje, „aber wir konnten dich nirgends finden. Wo hast du dich herumgetrieben?"

Für einen kurzen Moment war meine Neugierde geweckt und ich wollte wissen, was hier vor sich ging. Doch dann entschied ich mich dafür, erst einmal meine Neuigkeiten loszuwerden.

„Lasst mich mal für ein paar Minuten mit eurem High-School-Musical in Ruhe. Ich muss euch was wirklich Wichtiges erzählen", erklärte ich mit ernster Miene. „Aber nicht hier, kommt mal mit."

Schnellen Schrittes ging ich vor und die beiden folgten mir ohne groß Fragen zu stellen. Mir fiel kein besserer Ort ein, um ungestört reden zu können, als der alte Brunnen vor dem Schulgebäude. Hier hoffte ich, ungestört berichten zu können.

Wir setzten uns an den Brunnen und ich beschrieb die Situation im *Eberkopf* so gut wie möglich. Ich erzählte, wie Frau Winkebaum das Säckchen angenommen hatte und somit ganz offensichtlich bestochen wurde und dass es vielleicht noch mehr bestechliche Lehrer an unserer Schule gab. Und ich berichtete weiter, wie Donald und der alte Pirat, der Barnabus genannt wurde, weitere Schritte geplant hatten, um Donald mit weiteren fiesen Tricks durch die Abschlussprüfungen zu bekommen.

„Das ist ja eine Frechheit!" Michels Gerechtigkeitssinn war zutiefst verletzt, er war außer sich. „Wenn der mir unter die Finger kommt, dann klatscht es. Aber keinen Beifall!" Er schlug mit seiner großen Faust in seine flache Hand und wirklich, es klatschte.

„Jetzt übertreib mal nicht", sagte Ültje und legte Michel beschwichtigend seine Hand auf die Schulter.

„Na klar ist das ein dickes Ding." Er war weit weniger entsetzt als Michel und ich. „Aber wir sind hier auf einer Piratenschule. Was habt ihr erwartet?"

„Dass man sich gefälligst an den Ehrenkodex hält?", fragte ich entrüstet. Ich konnte einfach nicht fassen, wie er das so locker sehen konnte. Doch Ültje fuhr fort:

„Ja, ja, Ehrenkodex ist ja schön und gut. Die meisten hier halten sich ja auch an diesen Kodex, auch wenn niemand weiß, was drin steht…"

Eine gewisse Skepsis den Verhaltensregeln gegenüber konnte er nicht verbergen.

„Aber ihr seid echt überrascht, dass es an einer Piratenschule schwarze Schafe gibt?" Er zuckte mit den Schultern. „Hier werden Schurken und Ganoven ausgebildet. Ich meine, wenn nicht hier, wo sollte es denn dann bitte Betrüger geben?"

„Also findest du das ganz ok, was Donald da macht?" Michel war ziemlich aufgebracht. Er war aufgestanden und machte einen Schritt auf Ültje zu. Seine Augen hatten dieses Funkeln und ich hatte schon Angst, dass sich Ültje gleich eine Ohrfeige fangen würde.

„Aber nein." Ültje machte eine beruhigende Geste. „Ich finde das ganz und gar nicht ok, weder von

Donald noch von Frau Winkebaum. Ich bin halt nur nicht so überrascht wie ihr. Donald ist eine verdorbene Ratte und mit allen Wassern gewaschen. Und Frau Hinkebein ist offensichtlich sehr leicht käuflich."

Michel hatte sich wieder hingesetzt und sagte frustriert: „Aber das ist doch unfair."

„Na klar ist das ungerecht," stimmte ihm Ültje zu, er fuhr sich mit der Hand durch die strohblonden Haare. „Das ist eine riesige Ungerechtigkeit. Aber wer hat denn jemals behauptet, dass das Leben fair ist? Donald hat genug Geld und durch seinen Vater die richtigen Kontakte, um so eine Sache durchzuziehen. Ich hätte beides nicht, weder das Geld noch kenne ich Leute wie diesen Barnabus. Aber beschwer ich mich deswegen?"

Die Frage war rein rhetorisch gemeint und er erwartete keine Antwort. Stattdessen antwortete er sich selbst:

„Nein, mache ich nicht. Denn rumjammern bringt gar nichts. Ich ziehe mein eigenes Ding durch und vertraue dem Universum."

„Dem Universum?", hakte ich nach.

„Na klar," erklärte mein kleiner philosophischer Freund, „denn Karma wird vom Kosmos verliehen. Wenn du etwas Gutes tust, dann bekommst du Pluspunkte und wenn du etwas Schlechtes tust, kommen Minuspunkte auf dein Konto. Wenn du einem Bettler ein Geldstück in seinen Hut wirfst, ist es nicht wichtig, ob es jemand sieht, denn das Universum sieht alles und zahlt alles irgendwann zurück. Selten sofort und vielleicht auch nicht bald, aber mit Sicherheit irgendwann, denn das Universum vergisst nicht. Im Guten, wie im Schlechten, es wird irgendwann vergolten. Und daher bin ich mir ganz sicher, dass Donald irgendwann die Rechnung für seine Taten bekommt."

„Das will ich doch hoffen", stimmte ich zu. „Und wenn sich die Möglichkeit ergibt, helfe ich dem Universum ein bisschen und verpasse Donald einen fetten Tritt in den Hintern!"

„Genau!" rief Ültje. „Jetzt hast du es verstanden! Dem Glück ein bisschen auf die Sprünge helfen darf man natürlich."

„Aber fair bleiben ist wichtig", ergänzte Michel.

Die Stimmung hatte sich wieder gebessert und die Aufregung hatte sich etwas gelegt. Am Ende war uns eh allen klar, dass es nicht viel gab, was wir machen könnten. Wir hatten keinerlei Beweise gegen Frau Winkebaum. Und selbst wenn es sich überragend anfühlen würde, Donald eine Tracht Prügel zu verabreichen, würde sich dadurch auch nichts ändern.

„Und was war das bitte für eine Verschwörung rund um Kittina?" Mir war die Situation von vorhin wieder eingefallen und ich wollte doch verstehen, was da los war.

„Ach so, das!" Michel lachte sein lautes tiefes Lachen. „Die Mädels halten Kriegsrat ab."

Die Geschichte schien Michel sehr zu erheitern. Mit einem breiten Grinsen erzählte er, wie sich ein paar der Mädchen und eben auch Kittina auf der Veranda getroffen hatten. Alle männlichen Schüler wurden von dieser Terrasse vertrieben. Dann wurde hitzig diskutiert und es war wohl auch die eine oder andere Flasche Wein an der Diskussion beteiligt. Viel hatten Ültje und Michel nicht mitbekommen, allerdings deutete sich im Laufe der Diskussion immer mehr an, dass ich an allem schuld bin.

Mir war nicht klar, woran ich schuld war oder was ich falsch gemacht hatte. Am liebsten hätte ich mich einfach mit Kittina zusammengesetzt und mit ihr besprochen, was denn falsch gelaufen war. Aber sie mied mich, wie der Teufel das Weihwasser.

Also setzte ich eine fröhliche Miene auf und lachte zusammen mit meinen beiden Freunden über die vermeidlich alberne Situation. Allerdings war mir eigentlich gar nicht zum Lachen zu mute.

Eine Weile scherzten Michel und Ültje noch darüber, wie dumm und kindisch sich die Mädchen verhalten hatten und ich versuchte so gut es ging mitzulachen.

Dann erklärte Michel, dass er langsam mal ins Bett gehen wolle und Ültje stimmte ihm zu. Ich erklärte, noch ein wenig am Brunnen sitzen bleiben zu wollen. Also verabschiedeten sich die beiden und ich blieb allein am Brunnen zurück. Ich legte mich rücklings auf die Mauer des Brunnens und guckte mir die Sterne an. So viele Gedanken flogen mir durch den Kopf, aber so richtig zu Ende denken konnte ich keinen.

„Mau", machte es mal wieder neben mir. Ich drehte mich zur Seite und sah den Graf von Ripshorst. Wirklich überraschend kam dieser Besuch nicht.

„Hallo mein Freund", begrüßte ich den Vierbeiner, „kannst du auch nicht schlafen?"

Ich hob den Kater auf meinen Schoß und kraulte ihn hinter den Ohren. Sofort erklang das beruhigende Brummen.

„Kittina verhält sich mir gegenüber seltsam, seitdem klar war, dass ich mit Katharina zum Abschlussball gehen werde. Was, wenn sie gerne mit mir da hin gegangen wäre? Vielleicht hat sie darauf gewartet, dass ich sie einlade?", überlegte ich. Das würde ihr Verhalten erklären. Warum hatte ich nicht mit ihr darüber gesprochen, bevor ich Katharina eingeladen hatte? Wie dumm von mir!

Der Graf räkelte und streckte sich auf meinem Schoß, dann sprang er auf den Boden. Mit einem weiteren Mauzen ging der Kater um den Brunnen herum. Er drehte sich noch einmal um und sah mich auffordernd an. Dann ging er weiter. Einer Intuition folgend stand ich auch auf und ging dem Tier hinterher. Vielleicht wollte er mir etwas zeigen?

Und wirklich, einmal herum um den Brunnen führte mich der Graf zu der Stelle, an der ich früher am Tag gesessen hatte um zu lernen. Dort lag noch immer mein Buch, so wie ich es liegengelassen hatte, als ich Donald verfolgen musste.

„Du hast wirklich darauf aufgepasst, so wie ich es dir gesagt habe?", verblüfft schaute ich auf die Katze.

„Beim Klabautermann, du bist wirklich ein außerge-
wöhnliches Tier."

Ich beugte mich herunter und kraulte ihn hinter
den Ohren. Als Quittung bekam ich ein zufriedenes
Brummen.

Dann schnappte ich mir mein Buch und machte
mich auf den Weg in mein Bett.

„Gute Nacht, Herr Graf", sagte ich leise. Doch der
Graf war schon wieder auf und davon. Mit ein paar
langen Sprüngen überquerte er den Platz um den
Brunnen und verschwand in einem Gebüsch.

„Katze müsste man sein", dachte ich, „da hat man
keine Probleme."

Dann ging ich zurück auf mein Zimmer.

20 - Schlechte Nachrichten

Meine Laune am nächsten Morgen war bescheiden. Ich wachte mit der Frage im Kopf auf, wie wichtig Gerechtigkeit überhaupt ist. Ich verstand Ültjes Ansatz, dass so etwas wie Gerechtigkeit überhaupt nicht existiert und man halt das Beste aus seiner Situation machen muss. Diese Einstellung war mir allerdings zu passiv. Ich wollte nicht akzeptieren, dass mein lieber Mitschüler Donald ganz offensichtlich schummelte, dabei sogar Unterstützung aus dem Lehrerkollegium bekam und dass er damit ungeschoren davonkam. Das ging mir gegen den Strich und ich wollte etwas dagegen unternehmen.

„Vielleicht ergibt sich ja mal was", dachte ich bei mir, „irgendeine Situation, in der ich das Gleichgewicht wieder ein wenig herstellen kann, wenigstens ein Stück weit." Ich nahm mir vor, eine solche Chance nicht ungenutzt zu lassen.

Mit diesem Vorsatz fühlte ich mich ein wenig besser. Die Aussicht auf Rache, auch wenn sie nur sehr vage war, machte mir Mut. Wobei Rache eigentlich gar nicht das richtige Wort war. Donald hatte mir ja gar nichts getan. So richtig hatte ich gar keinen Nachteil davon, dass er schummelte.

„Aber das Universum hat einen Nachteil." Ich stand vor meinem Waschtisch und führte ein Selbstgespräch mit meinem Spiegelbild. „Und vielleicht muss man dem Universum helfen, wieder ins Gleichgewicht zu kommen. Ismael Shakkabowly, Rächer des Universums. Der Titel klingt eigentlich ganz gut." Ein Anflug von träumerischem Größenwahn brachte mich langsam wieder in die Gefilde besserer Laune.

Eine Fuhre kaltes Wasser ins Gesicht, dann machte ich mich auf den Weg in den Frühstücksraum, um Kraft für den Tag zu sammeln.

„Guten Morgen Ismael, mein Liebelein", begrüßte mich die Köchin Magaretha wie gewohnt warmherzig. Sie wirbelte zwischen den Tischen von Schüler zu Schüler, hatte für jeden ein nettes Wort übrig und sorgte ganz nebenbei mit ein paar bösen Blicken hier und da für Ordnung.

„Morgen", erwiderte ich mit einem kurzen Lächeln. Wahrscheinlich hatte sie meine Antwort gar nicht mehr gehört, so schnell war sie schon wieder am nächsten Tisch und sammelte Geschirr ein.

Nachdem ich gestern vom Kriegsrad erfahren hatte, setzte ich mich lieber an einen Tisch am Rand des Speisesaals, um meine Ruhe zu haben.

Kaum hatte mein Hintern die Bank berührt, stellte Magaretha schon scheppernd einen Teller vor meine Nase. Da ich ohnehin nicht entschied, was ich frühstücken würde, denn das war ganz allein Magarethas Entscheidung, schnappte ich mir eine Gabel und begann zu essen. Es gab allerdings auch nichts an Magarethas Wahl für mein Frühstück auszusetzen. Die Rühreier und die Frühstückswürstchen dufteten köstlich.

Dann schepperte und rumpelte es erneut. Tony und Peter hatten sich zu mir gesetzt und so etwas passierte nie leise. Die beiden brachten eine natürliche, angeborene Unruhe mit sich. Innerlich verabschiedete ich mich von meinem Plan in aller Ruhe zu speisen.

„Shakkabowly, Du Schwerenöter, gehst du echt mit Katharina von Habsburg zum Abschlussball?", fragte Peter. „Ich hätte nie gedacht, dass du in dieser Liga spielst", ergänzte Tony. Das hätte ich fast als Beleidigung aufnehmen können, aber es war mir schlichtweg egal.

„Jungs, lasst mich bitte mit dem Abschlussball in Ruhe", bat ich sie.

„Alles klar." Peter hob die Hände als müsse er einen Angriff abwehren. „Du willst deinen Sieg in Ruhe genießen." Mit seinem Ellbogen stieß er seinem Bruder in die Seite und beide mussten breit grinsen.

Wie ging mir dieses Thema auf die Nerven!

Natürlich hatte Magaretha mitbekommen, dass sich zwei weitere hungrige Mäuler dazugesetzt hatten. Also stand im Handumdrehen sowohl vor Peter als auch vor Tony ein Teller mit Rührei. Auf einem dritten Teller lag ein einzelnes Frühstückswürstchen.

„Tut mir leid, meine Lieben, aber ich habe nur noch ein Würstchen übrig. Müsst ihr halt nächste Mal früher aufstehen. Teilt es einfach brüderlich!" Und schon war sie wieder weg. Wer eine ganze Schule füttern wollte, hatte keine Zeit für lange Gespräche.

Kaum hatte sich Magaretha umgedreht, rammte Peter seine Gabel in das einsame Würstchen auf dem Teller und stopfte es sich komplett in den Mund.

Ich machte große Augen, nicht nur wegen der beachtlichen Leistung, die ganze Wurst in einem Stück in den Mund zu bekommen, sondern auch aufgrund der Dreistigkeit. Noch mehr wunderte ich mich, dass Tony sich nicht aufregte. Er holte nur kurz Luft, als wolle er etwas sagen, dann widmete er sich seinem Essen. Kein Streit, keine Beschimpfung, kein Fluchen. Ich war verwirrt, das hatte ich anders erwartet. Sonst führte doch schon die winzigste Kleinigkeit zu einem extremen Streit und jetzt so was? Mit offenem Mund sah ich zu, wie Peter genüsslich seine Beute kaute und dann zufrieden herunterschluckte.

„Was denn?", fragte er, als sein Mund endlich wieder leer genug zum Sprechen war.

„Ach nichts", ich fühlte mich ein bisschen ertappt, dass ich ihn angestarrt hatte. „Ich dachte nur, dass ihr brüderlich teilen sollt."

„Haben wir doch." Erstaunt sah mich Peter an und nun blickte auch Tony von seinem Frühstück auf. Mit einem Lachen erklärte er mir: „Dachtest du etwa, dass brüderlich teilen bedeutet, dem anderen etwas abzugeben? Vielleicht sogar die Hälfte?" Jetzt musste auch Peter lachen und selten hat man die beiden Brüder so einvernehmlich gesehen. Tony hatte meinen Gedanken erraten, der offensichtlich sehr dumm und naiv war. Vielleicht hatte ich den Ausdruck „brüderlich Teilen" bisher falsch verwendet.

„Na ja, Hauptsache ihr kommt so klar."

„Na logisch", grinste Peter. „Das Universum kümmert sich darum, dass am Ende alles ausgeglichen ist."

Noch mehr Hobby-Philosophen? Das ging mir zu weit! Ich wollte gerade erklären, dass ich auf das Thema 'Gleichgewicht des Universums' beim Frühstück absolut keine Lust hatte, jedoch kam mir Tony zuvor:

„Das ist natürlich Quatsch. Karma ist eine tolle Sache, aber man kann sich nicht immer darauf verlassen. Wir halten uns an den Ehrenkodex."

Das klang interessant! Gab es doch so etwas wie ein ungeschriebenes Regelwerk über das vernünftige Verhalten unter Piraten?

„Ein Ehrenkodex?", fragte ich vorsichtig nach.

„Na klar!" Tony knallte ein Notizbuch auf den Tisch. „Das hier, Ismael", er tippte mit dem Zeigefinger auf den abgegriffenen Leineneinband, „das hier mein Freund, ist der Bru-Code", sagte er feierlich. Sein Bruder saß neben ihm und nickte sehr ernst.

„Hier drin ist alles sorgfältig geregelt. In diesem Buch steht, wie man sich seinem Bruder gegenüber zu verhalten hat." Tony schlug das Buch auf, blätterte ein paarmal hin und her und suchte ein wenig. Dann tippte er auf eine Seite und rief: „Hier steht es: 'Beim Essen sind alle Brüder gleich. Keiner muss teilen und keiner muss etwas abgeben. Wessen Gabel die Mahlzeit zuerst berührt, dem gehört sie.' Siehst du? Alles regelkonform."

„So steht es geschrieben", stimmte ihm sein Bruder Peter zu.

Tony reichte mir das Buch herüber und ich schaute es mir an. Eigentlich war es nur eine alte Kladde, auf der Titelseite stand in verschnörkelten Buchstaben 'Der Bru-Code von Tony und Peter Stinson'. Ich schlug die erste Seite auf. Dort stand geschrieben: „§1 Ein Bruder ist ein Bruder ist ein Bruder." In sauberer Handschrift war das Buch nahezu komplett dicht an dicht beschrieben, ordentlich in Paragrafen unterteilt. Auch wenn der Bru-Code nicht das war, was ich erwartet hatte, war ich doch beeindruckt. Hatte ich kurz gehofft, so etwas wie einen Piraten-Kodex gefunden zu haben, hatte ich klare Regeln vom brüderlichen Zusammenleben gefunden.

Ich blätterte weiter und fand einen Absatz, den ich nicht ganz verstand. Ich fragte: „Was ist denn ein Wingman?"

Peter wollte gerade antworten, doch da tippte mir jemand von hinten auf die Schulter. Ich drehte mich um und schaute in Paos ernstes Gesicht.

„P'ofessor T'ibutum will dich sp'echen", sagte er nur. Mir war klar, dass das nichts Gutes bedeuten konnte.

An meinem Frühstück hatte ich jetzt kein Interesse mehr. Wortlos stand ich auf, gab den Brüdern ihr Buch zurück und machte mich auf den Weg in das Büro des Schulleiters. Auch wenn ich mich nicht mehr umdrehte, wusste ich, dass mir Tony, Peter und Pao voller Mitleid hinterherblickten.

Das Büro des Professors lag am Ende eines langen Ganges in einem Teil des Schulgebäudes, in dem ausschließlich Büros der Lehrkräfte untergebracht waren, also in einem Bereich der Schule, in dem wir Schüler nicht viel verloren hatten. Gefühlt war der Gang mehrere Seemeilen lang, links und rechts befanden sich anonyme Türen zu Büros, die man lieber nicht betreten wollte. Den Eingang zum Büro von Tributum vor Augen, schlich ich über den Gang, hatte aber das Gefühl, gar nicht näher zu kommen. Dennoch erreichte ich irgendwann das Büro mit einem dicken Kloß im Hals und einem Stein im Magen. Die Tür stand halb offen, also holte ich einmal tief Luft, dann trat ich ein.

Der Raum war riesig. Drei der Wände waren bis zur hohen Decke nahezu lückenlos mit Regalen zugestellt. Auf den Holzbrettern lagen unordentlich unzählige Bücher, Papierrollen und einzelne Blätter. Das war keine sorgfältig gepflegte Bibliothek, sondern das reinste Papierchaos.

In der dritten Wand war eine große Fensterfront eingelassen, fast vom Boden bis zur Decke, mit Blick auf den Innenhof. Von der Decke hing ein imposanter Kronleuchter mit unzähligen Kerzen.

Dominiert wurde der Raum von einem beeindruckenden Eichenschreibtisch. Groß und schwer stand er dunkel vor der hellen Fensterfront. Die Seiten waren mit Ornamenten und Schnitzereien verziert, die Tischplatte war abgenutzt. Gut möglich, dass an diesem Schreibtisch schon die Pyramiden geplant wurden, so alt sah er aus. Im Gegensatz zu den Regalen war der Arbeitsplatz penibel aufgeräumt. Stifte und Notizzettel lagen akkurat parallel und im rechten Winkel an genau dafür vorgesehenen Plätzen. Nur ein Buch lag aufgeschlagen auf der Arbeitsfläche, als hätte gerade noch einer darin studiert.

Der Chefsessel mit seinem Lederbezug hinter dem Schreibtisch war leer. Vor dem antiken Möbelstück standen drei einfache Holzstühle in einer Reihe. Der linke Stuhl war bereits besetzt, dort saß Donald W. Busch. Als er mich sah grinste er breit. „Na, Shakkabowly, bist du auch zur Party eingeladen?" Offensichtlich war er bester Laune.

Als Antwort gab ich nur ein Brummen von mir. Auf diese Spielchen hatte ich jetzt keine Lust. Ich setzte mich auf den Stuhl ganz rechts und ließ so den Platz zwischen uns frei.

Kaum hatte ich mich gesetzt, kam ein dritter Schüler herein. Jana Gold schlich durch die Tür, mit einer Miene, die meine Gefühlslage bestens beschreiben würde.

Offensichtlich hatte Donald einen großen Spaß an der Situation. Spöttisch reimte er: „Mein rechter, rechter Platz ist frei. Ich wünsche mir Jana herbei." Dabei trommelte er gut gelaunt auf die Sitzfläche des freien Stuhls.

Ohne ein Wort zu sagen oder eine Reaktion zu zeigen, setzte sich Jana zwischen uns.

Als ich meinen Blick wieder nach vorne richtete, saß plötzlich Professor Dr. Harry Albus Tributum auf dem Chefsessel auf der anderen Seite des Tisches. Mit seinen eisblauen Augen musterte er uns still, aber eindringlich, mit seinen Fingern massierte er nachdenklich seinen Bart. Wie war er auf den Stuhl gekommen, ohne dass ich ihn bemerkt hatte? Jana schaute genauso erstaunt und selbst Donald hatte mit seinen blöden Sprüchen aufgehört. Der Schulleiter wusste um die Wirkung seines Auftritts und ließ den Moment wirken. Eine gefühlte halbe Ewigkeit passierte nichts. Meine beiden Mitschüler und ich saßen angespannt auf unseren Holzstühlen wie ein Kaninchen vor der Schlange. Doch die Schlange in Gestalt eines alten Mannes machte erst einmal nichts.

Dann, endlich, holte er tief Luft und tat einen tiefen Seufzer. Er sprach mit einer erstaunlich milden, fast schon traurigen Stimme: „Da sind sie also, die tauben Nüsse dieses Abschlussjahrgangs."

Diese Einleitung hatte mich sowohl inhaltlich, als auch in ihrer Art und Weise des Vortrages verblüfft. Ich hatte eine Standpauke erwartet für irgendwas, was ich mal wieder falsch gemacht hatte. Oder ein Donnerwetter und eine Bestrafung für ein Vergehen, an das ich mich nicht erinnern konnte. Aber dem war nicht so. In der Stimme des Lehrers schwang so etwas wie Mitgefühl oder Empathie mit.

Er fuhr fort: „Sie, meine Dame und meine Herren, sind die Wackelkandidaten der Abschlussprüfungen. Nach allen bisher abgeleisteten Prüfungen reicht es für Sie noch nicht um diese ehrwürdige Schule mit einem Abschluss zu verlassen. Allerdings waren ihre

Noten auch nicht so schlecht, dass wir Sie rauswerfen müssen. Es könnte noch reichen. Aber dafür müssen Sie etwas leisten. Wie jedes Jahr gibt es für Schüler, wie sie es sind, eine Nachprüfung. Die sogenannte Wackelprüfung."

Er ließ ein leichtes Schnaufen durch die Nase hören und zog einen Mundwinkel kurz nach oben, aufgrund dieses exzellenten Wortwitzes.

„Sie verstehen? Die Wackelprüfung für die Wackelkandidaten!" Ja, wir verstanden.

„Für sie bedeutet diese Prüfung eine letzte Chance. Er wäre ratsam diese Möglichkeit zu nutzen."

Mahnend erhob er den langen Zeigefinger, um seinen Worten Nachdruck zu verleihen.

„Sie fragen sich bestimmt, wie diese Prüfung aussehen wird. Nun, ich verrate es ihnen. Knapp 400km südlich von hier befindet sich ein großer See. Die Einheimischen nennen es das Meer des Lot. Es ist ein idealer Ort für ein Seegefecht!"

Das klang vielversprechend! Mein ursprüngliches Entsetzen über die schlechte Nachricht war jetzt Neugier gewichen. Eine Seeschlacht klang nach einer fairen Chance und nach einer Menge Spaß.

„Jeder von ihnen bekommt eine kleine Dau, ausgestattet mit einem Segel und einer Kanone. Jeder segelt sein Boot natürlich ohne fremde Hilfe. Das ist durchaus eine Herausforderung, denn die Winde auf besagtem See sind tückisch und das Wasser verhält sich manchmal seltsam dort. Nebenbei müssen sie noch die Kanone betätigen. Auch wenn es vielleicht spannender wäre, schießen sie nicht mit scharfer Munition, um das Verletzungsrisiko zu minimieren. Als Kanonenkugeln werden Sie mit Lumpen umhüllte Holzblöcke verwenden." Bei dem letzten Satz sah er etwas enttäuscht aus.

„Wer als Letzter noch in seinem Schiff sitzt, hat gewonnen. So einfach ist das. Implizit bedeutet das natürlich auch, die anderen beiden sind durchgefallen. Wer sich geschickt anstellt, besteht die Abschlussprüfung, wer baden geht, hat Pech gehabt. Es ist nur noch ein Platz frei, um den müssen Sie kämpfen."

Der alte Mann faltete seine Hände und legte sie vor sich auf den Tisch.

„So weit alles klar?" Die darauffolgende Pause war zu kurz, als dass wir wirklich hätten zu einer Frage ansetzen können. Tributum schloss sein Meeting mit den Worten: „Sehr schön. Heute in einer Woche findet ihre Wackelprüfung statt."

Ich guckte herüber zu Jana und Donald. Jedem hier war klar, dass zwei von uns in einer Woche ohne Abschluss dastehen würden. Allerdings würde auch einer von uns als lachender Dritter aus dieser Sache hervorgehen. Unbedingt wollte ich dieser lachende Dritte sein!

Donald schaute mich eindringlich und grimmig an. Er strich mit seinem Zeigefinger langsam über seine Kehle und imitierte damit, dass er mir die Kehle durchschneiden würde. Was für eine freundliche Geste! Von ihm war kein fairer Wettkampf zu erwarten.

Jana hingegen schaute nur stumm auf ihre Hände, die gefaltet in ihrem Schoß lagen. Vielleicht waren Seeschlachten nicht ihr Spezialgebiet.

Als ich wieder auf die andere Seite des großen Schreibtisches schaute, war der Professor verschwunden. Genauso plötzlich und mysteriös, wie er erschienen war, war er jetzt wieder enteilt. Wie machte er das bloß?

Wir waren wieder allein in seinem Büro.

„Wollt ihr direkt aufgeben oder soll ich euch in diesem blöden See versenken?" Donalds Stimme war aggressiv. Er war sich ausgesprochen siegessicher. Kein Wunder, konnte er ja auch auf seinen Komplizen Barnabus zählen. Der Pirat aus der Taverne würde ihn sicherlich auch hier wieder unterstützen. Gegen die passende Bezahlung natürlich. Vielleicht würde es für mich von Vorteil werden, dass Donald nicht wusste, dass ich von seinem Helfer wusste.

„Der Bessere wird gewinnen. Wir werden sehen, wer das ist", entgegnete ich.

Donald lachte laut auf, als hätte ich einen guten Witz gemacht.

„Ihr beiden Irrlichter werdet in diesem See ersaufen und keinen wird es interessieren!" Immer noch gehässig lachend verließ er das Büro.

Jana starrte immer noch auf ihre Hände. „Das wird schon", sagte ich, um sie aufzumuntern und klopfte ihr dabei freundschaftlich auf die Schulter.

Endlich erwachte sie aus ihrer Lethargie.

„Hätte ich doch mehr gelernt, dann wäre es gar nicht so weit gekommen", jammerte sie. Damit hatte sie inhaltlich recht, das galt aber für jeden von uns. Wir waren alle selbst schuld, jetzt in diesem Schlamassel zu sitzen. Jammern brachte hier allerdings niemanden weiter. Erst recht nicht, wenn Donald W. Busch in seine unfaire Trickkiste griff. Da musste man sich schon handfeste Mittel einfallen lassen. Und genau das nahm ich mir in diesem Moment auch vor: Ich würde dem Fiesling Donald einen Kampf bieten, der sich gewaschen hatte!

Jana seufzte tief, stand auf und verließ mit gesenktem Kopf den Raum. Die Arme war vollkommen fertig.

Jetzt, wo ich ganz allein im Büro des Schulleiters auf einem unbequemen Holzstuhl saß und versuchte meine Gedanken zu sortieren, fiel mein Blick auf das einsame Buch auf dem Schreibtisch. Ich zog es zu mir herüber und inspizierte den Einband. „Strömungen und Winde auf dem Meer des Lot" stand in einfachen Lettern auf der der Titelseite.

„Perfekt!", dachte ich. Ob der Professor das Buch mit Absicht dort hat liegen lassen oder ob es ein Versehen war, das war mir egal. Ich steckte das Buch ein und verließ geschwind das Büro.

Ich kehrte in mein Zimmer zurück. Ich musste mir dringend einen Schlachtplan überlegen, mich vorbereiten und natürlich auch trainieren. Eine Woche war nicht viel, aber immerhin etwas Zeit. Ich setzte mich an meinen Schreibtisch und machte mich an die Arbeit. Zuerst arbeitete ich mich durch das Buch des Professors. Bis spät in die Nacht malte ich Skizzen, suchte in Büchern oder schaute grübelnd aus dem Fenster.

Für keine Prüfung hatte ich jemals so viel Eifer aufbringen können, nie war ich so motiviert oder engagiert. Klar, denkt man sich jetzt, es ging ja auch um alles. Entweder würde ich erfolgreich abschneiden und somit den Abschluss an der Piratenschule erlangen oder eben nicht. Aber daran lag es nicht. Es lag vielmehr an der Aufgabe, die für mich Sinn ergab. Eine praktische Herausforderung, die theoretisch vorbereitet werden musste. So hatte mich der alte Fuchs Tributum doch noch zum Lernen gebracht.

21 - Vorbereitung auf das Finale

Es wurde eine harte Woche. Penibel bereitete ich mich auf das vor, was denn kommen sollte. Ich studierte Seekarten des Austragungsortes und las alles, was ich über dieses Gewässer finden konnte. Das Buch des Professors war eine große Hilfe, aber nur der Anfang. Ich suchte mir Berichte über Wasserstände und Untiefen im Meer des Lot, Strömungen und noch viel mehr trockenes Zeug heraus und lernte alles auswendig. Natürlich kannte ich die Tidenzeiten und den Tidenhub auswendig und wusste, wie sich die Springverspätung der Nipptide auf die Küstenregion auswirkte.

Der Schiffstyp Dau, den der Professor angesprochen hatte, war mir bis dahin noch relativ unbekannt. Kein Wunder, hatte ich bis dahin die Enzyklopädie *Schiffstypen* nur sehr schlampig durchgearbeitet. Was ein bisschen mein schlechtes Abschneiden im Fach *Schiffstypen* erklären könnte. Aber jetzt gab es einen praktischen Grund, sich das entsprechende Wissen anzueignen. Also machte ich mich auf in den Hafen und unterhielt mich mit den Kapitänen und Fischern. Welche Schwierigkeiten macht so ein kleines Schiff? Wie kann man es steuern, während man zeitgleich auch die Kanone betätigen muss? Alles wichtige Fragen, auf die ich viele Antworten bekam, die ich alle notierte, analysierte und ausarbeitete. Und um perfekt vorbereitet zu sein, griff ich sogar zur

Fachliteratur zum Thema *Schiffstypen* und studierte Schulbücher, die ich längst schon hätte lesen sollen.

An einem Tag in dieser Vorbereitungswoche saß ich mal wieder am Brunnen in der Morgensonne. Es war mein bevorzugter Platz zum Arbeiten und Nachdenken geworden. Hier hatte ich meine Ruhe, wenigstens meistens. Die einzige Gesellschaft, auf die ich mich einigermaßen verlassen konnte, war die des Grafen von Ripshorst. Er kam mich immer wieder mal besuchen, legte sich auf meinen Schoss und ließ sich die Ohren kraulen. Keine Ahnung, wie er es machte, aber wenn er brummend neben mir lag, konnte ich mich hervorragend konzentrieren. Es hatte etwas Magisches. An diesem Morgen hatte ich ihn noch nicht gesehen, aber das war kein Grund zur Sorge. Der Kater kannte keine Pünktlichkeit, er kam und ging, wie es ihm gefiel. In dieser Beziehung war er ein wenig wie die Berliner S-Bahn.

Zwar hatte ich auch heute wieder einige Bücher dabei, aber ich hatte sie noch nicht aufgeschlagen. Der Stapel lag noch neben mir, denn etwas anderes machte mir noch Gedanken. Ein großes Projekt brauchte ein Symbol, ein Logo, etwas mit Wiedererkennungswert. Davon war ich überzeugt, jedoch war mir noch nicht ganz klar, wie mein Zeichen aussehen sollte. Auf einem Block kitzelte ich ein paar Ideen. Ich zeichnete ein Schiff, einen Anker, ein Steuerrat und noch einige andere nautische Themen. Das Schiff erschien mir als zu trivial, das Steuerrad als zu harmlos und der Anker hatte etwas von Ballast. Bisher war mir noch nichts eingefallen, was meinem Projekt „erfolgreiche Abschlussprüfung" gerecht werden würde.

Ich versuchte gerade eine Möwe zu zeichnen, die Feuer spuckte. Leider sah sie aber eher aus wie eine kranke Taube, die sich übergab.

Da ließ sich der Graf dann doch mal blicken. Aus einem Gebüsch kam er herausstolziert mit all seiner Eleganz. Er hatte eine Maus im Maul und schritt auf mich zu, stolz wie ein König. Kurz vor mir ließ er seine Beute fallen. Der leblose Körper landete im Sand und der Kater beachtete sein Opfer nicht mehr. Mit einem Satz sprang er neben mich und machte es sich gemütlich. Seine Beute war sein Geschenk an mich, nun war es mein Problem.

Ich riss das Blatt mit der kotzenden Taube vom Block, zerknüllte den Entwurf und warf ihn ebenfalls in den Sand. Kurz zuckte der Graf. Hatte die Maus sich noch bewegt? Ging der Spaß doch noch weiter? Aber er erkannte, dass nur das Papierknäuel kurz seine Aufmerksamkeit geweckt hatte. Die Maus würde ihm nicht mehr den Gefallen tun und ein weiteres Mal davonlaufen. Also legte er seinen Kopf wieder auf seine Pfoten.

Der Kater hatte mir aber nicht nur einen Kadaver als Geschenk mitgebracht, sondern war mit ihm auch die Inspiration und die Kreativität zu mir zurückgekehrt. Ich betrachtete die tote Maus eine Weile und fing dann an zu zeichnen. Mein zeichnerisches Talent war von jeher limitiert und ich war nie ein begabter Maler. Aber wenn ich einen Baum zeichnete, konnte man ihn von einem Brokkoli unterscheiden. Beflügelt von einer Eingebung krizelte ich mehrere Versuche, bis ich endlich zufrieden war. Die ersten Ansätze trafen den Nagel noch nicht ganz auf den Kopf, aber letztlich brachte ich eine Version zusammen, die mir zusagte. Ich hielt die letzte Zeichnung hoch und bestätigte mich selbst: „Das ist es!"

Sorgfältig faltete ich meine finale Skizze zusammen und legte sie in ein Buch. Ich strich über das Fell des Katers und bedankte mich stumm für seine Unterstützung. Dann schlug ich ein Buch auf und machte mich an die eigentliche Arbeit.

Meine Freunde unterstützten mich bei meiner großen Aufgabe so gut sie nur konnten. Pao half mir bei einigen Recherchen zu verschiedenen Themen und Michel fragte mich ein paarmal Fakten ab. Ültje brachte mir hin und wieder Snacks und das alles half mir sehr weiter. Das Gefühl, nicht allein zu sein, sondern dass da noch Freunde sind, die hinter mir stehen, bedeutete mir viel. Nur lernen musste ich den Stoff am Ende doch allein.

Von Donald, Jana und mir abgesehen, hatten die Schüler jetzt sehr viel Freizeit. Nach der Verkündung, wer in die Nachprüfung muss, war ja auch umgekehrt klar, wer die Abschlussprüfungen bestanden hatte und wer nicht. Zwar waren die Endnoten noch nicht bekannt gegeben worden, aber die Spannung der Prüfungszeit fiel von den Schülern ab und eine Erleichterung machte sich auf dem Campus breit. Das

Schulgelände glich jetzt immer mehr einem Feriencamp mit viel Freizeit und ohne größere Verpflichtung. Man konnte sich jetzt wieder anderen wichtigen Themen im Leben eines Jugendlichen widmen und so wurde der Abschlussball immer präsenter. Die finale Veranstaltung würde das Ende der Schulzeit für die Abschlussklasse bedeuten und hatte daher eine gewisse Relevanz für unser Schülerleben. Es gab keine abendliche Verandarunde mehr, bei der nicht besprochen wurde, welche Garderobe getragen werden könnte oder wer mit wem eventuell und vielleicht dort erscheinen könnte.

Ich hatte Besseres zu tun und beteiligte mich nicht an diesen Gesprächen. Erstens waren mir diese Arten gesellschaftlicher Veranstaltungen sowieso zuwider, außerdem hatte ich ja schon eine Begleitung. Ich war also raus. Katharina instruierte mich immer wieder auf ein Neues mit den Details ihrer Pläne. Mal ging es um die Farbe meines Hemdes, meines Einstecktuches oder meiner Socken. Dann verriet sie mir ihre Pläne zu meiner Frisur und aus welchen Gründen das so gut zu ihrer Art die Haare zu tragen passen würde.

Ich ließ diese Planungen und Träumereien ohne Widerworte über mich ergehen, dafür schraubte Katharina die Frequenz und die Länge ihrer Ausführungen auf ein erträgliches Maß zurück. So war es für uns beide in Ordnung.

Leider änderte sich nichts an der Art und Weise, wie Kittina mit mir umging. Nämlich gar nicht. Sie ignorierte mich, verließ den Raum, wenn ich dazu kam oder drehte sich weg, wenn wir uns begegneten.

Man könnte meinen, dass der Druck einer endgültigen Abschlussprüfung auf mir schwer lasten würde, aber das schlechte Verhältnis zu einer Freundin nagte noch mehr an mir. Dummerweise hatte ich bis dahin noch keine Idee, wie ich die Wogen glätten und unsere Beziehung wieder verbessern konnte.

22 - Die Seeschlacht

Dann war es endlich so weit, der große Tag war gekommen. Das Finale meiner schulischen Laufbahn sollte an einem Donnerstag steigen. Warum weiß ich das noch? Warum erinnert man sich manchmal an so unwichtige Details? Ich bin mir felsenfest sicher, dass meine letzte Prüfung an einem Donnerstag stattfand, aber ich habe keine Ahnung mehr, was ich heute Morgen zum Frühstück hatte. Ich weiß auch noch, dass wir bis auf ein paar Schönwetterwolken fast strahlendblauen Himmel hatten und dass der Wind leicht, aber stetig aus Südwest kam. Aber dass ich mich daran erinnern kann, liegt ja auch auf der Hand: das Wetter war an diesem Tag von entscheidender Bedeutung für mich. Ein guter Seemann hat das Wetter immer im Auge und macht dann das Beste aus den Umständen. Unter Seeleuten gibt es das Sprichwort: Vielleicht kannst du das Wetter nicht ändern, aber du solltest es immer kennen.

Als ich an diesem Morgen die wenigen Stufen von der Veranda meiner Schülerunterkunft in den Innenhof hinunterstieg, schaute ich als erstes in den Himmel. Die Möwen flogen nicht sonderlich tief und die Schäfchenwolken zogen westwärts. Wie selbstverständlich zog ich meine Schlüsse daraus, wie sich das Wetter im Laufe des Vormittags verändern würde.

„Beim Segeln gegen den Wind muss ich aufpassen", murmelte ich.

Die Voraussetzungen an diesem Tag waren perfekt. Ich war ausgeschlafen, optimal vorbereitet und ich fühlte mich unschlagbar. Egal was heute noch passieren würde, ich war einsatzbereit.

„Heute bin ich nicht zu stoppen!", sagte ich, diesmal etwas lauter. Begeistert von meinem eigenen Optimismus wollte ich meine vorzügliche Laune mit jemanden teilen. Doch zu meiner Überraschung musste ich feststellen, dass der Innenhof komplett verlassen war. Keiner meiner Freunde war zu sehen, keiner der anderen Schüler. Das war schon eher ungewöhnlich, trübte meine Laune aber nur unwesentlich.

Gutgelaunt ging ich über den sattgrünen, menschenleeren Rasen in Richtung des Lehrerparkplatzes. Hier sollten Jana Gold, Donald W. Busch und ich abgeholt und bis zum Meer des Lot, dem Austragungsort unserer Seeschlacht gebracht werden.

Als ich am Parkplatz ankam, warteten meine beiden Kontrahenten bereits. Im Schatten unter einem großen Kastanienbaum standen sie, nicht zu nah beieinander mit genügen Abstand und guckten Löcher in die Luft. Meine Ankunft wurde wahrscheinlich bemerkt, aber nicht quittiert. Es gab keine Begrüßung, kein Kopfnicken, nicht mal ein Blick. Aber was hatte ich erwartet, heute waren wir Rivalen.

Eine Weile lungerten wir auf dem verlassenen Parkplatz herum und vermieden jeglichen Augenkontakt. Es war eine unangenehme Situation, wussten wir doch alle, dass nur einer von uns heute Nachmittag erfolgreich aus den Abschlussprüfungen hervorgehen würde. Die Tatsache, dass wir natürlich alle gewinnen wollten, bedeutet gleichzeitig, dass wir alles dafür tun würden, damit die anderen verlieren. Mitleid wäre unangemessen gewesen, Hilfe ganz und gar ausgeschlossen.

Ich machte mir Gedanken darüber, wie uns das Schicksal zu Gegnern gemacht hatte. Vielleicht wären Jana und ich unter anderen Umständen Freunde geworden. Sie stand dort im Schatten und aß einen Apfel. Eigentlich war sie gar nicht so übel. Sie war ganz gut mit Kittina befreundet und auf Kittinas Menschenkenntnis konnte man sich normalerweise verlassen.

Bei Donald war ich mir jedoch ganz sicher, dass er unter keinen Umständen auf meiner Liste der Weihnachtskarten gelandet wäre. Er war mir durch und durch unsympathisch. Er machte sich über Schwächere lustig, schummelte bei Prüfungen und wahrscheinlich warf er seinen Müll einfach auf den Boden. Nein, Donald und ich würden auch nicht in einem eventuell existierenden Paralleluniversum Freunde werden. Er war für mich die Definition von unsympathisch, er verkörperte alles, was mir zuwider war. Wenn es in einem Lexikon einen Artikel geben würde über unerträgliches Verhalten, ich bin mir sicher dort ein Bild von Donald zu finden. Das war natürlich nur meine Meinung. Wahrscheinlich hatte auch er eine Mutter, die ihn lieb hatte. Vielleicht aber auch nicht, ich könnte sie verstehen.

Normalerweise begegnete Donald der Welt mit einer herablassenden Art, die in häufig überzogener Lockerheit daherkam. Jedoch heute Morgen schien auch er angespannt zu sein und sein dämliches Grinsen war einem angespannten Gesichtsausdruck gewichen. Er hatte seine Hände tief in die Hosentaschen gesteckt und trat einen Stein mit seinen Füßen über den Parkplatz.

„Gut so", dachte ich mir, „ganz so siegessicher wie im Büro vom Professor ist er offensichtlich nicht mehr."

Während ich meinen Gedanken über meinen Kontrahenten nachhing, gesellte sich ein kleines Eichhörnchen zu uns auf den Parkplatz in den Schatten unter der Kastanie. Der niedliche Nager suchte nach Nahrung und untersuchte die heruntergefallenen Kastanien auf Essbarkeit. Geschickt hob es eine Frucht mit seinen Vorderpfoten auf und betrachtete seine Beute.

Plötzlich sah ich aus dem Augenwinkel, wie Donald den Stein, den er gerade noch herumgetreten hatte, aufhob und diesen in die Richtung des kleinen Tieres warf. Das Geschoss verfehlte den Nager um ein gutes Stück und das Tier suchte erschrocken das Weite.

„Du dämlicher Idiot!", maulte Jana Donald an und sie sprach mir da aus tiefster Seele. „Lass doch die armen Tiere in Ruhe!"

Jedoch scherte sich Donald nicht um Janas Meinung. Er schnaufte nur verächtlich und drehte sich weg.

Bevor der Streit eskalieren konnte und wir unsere finale Schlacht auf einem Parkplatz anstatt auf hoher See ausfochten, tuckerte ein alter Kleinbus auf den Parkplatz. Er zog eine Staubwolke hinter sich her und bliebt klappernd mit quietschenden Bremsen vor uns stehen. Durch das offene Fenster blickte uns Tormento Pabulum, unser Lehrer für Kanonschießen, an.

„Einsteigen", sagte er schlicht und emotionslos. Den Motor des altersschwachen Fahrzeugs ließ er laufen. Vielleicht hatte er Angst, dass er nie wieder anspringen würde. Wir gehorchten wortlos und quetschten uns nach hinten auf die alten Kunstledersitze.

Die Fahrt dauerte lange, war langweilig und ereignisarm. Geredet wurde nicht. Donald, Jana und ich waren mit uns selbst und unseren Gedanken beschäftigt und Herr Pabulum war nicht so der geschwätzige Typ. Irgendwann musste ich eingeschlafen sein. Grob wurde ich geweckt, als der Wagen an unserem Bestimmungsort abrupt abbremste. Unsanft schlug mein Kopf gegen die Kopfstütze meines Sitzes und holte mich so aus dem Schlaf. Ich brauchte ein paar Sekunden, um in der Realität anzukommen. Ich stieg aus dem Kleinbus und musste aufgrund der grellen Sonne ein paarmal blinzeln. Doch dann folgte mein

Geist meinem Körper und kam auch in der Wirklichkeit an.

Wir waren da! Hier sollte es enden. Die Aufregung trieb mir das Adrenalin in die Adern und ich war im Handumdrehen hellwach.

Vor mir lag das Meer des Lot in seiner ganzen malerischen Pracht, umgeben von einem atemberaubenden Sandstrand. Die Morgensonne glitzerte in den Wellen des kristallblauen Wassers und man konnte das Salz in der Luft riechen. Es war ein Anblick von malerischer Pracht, den sich nur die Natur ausdenken konnte. Wenn jemand ein kitschiges Bild für einen Urlaubskatalog für Pauschalreisen bräuchte, wäre das eine passende Kulisse. Schade, dass ich nicht hier war, um Urlaub zu machen.

Direkt am Strand waren große Tribünen aufgebaut, auf denen sich dicht an dicht Menschen drängten. Auf den Holzpodesten saßen und standen wahrscheinlich alle Schüler der Hamidu Ben Ali-Gesamtschule für Piraten, das gesamte Lehrerkollegium und noch so mancher Seemann aus der Gegend. Vielleicht waren sogar Touristen und Schaulustige anwesend. Man hatte aus unserer Abschlussprüfung ein Event gemacht. Das erklärte auch, warum ich heute Morgen niemanden auf dem Campus gesehen hatte. Alle waren bereits da!

Die ganze Aufmerksamkeit und die vielen Blicke, die sich auf uns richteten, waren mir zuwider. Wie Gladiatoren im antiken Rom schritten wir unter den Blicken der Zuschauer in Richtung Strand, wo drei

Boote festgemacht waren. Auf den Tribünen wurde applaudiert und gerufen, doch das nahm ich nur noch am Rande wahr, das war jetzt nicht wichtig.

Während Jana und ich uns jeweils an die Vorbereitungen an unseren Booten machten, blieb Donald seltsam wenig aktiv. Lustlos knotete er ein paar Leinen zusammen, blicke aber immer wieder suchend in die Runde. Worauf wartete er? Dass ihm jemand das Boot vorbereitet, nach Möglichkeit mit gebügelten Segeln? Dass ihm jemand das Schiff zu Wasser lässt? Ich deutete seine wenig betriebsame Art als Teil seiner Arroganz oder vielleicht auch einfach als Zeichen seiner schlechten Vorbereitung. Aber jetzt war keine Zeit mich um ihn zu scheren, ich hatte selbst genug zu tun und wenn er sich schlecht vorbereitet, war das ein Vorteil für mich.

Ich blicke zu Jana herüber. Gerade steckte sie die Zeige- und Mittelfinger ihrer beiden Hände in einen Topf mit schwarzer Farbe. Dann zog sie sich die Finger durch ihr Gesicht, von der Nase aus parallel zu den Augen nach außen. Als sie bemerkte, dass ich diese Prozedur beobachtete, fletschte sie ihre Zähne und fauchte mich an wie eine Raubkatze, die ihr Revier verteidigt. Ich erschrak! Es schien, als sei die schüchterne Jana durch die Kriegsbemalung soeben verschwunden und die Kämpferin Jana stattdessen erschienen. Die Botschaft ihrer Transformation war klar: Sie würde keinen Zentimeter nachgeben und bis zum bitteren Ende kämpfen.

Aber was sie konnte, konnte ich schon lange. Denn der nette Ismael war heute leider auch im Bett geblieben. Heute war ich stattdessen der unerschrockene Piratenkapitän El Shakkabowly und ich hatte ein Projekt. Ich griff in meine Jackentasche und holte ein schwarzes Tuch hervor. Jedes erfolgreiche Projekt braucht ein Symbol mit Wiedererkennungswert und mein Sieger-Symbol sollte jeder sehen. Ich befestigte das Tuch am Mast meines Bootes und zog es mit einer Leine nach oben. Am Top des Mastes angekommen ergriff der Wind den Stofffetzen und breitete den Träger meines Symbols wie eine Fahne aus. Ein Raunen ging durch die Massen auf den Tribünen als zu erkennen war, was ich mir am Brunnen zusammen mit dem Grafen von Ripshorst ausgedacht hatte. Es gab keinen Applaus und auch keine lauten Rufe. Die Schaulustigen reagierten eher überrascht, weil sie die Deutlichkeit meines neuen Erkennungszeichens nicht erwartet hatten.

Ich guckte die Fahne hoch und dachte einen Moment nach.

„Ja, das ist schon krass, das sieht wirklich böse aus. Eigentlich bin ich doch ein ganz netter. Passt das wirklich zu mir oder bin ich zu weit gegangen?"

Es war ein kurzer Moment des Zweifels. Doch dann war ich mir wieder sicher: „Keine halben Sachen, ab jetzt volle Kanne!"

Meine Fahne war perfekt geeignet für das Projekt „Sieg in der Seeschlacht": Auf dem schwarzen Tuch leuchtete ein weißer Totenkopf mit zwei dahinter gekreuzten Knochen. Auch wenn ein Schädel keine Mimik haben kann, wirkte es ein bisschen so, als würde er diabolisch grinsen. Trotz meiner beschränkten künstlerischen Fähigkeiten hatte ich ein schauriges Piratensymbol erschaffen. Die Reaktion des Publikums auf meine martialische Flagge bestätigte mich noch einmal.

Mich interessierte Donalds Gesicht, wenn er die Totenkopfflagge erblickt, aber ich konnte ihn nicht an seinem Boot erblicken. Hatte er etwa aufgegeben? War er abgehauen? Ich ließ meinen Blick herumschweifen und fand ihn schließlich etwas abseits neben den Tribünen. Er stand dort nicht alleine, sondern sprach gerade mit Barnabus, dem zwielichtigen Piraten, der ihm schon bei der Bestechung von Frau Hinkebein geholfen hatte. Jetzt überreichte er ihm gerade sehr geheimnisvoll einen Beutel, den Donald an sich nahm, unter seinen Pullover steckte und schnellen Schrittes wieder zu seinem Boot lief.

Mein Lieblingsklassenkamerad bemerkte, dass ich ihn beobachtete und es muss ihm auch klar gewesen sein, dass ich gesehen hatte, dass er den Beutel von Barnabus erhalten hatte. Und da war es wieder: Das breite überhebliche Grinsen in seinem Gesicht.

„Ich habe nur ein bisschen Reiseproviant von einem guten Freund erhalten." Er verstaute den Sack schnell in seinem Boot. Seine Stimmung hatte sich erheblich verbessert und es brauchte kein Genie, um sich auszurechnen, dass hier etwas nicht mit rechten Dingen vor sich ging. Die Ausstattung der drei Boote

244

war genau gleich und es war uns untersagt worden, zusätzliches Equipment mit an Bord zu bringen. Was auch immer in dem Sack war, es war gegen die Regeln und würde einen Vorteil für Donald darstellen. Aber außer mir hatte niemand gesehen, was Donald dort gemacht hatte. Mitten in dem Trubel der Veranstaltung war er unauffällig geblieben. Das Lehrerkollegium hatte sich versammelt und platzierte offensichtlich gerade Wetten auf den Ausgang der Seeschlacht, das Publikum war damit beschäftigt, sich noch schnell einen Snack zu holen und auch sonst war niemandem aufgefallen, dass Donald etwas ins Boot geschummelt hatte. Ich gebe es nur ungerne zu, aber im hinterlistig und durchtrieben Sein zeigte Donald W. Busch wirklich Talent.

„Schickes Taschentuch da oben." Er zeigte auf meine Totenkopfflagge. „Schade, dass es gleich mit dir im salzigen Wasser des Sees versinken wird."

Bevor ich mir eine spontane Reaktion auf seine Gemeinheiten ausdenken konnte, erklang eine Durchsage über Lautsprecher: „Die drei Prüflinge werden gebeten, die Startpositionen einzunehmen."

Damit waren wir gemeint! Die Vorbereitungszeit war vorbei, jetzt ging es wirklich los und das war auch gut so. Die Zeit zu reden war vorbei, jetzt war es an der Zeit zu handeln.

Auf dem sandigen Boden vor den Tribünen war eine Startlinie aufgezeichnet. Ein einfacher Strich im Sand mit zwei kleinen Fähnchen links und rechts, dahinter sollten wir uns platzieren und auf den Start-schuss warten.

Natürlich ließ es sich der ehrwürdige Leiter der be-rühmte Hamidu Ben Ali-Gesamtschule für Piraten, Freibeuter und Korsaren, der Professor Dr. Harry Al-bus Tributum höchstpersönlich, nicht nehmen eine kurze Rede zu halten, die mir sehr lang vorkam. Seine Worte waren für mich ungefähr so spannend wie ein Backsteinrennen und hatten für mein Leben und be-sonders den heutigen Tag so viel Relevanz wie der Wind in der sibirischen Tundra.

„…und deshalb wünsche ich allen Teilnehmern viel Glück und Erfolg. Mögen sie uns einen unterhalt-samen und möglichst fairen Kampf liefern und hof-fentlich gewinnt zu guter Letzt dann der Beste oder wenigstens der, der sich am geschicktesten angestellt hat", schloss der Professor seine famose Rede.

„Meine Dame, meine Herren", adressierte er nun seine Worte an uns. „Sobald der Schuss ertönt beginnt die finale Abschlussprüfung. Ihnen wurden Boote zu-gelost und die Regeln erklärt. Sollte es noch Fragen geben…"

Ich holte Luft und wollte anmerken, dass Donald unerlaubterweise einen Sack mit ins Boot genommen hatte und man vielleicht den Inhalt mal prüfen müsste. Doch der Professor hatte keine Lust mehr den Start hinauszuzögern. Er ignorierte mich und sprach einfach etwas lauter weiter.

„…sollte es noch Fragen geben, dann ist es jetzt zu spät dafür! Wer als Letzter noch im Boot sitzt, besteht die Prüfung und somit auch das Abschlussjahr."

Mit diesen Worten erhob er seinen Arm, in der Hand eine riesige, uralte Steinschlosspistole. Trotz der hageren Statur war der alte Mann offensichtlich kräftig genug die schwere Waffe sicher zu kontrollieren. Ein markerschütternder Schuss donnerte durch die Luft und eine bemerkenswerte Rauchwolke erhob sich um den Professor. Unter anderen Umständen hätte ich mich um seine Gesundheit gesorgt, ob denn das altertümliche Schießeisen den armen Mann verletzt hätte. Heute war mir das egal, denn ich hatte eine Schlacht zu gewinnen.

Donald, Jana und ich rannten los, jeder zu einem zugewiesenen Schiff.

Die drei Boote lagen jeweils gut 200m auseinander am Strand, unweit von der Brandung entfernt. Professor Tributum hatte sich nicht die Mühe gemacht, die Startlinie so auszurichten, dass wir alle drei einen gleich langen Weg zu den Booten hätten. Die optimale Ausrichtung zur Tribüne und für ihn selbst ein kurzer Weg waren die Prioritäten, als er mit einem Stock den Strich in den Sand gezogen hatte. Donald hatte Glück gehabt beim Losen, er hatte den kürzesten Weg. Janas Boot lag in der Mitte und ich musste bis an das Ende der Reihe rennen.

Die Boote, die man uns bereitgestellt hatten, waren Daus. Für alle Landratten und nautischen Amateure: Eine Dau ist ein vergleichsweise leichtes Boot und so war keiner großen Kraftanstrengung von Nöten, um den Kiel in das salzige Wasser des riesigen Sees zu bringen.

Donald erreichte sein Boot als erster. Kein Wunder, hatte er ja auch den kürzesten Weg. Ohne größere Probleme brachte er sein Boot zu Wasser und sprang an Bord.

Meine zweite Konkurrentin tat sich etwas schwer damit, das Boot in Bewegung zu setzen. Vielleicht hatte sich der Rumpf an einem Stein verkeilt, vielleicht konnte die zierliche Jana auch einfach nicht genug Eigengewicht in die Waagschale werden. Mit aller Kraft stemmte sie sich gegen den Rumpf. Langsam zeigten ihre Anstrengungen Wirkung und das Boot setzte sich in Bewegung. Und als es einmal rutschte, war es schnell im Wasser und auch sie setzte Segel.

Mich hatte die Glücksgöttin gleich doppelt im Stich gelassen. Nicht nur, dass meine Startposition am weitesten von der Startlinie entfernt war, was mir einen zeitlichen Nachteil einbrachte, lag meine Dau auch im Windschatten einer Gruppe von Palmen. Am Ufer des Meers des Lot standen nicht viele Bäume, die Vegetation war eher spärlich. Aber genau in der Einflugschneise des Windes für meine Segel stand eine Gruppe von vielleicht zehn Dattelpalmen. Welch ungünstige Fügung! Ich war nicht gravierend benachteiligt, aber ärgerlich war es schon.

Mir war klar, dass ich im Windschatten der Bäume nicht auf die Kraft des Windes hoffen konnte. Also schob ich mein Boot so weit wie möglich ins Wasser.

Erst als mir das Wasser bis zur Brust ging, gab ich dem Kahn noch einen Stoß und kletterte hinein. Langsam trieb ich aus der Flaute heraus.

Bevor mein Segel sich endlich ausbeulte und ich langsam, aber sicher Fahrt aufnahm, waren meine beiden Kontrahenten schon ein gutes Stück auf den See hinausgefahren und hatten sich positioniert. Jetzt galt es für mich aufzuholen. Ich tauchte einen Finger in mein Kielwasser und leckte ihn ab um den Salzgehalt zu checken. Dann spuckte ich senkrecht nach oben um Windrichtung und Windstärke zu bestimmen.

„Alles klar", dachte ich mir und zog meine Schlüsse aus den Informationen, die ich gewonnen hatte. Ich zog leicht an ein paar Tauen. Nicht viel, nur ein paar kleine Korrekturen, um das bisschen Wind optimal zu nutzen. Weiterhin verwandelte sich meine Dau nicht in ein Speedboot, dafür bekamen meine Segel immer noch zu wenig Wind ab, aber immer zügiger näherte ich mich dem Ort des Geschehens.

Und das war auch notwendig, denn die Seeschlacht hatte schon längst begonnen. Meine beiden Klassenkameraden hatten nicht daran gedacht auf mich zu warten.

Durch meinen schlechten Start verpasste ich den Beginn der Kampfhandlungen, hatte jedoch einen Premiumplatz und konnte sehr genau beobachten, wie Donald Jana angriff. Donald war als Erster gestartet und hatte dadurch einen Vorteil, den er erbarmungslos ausnutze. Er ließ die arme Jana gar nicht erst in eine aussichtsreiche Position kommen, ohne zu zögern ging er in den Angriff über.

Plump und ohne jegliches taktisches Geschick stellte er seine Dau quer und feuerte einen Schuss in die Richtung seiner Konkurrentin ab. Die Kanonenkugel, die aus einem mit Lumpen umhüllten Holzblock bestand, flog ein gutes Stück an Jana vorbei. Das hätte auch ins Auge gehen können, wenn er besser gezielt hätte.

„Hey!" Jana schrie überrascht auf. Der Angriff hatte sie noch unvorbereitet erwischt. Sie reagierte aber erstaunlich schnell und geschickt. Blitzschnell stellte sie ihr Boot quer und erwiderte das Feuer. Ihr Schuss war von einer erheblich höheren Präzision als der plumpe Versuch von Donald. Trotzdem verfehlte ihr Projektil das andere Boot, wenn auch nur sehr knapp.

„Verdammt!", hörte ich sie fluchen. Beim Kanonenschießen ist es wie beim Lotto spielen: Ob knapp oder weit vorbei ist egal, daneben ist daneben.

„So wird das nichts!" Ein höhnisches Lachen war aus Donalds Boot zu hören. „Mädchen sind halt keine Piraten und um eine Kanone bedienen zu können, muss man schon ein echter Mann sein!" Obwohl er bisher keinen Stich gelandet hatte und sein Angriff eher dilettantisch durchgeführt wurde, war er sich sehr siegessicher. Würde sein Boot mit Arroganz angetrieben werden, könnte er bestimmt Geschwindigkeitsrekorde aufstellen.

Ich war immer noch nicht in Schlagdistanz, konnte aber sehr gut erkennen, dass er einen Beutel hervorholte. Ohne Zweifel handelte es sich um den Beutel, dem ihm kurz vor den Start Barnabus zugesteckt hatte. Zufrieden zog er eine Fackel und einen Feuerstein hervor. Breit grinsend nahm er die Fackel in die Hand und ließ den Beutel achtlos fallen. Schnell war die Fackel entzündet und er schleuderte sie mit einem ungelenken Wurf auf Janas Boot. Werfen konnte Donald nur wenig besser als mit der Bordkanone umgehen, aber es reichte aus. Die Fackel segelt quer über das Wasser und streifte Jana Segel, welches sofort Feuer fing. Entsetzt starrte meine Mitschülerin auf das sich anbahnende Desaster.

In aller Seelenruhe lud Donald seine Kanone neu, während die arme Jana panisch versuchte das Feuer zu löschen, indem sie mit bloßen Händen Wasser auf das Segel spritzte. In der Zwischenzeit hatte Donald alle Zeit der Welt, sein Schiff neu auszurichten und einen erneuten Schuss abzugeben. Ein unbewegtes, wehrloses Ziel war dann auch für die Kriegskünste von Donald leicht genug zu treffen und er versetzte der Dau von Jana einen Volltreffer. Krachend schlug der Holzblock ein, das Holz der Planken zerbarst und zersplitterte. Durch die Wucht des Aufpralls wurde das kleine Schiff heftig zur Seite geworfen. Die junge Frau, die dem Treffer nichts entgegenzusetzen hatte, weil sie ja noch versuchte das Feuer in den Griff zu bekommen, ging kreischend über Bord.

Donald, dem anzusehen war wie er diesen Moment genoss, fiel auf, dass ich mittlerweile bedrohlich nahe gekommen war. „Was ist, Shakkabowly", richtete er sich an mich, „willst du auch tanzen?"

Das erste Boot war zerstört, die erste Konkurrentin ausgeschaltet, jetzt hatte er Oberwasser. Er spürte, dass das Momentum auf seiner Seite war und er war sich seines Triumphes sicher. Er ließ keinen Zweifel aufkommen, dass er auch mit mir kurzen Prozess machen wollte. Doch da hatte ich etwas gegen!

Ich hatte noch immer mit schlechteren Windverhältnissen zu kämpfen als Donald, aber ich trieb meine Dau nach vorne. Allerdings lag ich nun ziemlich auf dem Präsentierteller. Ich glaube nicht, dass Donald W. Busch ein sonderlich kluger Mensch ist, nein, ich denke, in einem Stapel Holz wäre er nicht zwangsweise der Klügste. Aber wenn es nur eine Sache gab, die er gut konnte, wenn es nur eine Sache gab, die er nahezu perfekt beherrschte, dann war es eine Situation zu erkennen, die sich für ihn zum Vorteil wenden lässt. Und wenn Donald W. Busch mit seinen Glubschaugen eine solche Situation erkannte, biss er zu wie ein Hai in ein Surfbrett.

Jana war für ihn kein Problem mehr und ich dümpelte direkt vor seinem Zielfernrohr. Er zögerte nicht lange und lud seine Waffe nach. Der Knall der Kanone peitschte über das Wasser als sich der Schuss löste. Aber schon wieder war der Versuch nicht wirklich gut getimt, außerdem war ich vorbereitet und wich geschickt ohne größere Probleme aus.

Jetzt war ich am Zug! Wenn ich mein Spinnaker-Segel rumriss und gleichzeitig das Steuer hart einschlug, käme ich in eine ausgezeichnete Schussposition. Donald war gerade mit Nachladen beschäftigt und würde meinen Schuss nicht kommen sehen. Einfacher konnte es eigentlich kaum sein.

„Dann schicken wir den Spinner mal zu den Fischen", murmelte ich zu mir selbst, griff mit links nach der Spischot und mit meiner rechten Hand den Steuer-Pin.

Ich wollte gerade die Wende einleiten, da zogen Janas halb erstickte Rufe und ihre Flüche meine Aufmerksamkeit auf sich. Verzweifelt strampelte sie im Wasser und kämpfte darum, nicht unterzugehen. Immer wieder wurden ihre Verwünschungen in Richtung Donald unterbrochen, weil ihr Kopf unter Wasser geriet. Offensichtlich war sie keine gute Schwimmerin und ihr brennendes Wrack war nicht als Rettungsinsel geeignet. Sie hustete und röchelte und war wohl langsam mit ihren Kräften am Ende.

Ich hatte keine Wahl. Wenigstens in meiner Wertevorstellung ging die Rettung von Leben immer vor irgendetwas anderem und ich zögerte keinen Augenblick, als ich die ertrinkende Jana sah. Anstatt mein kleines Boot in Schussposition zu bringen, drehte ich bei und fuhr ein Rettungsmanöver. Schnell positionierte ich die Dau neben der halb ertrunkenen jungen Frau.

Sie griff nach der Reling, guckte mich mit großen Augen an und hustete ein Danke. Dann zog sie sich in das Schiff, das dabei in gefährliche Schieflage geriet. Das Boot war für die Belastung einer Person plus der Kanone ausgerichtet. Die weitere Person brachte die Dau an ihr Limit. Ich lehnte mich als Kontergewicht auf die andere Seite soweit ich nur konnte und Jana kroch an Deck. Das kleine Boot war weit geneigt und ich hatte alle Hände voll damit zu tun, ein Kentern zu verhindern. Doch während meine platschnasse Klassenkameradin sich rettete, kullerten langsam aber sicher meine Holzblöcke, die ich als Munition geladen hatte, über Bord. Verzweifelt versuchte ich noch mit einem Fuß das Unheil zu verhindern, doch es half nichts. Einer nach dem anderen fiel ins Wasser und war verloren. Noch bevor ich meinen ersten Schuss abgeben konnte, war ich bereits entwaffnet!

Jana war jetzt im Boot und lag röchelnd auf den Planken. Ich hatte die Dau wieder stabilisiert und schaute mir die Misere genau an. Noch während ich überlegte, wie es weitergehen könnte, krachte es über mir. Donald hatte die Situation ausgenutzt und sich erneut in Position gebracht. Mit einem zugegebenermaßen passablen Schuss hatte er meinen Mast getroffen, der jetzt, lustlos von ein paar Tauen gehalten, herunterhing.

Keine Munition mehr, der halbe Mast abgeknickt und durch Janas Extragewicht nicht wirklich schnell. Es sah ziemlich hoffnungslos aus. Es schien, als sei die Seeschlacht für mich gelaufen, bevor ich wirklich eingreifen konnte und als hätte dieser Kotzbrocken Donald gewonnen.

Mir wurde klar, dass mein Abschluss an der Piratenschule jetzt nicht mehr zu erreichen war. All die Anstrengung in den letzten Wochen war vergebens gewesen. Mir wurde schlecht. Ich lehnte mich über die Reling und wollte die Fische füttern, da trieb einer der Holzklötze an mir vorbei, der als Kanonenkugelersatz fungierte. Ob das einer aus meiner Munitionskiste war oder ob er vielleicht aus Janas Boot stammte, war mir egal. Schnell angelte ich ihn zu mir herüber und zog ihn in das Boot. War die Geschichte vielleicht doch noch nicht zu Ende? Offensichtlich hatte das Schicksal mir einen einzigen Schuss angespült. Würde mir ein Schuss reichen um Donald zu versenken? Das war äußerst unwahrscheinlich, aber immerhin war es eine Chance.

Aber die Kugel hatte die Lumpen verloren, in die sie gehüllt war, um den Schuss zu entschärfen. Würde ich den Holzblock nackt abfeuern, wäre das zu gefährlich, außerdem würde er ohne die abdichtende Funktion der Lumpen wahrscheinlich nicht einmal fliegen. Also war doch alles aus?

Ich schaute zu Donald herüber, der gerade eine weitere Fackel entzündete. Er wollte auch meine Dau in Brand setzen und die Seeschlacht beenden. Allerdings klemmte der Feuerstein wohl ein wenig und das Feuer wollte sich noch nicht entzünden. Dieses Problem würde er schnell gelöst haben. Ein paar Sekunden noch, dann wäre alles vorbei.

Auch Jana wurde klar, was gerade passierte. Sie hatte sich etwas erholt und war zu Atem gekommen.

„Tu was!", raunte sie mir zu. Erstaunlicherweise klang ihre Stimme drängend und kein Stück hoffnungslos. Während ich mich und das Boot schon fast aufgegeben hatte, schien Jana noch einen Funken Hoffnung zu haben. Ihre Augen und ihr Gesichtsausdruck sagten ganz klar „Du kannst das! Wenn nicht du, wer dann?"

Das war der Moment, in dem mich der Geistesblitz traf. Von jetzt an war alles klar. Ein Vorhang hatte sich gelüftet und die nächsten Schritte lagen kristallklar vor mir. Eine Selbstsicherheit breitete sich in mir aus, eine Zuversicht machte sich breit und ein Lächeln zeigte sich auf meinem Gesicht.

Jana sah mich leicht verwirrt an. „Bist du jetzt übergeschnappt? Oder ist dir etwa etwas eingefallen?", fragte sie unsicher. Nein, übergeschnappt war ich nicht. Ich war siegessicher, denn mir war die Lösung für diese scheinbar aussichtslose Situation eingefallen.

Blitzschnell zog ich erst meine Schuhe aus, dann die Socken.

„Oh mein Gott, was ist das für ein Gestank?" Jana wurde grün im Gesicht. Für einen kurzen Moment hatte ich die Befürchtung, sie würde freiwillig wieder ins Wasser springen.

Vielleicht sollte es mir peinlich sein, aber das ist es nicht. Ich bin sogar ein ganz klein wenig stolz darauf, dass meine Füße wirklich schlimm stinken. Nach einem Tag in meinen Stiefeln können meine Socken schon mal ein wenig muffeln und einem Stinktier

Konkurrenz machen. Aber ich hatte meine Socken seit mehr als drei Tagen nicht gewechselt. Der Gestank, der sich am Ende meiner Beine ausbreitete kam direkt aus der olfaktorischen Hölle und war damit genau das, was ich brauchte. Ich wickelte meine Socken um den nassen Holzblock und lud dann mit der neuen Kanonenkugel die Bordkanone.

Donald war noch mit seinem Feuerstein beschäftigt und war sich ohnehin so siegessicher, dass er uns nicht mehr als Gefahr wahrnahm.

„Gewonnen hat man erst, wenn es vorbei ist, mein Lieber", sagte ich leise, als ich die Kanone ausrichtete. Nun donnerte das Feuer meiner Kanone zum ersten Mal über den See. Ich will mich ja nicht zu sehr selbst loben, aber Kanonenschießen gehörte schon immer zu meinen Paradedisziplinen. Mein Schuss war ein Volltreffer und bohrte sich in den Bug von Donalds Schiff, der verwundert auf seinem Hintern landete. Damit hatte er nicht mehr gerechnet.

„Shakkabowly, du Hund…", holte er verbal aus. Der Holzblock, aber noch viel wichtiger, meine Fußbekleidung, waren im Rumpf seines Bootes stecken geblieben. Kurz zeigte er sich noch wütend über meinen Treffer und er drohte mit der Faust, doch dann stiegen die Aromen aus meinen Socken langsam in seine Nase. Erst wurde er grün im Gesicht, dann gelb. Ich glaubte auch eine Schattierung Ocker erkannt zu haben. Dann fiel er einfach um. Wie ein Sack Reis plumpste er in das Wasser des Meers des Lot.

Das kalte Wasser holte ihn zurück zu den Lebenden und er begann zu schwimmen. Also musste ich mir keine Sorgen um seine Gesundheit machen. Ertrinken würde er eh nicht, er konnte sich einen der Holzklötze schnappen, die ich verloren hatte.

Seine Dau war nicht mehr zu retten. Langsam füllte sich der Rumpf mit Wasser und sie versank fast in Zeitlupe in den seichten Wellen des großen Sees. Zusammen mit dem Wrack zog das Wasser auch meine stinkenden Socken mit in die Tiefe, wo sie leider für eine kleine Tragödie die Ursache waren. Schon immer war das Meer des Lot kein sehr fischreiches Gewässer, doch gibt es Einheimische, die behaupten, dass seit dem Tag kaum noch Fische in dem See lebten. Sie sagen, dass seit dem Tag unserer Abschlussprüfung das Meer wie ausgestorben sei. Seit damals sprechen sie nicht mehr vom Meer des Lot sondern vom *Toten Meer*.

Ich konnte es kaum fassen, aber die Seeschlacht war entschieden, ich hatte gewonnen. Während ich Donalds Dau beim Sinken zusah und ich mir meines Triumphes langsam bewusst wurde, hörte ich Applaus und Jubel. Ich hatte im Eifer des Gefechts total vergessen, dass wir Zuschauer hatten. Das Publikum hatte uns von den Tribünen aus mit Ferngläsern beobachtet und begann den Ausgang des Gladiatorenkampfes zu feiern.

Da mein Boot manövrierunfähig war und die anderen beiden Boote jetzt eine neue Aufgabe als Fischhöhle gefunden hatten, wurden wir von einem

Ruderboot abgeholt. Jana und ich sprangen einfach herüber und Donald wurde aus dem Wasser gefischt.

Der Weg zurück wurde für mich zu einem Triumphzug. Langsam ruderten wir auf den Strand mit den Tribünen zu. Die Menge war sehr zufrieden mit der Unterhaltung, die wir geboten hatten, und auch das Resultat schien zur Zufriedenheit ausgefallen zu sein. Die Menge skandierte meinen Namen „Shakka! Bow! Ly!", immer lauter hallten die Rufe zu uns und ich genoss meinen Sieg ein wenig. Es ist nicht die feine Art des fairen Siegers, sich über die Niederlage des Kontrahenten zu freuen. Aber es ist ja nun mal so: Wenn man gewinnt, verliert jemand anderes. So funktionieren Wettkämpfe nun einmal. Nur auf dem Bambini-Fußballturnier gibt es ausschließlich Gewinner und auch das ist eine Lüge. Meistens freut man sich in erster Linie über den Sieg, aber manchmal freut man sich auch darüber, dass der Kontrahent es eben nicht geschafft hat. Ich glaube, das nennt man Schadenfreude. Was für ein unschönes Wort für so ein süßes Gefühl.

Die Tatsache, dass mein Sieg gleichzeitig bedeutete, dass Donald verloren hatte, trug nicht unwesentlich zu meiner hervorragenden Laune bei. Hätten die ersten beiden Plätze der Seeschlacht am Ende noch die Abschlussprüfung bestanden, dann wäre mein Sieg nicht halb so süß gewesen. Ich hatte die Piratenschule erfolgreich absolviert und er nicht!

Er saß auf einer Planke im Ruderboot, die Arme vor sich verschränkt und schmollte. Durchaus ein angenehmer Anblick.

„Vielen Dank, Ismael." Jana meldete sich zu Wort. Eingeschüchtert hatte sie sich an den Rand gesetzt und zunächst nichts gesagt. Fragend guckte ich sie an.

„Danke", wiederholte sie, „das war nicht selbstverständlich, was du da für mich getan hast. Ohne Deine Hilfe wäre ich vielleicht ertrunken."

„Ach das." Es war mir ein wenig peinlich, als Lebensretter und Held fühlte ich mich nicht. „Das hätte doch jeder gemacht", winkte ich ab. Aber im Stillen gab ich ihr Recht. Es stand vorhin nicht gut um sie und ihre Einschätzung, dass sie nur vielleicht ertrunken wäre, war wahrscheinlich noch untertrieben.

„Nein, hätte nicht." Sie blickte auf Donald und wir wussten beide, dass er sie nicht gerettet hätte. Er hätte sie einfach ertrinken lassen.

„Vielleicht habe ich mich in dir getäuscht. Du hast den Sieg aufs Spiel gesetzt, um mich zu retten. Vielen Dank dafür. Ich glaube, du hast das Herz am rechten Fleck."

Ich wurde rot und guckte unbeholfen in der Gegend herum. Ich konnte noch nie gut mit Lob umgehen. „Gern geschehen", murmelte ich leise.

„Ich glaube, ich werde mal ein gutes Wort für dich bei Kittina einlegen." Sie zwinkerte mir zu.

Mein Herz machte einen Sprung und meine Mimik war wohl eindeutig, denn Jana lächelte zurück.

„Auch wenn ich nicht glaube, dass ich sie wirklich überzeugen muss", fügte sie vielversprechend noch hinzu.

„Danke", sagte ich und lächelte als wir langsam den Strand erreichten.

23 - ein Schlusspunkt aus Stein

Auf den letzten Metern mit dem Ruderboot bis zum Strand fühlte ich mich wie ein erfolgreicher Spitzensportler, der von seiner Fangemeinde gefeiert wird, wie ein Popstar, dem seine Anhänger zujubeln. Die vielen Zuschauer waren von ihren Sitzen aufgestanden und riefen meinen Namen oder grölten einfach nur. Es wurde laut applaudiert und auf alle erdenklichen Arten möglichst geräuschvoll Unruhe gemacht. Manche hatten Trillerpfeifen dabei, es gab Trommeln und Trompeten, der Krach war ohrenbetörend.

Ich hatte keine Ahnung, ob man sich wirklich so freute, dass ich gewonnen hatte, oder ob man einfach Spaß am Spektakel hatte. Ich war etwas peinlich berührt, so viel Aufregung um meine Person mochte ich nicht. Etwas schüchtern winkte ich in die Menge.

Am Strand stand ein Empfangskommando. Flankiert von einigen Lehrern und wahrscheinlich anderen wichtigen Leuten aus der Gegend, erwartete Professor Tributum uns und vor allem mich. Der schlanke Herr mit seinem Rauschebart lächelte mich wohlwollend an. Das war ausgesprochen ungewohnt, kannte ich ihn eher mit schlechter Laune.

„Es freut mich, dich hier zu sehen", sagte er zufrieden. Dann nahm er das Mikrofon in die Hand und begann eine Rede, die ich hier nicht wiedergeben möchte. Zu belanglos und heuchlerisch war die Laudatio wie fast alle festlichen Reden. Aber ich war jetzt ein staatlich qualifizierter Pirat und damit amtlich mutig und tapfer, also beugte ich mich meinem Schicksal und lauschte aufmerksam den wohl gewählten Worten in aufrechter Haltung.

Es wurde viel gesprochen über den moralischen Verfall im Allgemeinen und die Tugenden eines guten Seglers im Speziellen. Es wurde die Schönheit des Piratenlebens hervorgehoben und die Bedeutung der Hamidu Ben Ali-Gesamtschule für Piraten betont. Es war eine fantastische Rede, für diejenigen, die gute Reden zu schätzen wissen. Ich empfinde Monologe eher als ermüdend und daher muss ich zugeben, dass ich innerlich ein wenig weggedämmert war.

Und so bekam ich nicht mit, was sich hinter meinem Rücken in der Nähe der Brandung abspielte. Dort saß Jana total erschöpft im Sand, trocknete sich ab und aß einen Apfel. Sie sah müde aus und schenkte den Worten des Professors nicht mal ein halbes Ohr.

Ein paar Meter von ihr entfernt war auch Donald aus dem Ruderboot gestiegen. Er wurde von seinem Lakaien und Speichellecker Pierre André Fou abgeholt. Die beiden schienen über etwas zu streiten. Wild gestikulierten sie und waren in ein wildes Wortgefecht verwickelt.

Während ich immer noch versuchte, möglichst interessiert auszusehen und nicht einzuschlafen, spitzte sich die Szenerie hinter mir dramatisch zu. Energisch stieß Donald Pierre André zur Seite und beendete damit ihren Disput. Zielstrebig ging er zum Ruderboot und nahm einen der Riemen heraus. Sein Gesicht leuchtete rot vor Wut als er mit dem Ruder in der Hand auf mich zu stapfte. Seine Augen funkelten böse und er war wohl wild entschlossen mir mit dem Riemen hinterrücks eins über die Rüber zu ziehen.

Hätte ich andersherum gestanden, hätte ich mich selbstverständlich verteidigt. Hätte jemand aus dem Gefolge des Professors reagiert, wäre ich aufmerksam geworden. Jedoch schienen auch diese Damen und Herren von der Rede eingelullt vor sich hin zu dösen.

Niemand reagierte oder gab mir ein Zeichen. Ich war schutzlos ausgeliefert und der wütende Junge mit dem Ruder in der Hand kam immer näher. Niemand tat etwas, niemand bis auf Barnabus, dem zwielichtigen Piraten. Er war der Einzige, der die Situation richtig erkannte und der nicht von der Rede vollkommen abgelenkt war.

Gerade holte Donald zu einem mächtigen Schlag mit dem Riemen aus, da warf Barnabus einen Stein, knapp an meinem Kopf vorbei und traf Donald direkt zwischen den Augen. Dieser fiel um wie ein Stein und ließ das Ruder fallen.

„Reiß dich doch mal am Riemen", murmelte Barnabus, „man muss auch mal wissen, wenn man verloren hat."

Damit machte er auf dem Absatz kehrt und verließ den Strand.

Verständlicherweise war ich aus meiner Trance aufgewacht. Verdutzt drehte ich mich um und sah den ausgeknockten Donald hinter mir im Sand liegen.

Der Professor stockte kurz in seiner Rede, fuhr dann jedoch unbeirrt fort „…und wie ich schon sagte, herzlichen Glückwunsch lieber Ismael Shakkabowly zur bestandenen Abschlussprüfung. Alles Gute auf deinem weiteren Weg."

Die Menge jubelte noch ein letztes Mal, damit war der offizielle Teil der Abschlussspiele beendet. Der Professor verließ mit seiner Entourage den Strand und auch die Tribünen lichteten sich. Ich stand etwas verloren zwischen all den Menschen und wusste nicht so ganz, was ich machen sollte.

Doch dann sah ich bekannte Gesichter in der Menge, die auf mich zukamen. Glücklich ist der, der Freunde hat. Zuerst erblickte ich Michel, der aus der Menge herausragte und mit seiner Größe und der dunklen Haut einfach herausstach. Mit einem breiten Lächeln kam er auf mich zu. Ohne ein Wort zu sagen, nahm er mich in die Arme und drückte mich so fest, dass mir fast die Luft wegblieb.

„Du bist großartig", stellte er vollkommen zu Recht fest, als er mich wieder freiließ. Michel hatte Ültje im Schlepptau gehabt, der allerdings etwas mehr Mühe hatte, sich einen Weg durch die Menschen zu bahnen.

„Ich habe doch immer schon gesagt, dass du ein großartiger Pirat bist." Freudestrahlend knuffte er mir in die Seite.

Auch Chang Pao und sein Bruder Yi gehörten zu den ersten Gratulanten. Anerkennend klopften sie mir auf die Schulter. Immer mehr Leute gratulierten mir. Zwar kannte ich nicht alle und jeden, jedoch nahm ich die Glückwünsche gerne entgegen.

Doch dann sah ich auf einmal ein Gesicht zwischen all den vielen Menschen, dass mir besonders wichtig war. Kittina kam in meine Richtung und lächelte mich an. Mein Herz machte einen Sprung. Es schien, als wollte sie wieder mit mir reden. War das wirklich so einfach mit den Frauen? Musste man nur kurz eine entscheidende Seeschlacht gewinnen und schon wurde einem verziehen? Wenn mir das vorher jemand gesagt hätte!

Doch dann wurde mein Gesicht auf einmal in eine andere Richtung gedreht. Zwei Hände griffen mein Gesicht und zogen es hinunter, dann wurde mir ein dicker Kuss auf die Wange gedrückt. Überrascht sah ich in Katharina von Habsburgs Gesicht. Sie strahlte mich an. „Das hast du großartig gemacht!", lobte sie mich und drückte mir sogleich noch einen zweiten Schmatzer auf die andere Wange.

Ich war vollkommen verdattert und wusste gar nicht wie mir geschah. „Nun ja", stammelte ich. „Ich habe halt mein Bestes gegeben", ergänzte ich wahrheitsgemäß.

„Genau, und das ist so toll!" Sie war vollkommen aufgedreht. „Mit einem Helden an der Seite werde ich mit Sicherheit zur Ballkönigin gewählt!"

Darauf hatte ich jetzt wirklich keine Lust. Ich befreite mich aus ihrem Griff und suchte nach Kittina. Weit hinten bei den Tribünen konnte ich sie erkennen. Sie hatte sich umgedreht und war im Begriff zu gehen. Also hatte ich es wieder einmal verbockt. Wahrscheinlich wäre es das Beste, wenn ich ihr hinterhergehen würde. Michel nahm mich ohne zu fragen auf seine Schultern und lief quer durch die Menge.

„Hey Michel, lass mich runter", protestierte ich.

„Ruhe da oben. So ein Sieg will ordentlich gefeiert werden." Mein Einspruch wurde abgelehnt.

Ich verdrehte noch einmal meinen Kopf, um nach Kittina zu suchen. Aber ich konnte sie nicht mehr finden, also beugte ich mich meinem Schicksal und nahm ein Bad in der jubelnden Menge.

Trotz dieses Wehrmutstropfens feierte ich noch lange mit meinen Freunden am Strand den erfolgreichen Abschluss der Piratenschule. Jana Gold feierte mit, auch wenn sie den Abschluss nicht geschafft hatte. Kittina war leider nicht mit dabei.

24 - Müßiggang und das süße Nichtstun

In den folgenden Tagen fiel die Anspannung von mir ab, wie ein tonnenschweres Gewicht. Wochenlang war ich auf die Abschlussprüfungen fokussiert gewesen. Erst waren es nur die einzelnen Prüfungen gewesen, zum Ende hin dann die Vorbereitung auf die Seeschlacht. Ich hatte mich so sehr in das Recherchieren, das Auswendiglernen und das Bücherwälzen vertieft, dass mir gar nicht aufgefallen war, dass ich gar nichts anderes mehr gemacht hatte.

In den ersten Tagen nach der erfolgreichen Seeschlacht wusste ich nichts mit mir anzufangen. Klar hatte ich in der Lernphase immer wieder davon geträumt, was ich alles machen würde, wenn ich erst einmal wieder Zeit hätte. Doch seltsamerweise hatte ich gar keine Lust etwas zu unternehmen, ich war einfach nur müde. Stattdessen fing ich mir erst einmal eine fette Erkältung ein. Ich bin mir nicht sicher, ob die Mediziner und Quacksalber einen Ausdruck hierfür haben. Ich nenne diesen Zustand die Post-Engagement-Grippe. Nachdem man sich wirklich angestrengt hat, total engagiert ein Ziel verfolgt und sich zu einhundert Prozent konzentriert hat, kann es sein, dass man nach Erreichen des Ziels in ein Loch fällt. Körper und Geist waren zum Zerreißen angespannt, Schwäche war nicht zu tolerieren. Doch nachdem der Grund der Konzentration und der Fokussierung nun fehlte, schrie alles in mir nach einer Pause. Und diese forderte mein Körper mit einer handfesten Erkältung ein.

Ich fiel in eine Art Koma, in eine lange Ohnmacht. Das klingt ein bisschen dramatisch, denn ich war ja nicht besorgniserregend krank, aber so ganz falsch ist diese Formulierung nicht. Ich legte mich in mein Bett, schlief wie ein Toter und stand volle drei Tage nicht mehr auf. Meine Mutter weiß zu berichten, dass ich dieses Verhalten schon als Kind an den Tag gelegt hatte. Wenn es mir nicht gut ging, schlief ich einfach so lange, bis ich wieder fit war. Wie ein Bär, der den Winter verschläft, oder ein Strauß, der den Kopf in den Sand steckt, in der Hoffnung, das Unheil möge ihn nicht sehen, verschlafe ich meine körperlichen Schwächephasen.

Ich verpasste nicht viel, denn der Unterricht war vorbei, Prüfungen gab es nicht mehr, es gab nichts zu tun. Also war Müßiggang der einzig wahre Lebensstil. Und das zelebrierten meine Klassenkameraden auch während meiner Tiefschlafphase. Sie verbrachten lange unbedarfte Abende auf der Veranda, unternahmen Picknicks an den letzten warmen Tagen des Spätsommers oder machten Nickerchen in Hängematten zwischen den großen Bäumen im Innenhof. Sie wurden Weltmeister im Nichtstun, faulenzten bis der Rücken weh tat und ruhten sich so lange aus, bis sie wieder müde waren.

Aber all das ohne mich, denn ich musste mich ausruhen.

Doch auch der längste Schlaf endet irgendwann, und so war ich am dritten Tage auferstanden von den Toten. Ganz freiwillig geschah dies nicht. Ein Ast knallte gegen mein Fenster und weckte mich unsanft. Das schöne Wetter war vorbei, draußen hatten die Herbststürme begonnen. Es zauselte kräftig und ernstzunehmender Landregen platschte auf die Welt.

Eigentlich das perfekte Wetter, um sich erneut umzudrehen und den Kopf noch tiefer in das Kopfkissen einzugraben. Jedoch machte sich ein zutiefst menschliches Bedürfnis bemerkbar. Und wenn ich schon aufstehen und zur Toilette gehen musste, konnte ich auch direkt etwas gegen das grummelnde Gefühl in meinem Bauch unternehmen.

Nach einer Katzenwäsche und einem Besuch in der Keramikabteilung, machte ich mich auf den Weg in den Speisesaal. Ein deftiges und reichhaltiges Frühstück von Köchin Magaretha wären genau das Richtige, um meine Wiederauferstehung gebührend zu feiern.

„Ismael, mein Liebelein! Du bist von den Toten zurückgekehrt, wie schön!" Köchin Magaretha begrüßte mich wie gewohnt mit einem leicht ironischen Unterton.

„Guten Morgen", murmelte ich und suchte nach einem freien Tisch. Doch das war gar nicht nötig, denn Ültje und Michael saßen noch beim Frühstück und winkten mich freudestrahlend zu sich herüber.

„Endlich bist du wieder fit! Gut siehst du aus", begrüßte mich der Erste.

„Das war mal ein mächtiges Nickerchen." Michel lachte sein lautes, tiefes Lachen.

Es ist einfach schön, wenn man von seinen Freunden so empfangen wird!

Lächelnd setzte ich mich dazu und es dauerte gefühlt keine fünf Sekunden, bis Magaretha mir ein Frühstück vor die Nase setzte, das locker für drei Personen gereicht hätte. Aber da ich seit Tagen nichts mehr gegessen hatte, erschien mir die Portionierung als angemessen. Der verführerische Duft ließ meinen Appetit dann noch mal ein bisschen mehr ansteigen.

Während ich mir Rührei, geviertelte Tomaten und Brotstücke mit Käse wie ein Bagger in den Mund schaufelte, berichteten mir meine beiden Freunde von den Erlebnissen und Ereignissen der letzten Tage und was ich alles verpasst hatte.

„Ich war mit Pao und seinem Bruder im Hafen und wir haben eine Schiffsbesichtigung gemacht", erzählte Michel. „Dort liegt gerade ein Dreimaster vor Anker. Nicht ganz so majestätisch wie die *Preussen*, aber schon ein ziemlicher Kaventsmann. Fast 100m lang und 12m breit." Wie üblich hatte er sich die Fakten und Zahlen alle gemerkt. Mit strahlenden Augen berichtete er von dem glanzvollen Schiff. „Und wie fein alles verarbeitet war. Das sieht man ja erst, wenn man so ein Prachtstück wirklich besucht, es anfassen und untersuchen kann. Wunderschön!"

Ültje hatte seine Freizeit ganz anders genutzt. Er hatte es geschafft, ein zweitägiges Praktikum bei dem

Küchenchef eines der besten Restaurants in Beirut zu absolvieren.

„Wie bist du denn da drangekommen?", wollte ich wissen. Ich konnte mir nicht vorstellen, dass man einfach so in ein Restaurant geht und mitkochen darf.

„Magaretha hat mir geholfen", erklärte er. „Der Koch, dem ich über die Schulter gucken durfte, hat bei ihrem Neffen gelernt. Ohne sie wäre ich mit Sicherheit nicht an so eine Stelle gekommen."

„Tja, Vitamin B ist wichtig, auch beim Essen", sinnierte ich, welterfahren wie ich war.

„Na klar", stimmte mir der blonde Struwwelkopf zu. „Man muss halt erst einmal an dem Türsteher vorbei, um auf die Tanzfläche zu kommen."

Michel nickte mit einem Grinsen und war von unserer Weisheit begeistert.

„Es ging viel um Fisch", informierte uns der Meisterkoch in spe weiter. „Eine ganz einfache Dorade, zubereitet mit Zitrone, Knoblauch und Salz wird zu einem kulinarischen Gedicht, wenn man noch einen Zweig Rosmarin und einen Bund Thymian hinzufügt. Die richtigen Kräuter sind das A und O." Er war voll und ganz in seinem Element.

Und genau das machte mir dann doch ein ganz klein bisschen Sorgen. Während Michel sich mit Schiffen befasste, was für einen Seemann schon ganz nützlich sein konnte, fragte ich mich, wie Ültjes Kochleidenschaft auf einer Kaperfahrt hilfreich sein konnte. Hoffentlich kommt er nicht auf die schiefe Bahn und wird eine Landratte, dachte ich bei mir.

Aber ich äußerte meine Bedenken nicht, ich wollte die gute Stimmung nicht trüben. Ich wusste ja noch nicht, dass ich mit meiner dunklen Vorahnung nicht ganz falsch lag. Auch wenn ich es mir gewünscht hätte, nicht jeder meiner Freunde fand seine Erfüllung auf einem Piratenschiff.

Nach ausschweifenden und detailverliebten Berichten erkundigten sich die beiden noch einmal nach meinem Wohlbefinden.

„Aber genug vom geschmacklichen Unterschied zwischen Grillen und Braten, wie geht es Dir eigentlich?", schloss Ültje seine Erzählung und guckte mich dabei an.

„Ich war einfach total fertig und erschöpft", erklärte ich meine Tiefschlafphase. „Ich brauchte eine große Mütze voll Schlaf, um wieder zu Kräften zu kommen, aber jetzt geht es mir wieder gut. Ich bin bereit für neue Abenteuer." Mit einem Lächeln unterstrich ich meine ernstgemeinte Aussage. Immerhin war ich ja jetzt diplomierter Pirat und da sollten Abenteuer nicht allzu lange auf sich warten lassen.

„Wir haben uns langsam wirklich Sorgen gemacht", verriet mir Michel. „Wenn du nicht bald aus deiner Höhle herausgekommen wärst, dann hätten wir wohl die Tür aufbrechen müssen."

Mit einem kurzen Blick auf Michels Oberarme zweifelte ich nicht eine Sekunde daran, dass das auch gut geklappt hätte.

„Zumal du ja auch heute Abend einen wichtigen Termin hast", fügte Ültje hinzu.

Fragend schaute ich die beiden an. „Was für einen Termin habe ich denn?"

„Heute ist doch der Abschlussball, du Dummerchen!", lachte Michel und meinte zu Ültje gewandt: „Er hat wohl vergessen, dass er heute Abend Ballkönig werden soll."

„Wahrscheinlich hätte Katharina schon vor uns seine Tür aufgebrochen", antwortete Michel lachend und klatschte sich mit Ültje ab.

Den Abschlussball hatte ich ganz vergessen! Als ich an kommende Abenteuer dachte, meinte ich nicht Krawatte binden und Discofox tanzen, sondern eher Schätze suchen und Drachen bekämpfen. Aber auch dieser Herausforderung würde ich mich stellen.

„Liebelein, wenn du mir gleich dein Hemd bringst, dann bügele ich das schnell." Magaretha wuschelte mir durch das Haar. Sie hatte die Unterhaltung mitbekommen und ihre empathischen Antennen hatten eingefangen, dass ich Hilfe gebrauchen könnte.

Michel und Ültje merkten direkt, dass die Köchin ihren Platz eingenommen hatte. Wäre es nicht eher die Aufgabe meiner besten Freunde gewesen, mich zu unterstützen? Stattdessen machten sie dumme Witze und lachten wie Sextaner im Aufklärungsunterricht. Das wollten sie nicht auf sich sitzen lassen. Sie tauschten einen kurzen Blick aus und überschlugen sich dann mit Unterstützungszusagen.

„Ich kann dir eine Krawatte leihen", sicherte mir Ültje zu. „Die hat mal meinem Opa gehört und hat ein lustiges Dackel-Muster. Ich hole sie gleich."

„Und ich kann dir helfen, sie zu binden", versicherte mir Michel. „Ich habe mal in einem Buch gelesen, wie man einen Doppelten Windsor knotet. Ich glaube, das ist im Moment modern und sieht bestimmt besser aus, als ein einfacher Seemannsknoten."

Ich lächelte einfach nur still und genoss den Moment. Mir war klar, dass man die schwerste Schlacht leicht gewinnen konnte, wenn man sich auf seine Freunde verlassen kann.

„Geht doch", brummte Magaretha und verschwand wieder in ihrer Küche.

„Dann mal los", sagte ich, denn es galt, aus mir eine passable Ballbegleitung zu machen.

25 - Herausgeputzt

Vielleicht bin ich optisch kein Playboy und wahrscheinlich würde man mich auch nicht als Vorbild für Barbies Ken nehmen, aber ich bin auch kein Shrek und kein Grüffelo, also war die Aufgabe, aus mir eine brauchbare und vorzeigbare Ballbegleitung zu machen, vielleicht herausfordernd, aber nicht unmöglich. Nachdem Magaretha mein Hemd in die Mangel genommen hatte, war es blütenweiß und zusammen mit meiner schwarzen Stoffhose war mein Outfit schon fast klassisch chic. Die Krawatte von Ültjes Opa war knallbunt, mit Blümchenmuster und Dackelsilhouetten und damit bestens Karneval-geeignet, aber eine bessere hatte ich nun mal nicht. Außerdem war mein Freund so stolz, dass ich sie einfach tragen musste. Und er wurde nicht müde zu betonen, wie kultiviert und edel sie an mir aussah. Kurz überlegte ich ihn zu fragen, warum er die Krawatten nicht selbst trägt, wenn er sie so toll findet, immerhin ging er ja auch zum Ball. Aber ich wollte ihn nicht kränken und trug die Halsbinde mit allem gebotenem Stolz.

Meine Haare waren ein Kapitel für sich. Es gab einige Wirbel, die sich nicht glätten ließen und ein paar Strähnen, die sich nicht einfangen lassen wollten. Nachdem meine Haarpomade von kritischen Blicken als nicht ausreichend eingestuft wurde, kam Lederfett aus der Waffenkammer des Sattlers zum Einsatz. Damit konnte ein adäquater Scheitel auf meinem Kopf geformt und - noch viel wichtiger - auch gehalten werden. Wie mit dem Lineal gezogen und mit der Schablone vollendet hatte ich eine Frisur, die perfekt zu meinem Outfit passte.

Als wir gerade darüber diskutierten, ob schwarz lackierte Fingernägel meinen Look abrunden würden, klopfte es an der Tür.

Ich öffnete und vor mir stand Jana Gold. „Die designierte Ballkönigin erwartet von dir, um 18 Uhr abgeholt zu werden."

Sichtlich gelangweilt von dem großen Bohei, das um den Ball veranstaltet wurde, sagte sie ansonsten nichts. Wahrscheinlich war es eine ganz eigene Geschichte, warum Jana diesen Botengang für Katharina ausführte, warum sie einen genervten Eindruck vermittelte und warum sie nicht einmal „Hallo" sagte. Das war aber ihre Story, die sie in ihrem eigenen Buch erzählen konnte. Wahrscheinlich war Katharina im Moment zu beschäftigt damit eine perfekte Optik zu generieren, also musste jemand anderes die Nachricht überbringen. Jana biss in einen Apfel, sah mich durchdringend an und fügte dann doch noch hinzu „Verbock es nicht!" Dann drehte sie sich um und ging.

Was sollte ich nicht verbocken? Herrje, waren Frauen kompliziert!

„Also was jetzt?", unterbrach Michel meine Gedanken. „Fingernägel lackieren oder nicht? Ich habe von einem Piraten aus Port Royal gehört, der in der Karibik ein richtiger Popstar sein soll. Und der hat schwarz lackierte Fingernägel. Captain Jack Moineau heißt er oder so ähnlich."

„Ja, von dem habe ich auch gehört." stimmte Ültje zu. „Man sagt er segelt auf einem vorzüglichen Schiff, das er *Perla Negra* nennt. Er scheint ein richtiger Draufgänger zu sein. Man berichtet von vielen Abenteuern, er wurde schon mehrfach zum Tode verurteilt und optisch ist er ein absoluter Trendsetter. Alles in allem, durchaus Material für ein Popstar."

„Ich weiß nicht", widersprach ich. „Moineau ist doch Französisch und heißt Spatz, oder nicht? Kann ein Pirat mit so einem niedlichen Namen ein gutes Vorbild sein?"

„Ne, piaf heißt Spatz", belehrte uns Michel, dessen Französischkenntnisse besser waren als meine. „Moineau heißt, glaube ich, Pfosten. Das ist was Solides, da kann man nicht meckern."

„Ist ja auch egal, wie der heißt", warf Ültje ein. „Wir haben jetzt sowieso keine Zeit mehr, das dauert einfach zu lange bis der Nagellack trocken ist", beendete er die Diskussion, obwohl mir der Gedanke, schwarz lackierte Fingernägel zu haben, durchaus gefallen hatte.

„Stimmt, du hast Recht", pflichtete ich ihm dennoch bei.

Da standen wir nun in meinem kleinen Wohnheimzimmer, drei junge Männer auf der Schwelle zum richtigen Leben. Schulter an Schulter standen wir da, Ültje, Michel und ich und blickten in meinen kleinen Spiegel über dem Waschbecken. Ich stand in der Mitte und guckte nach links zu Ültje. Aus dem kleinen dicken Jungen, den ich vor vielen Jahren hier kennengelernt hatte, war ein kleiner untersetzter Erwachsener geworden. Die strubbeligen blonden Haare sahen noch immer nach Adoleszenz aus, aber der Blick war schon entschlossen, wie bei einem jungen Mann.

Dann guckte ich nach rechts. Nein, ich guckte nach rechts und ein bisschen nach oben zu Michel. Zur Feier des Tages hatte er sich seinen tiefschwarzen Schädel rasiert. Jetzt glänzte sein Haupt im Licht der Lampe. Allerdings hatte er sich bei der Rasur auf die Oberseite des Kopfes beschränkt. Auf die paar Bartstoppel in seinem Gesicht war er stolz und die sollten gefälligst da bleiben.

Dann drehte ich mich wieder nach vorne und begutachtete uns im Spiegel. Gut sahen wir aus! Ich schlug beiden von hinten auf die Schulter und sagte: „Wollen wir hier nur rumstehen oder wollen wir mit ein paar hübschen Mädchen tanzen?" Ich schlug etwas zu feste und fragte etwas zu laut. Wir waren alle drei sehr aufgeregt.

Auf dem Weg in Richtung der großen Abendveranstaltung trennten sich unsere Wege. Die mir zugedachte Aufgabe war es, Katharina von Habsburg abzuholen. Ültje würde in wenigen Minuten an Kittina de la Gardentues Tür klopfen. Ein Gedanke, der mir nicht wirklich gut gefiel. Und Michel? Ihm war das alles herzlich egal. Er ging schnurstracks in den Ballsaal.

Schlag 18 Uhr stand ich vor der entsprechenden Tür. Pünktlichkeit war mir schon immer sehr wichtig. Ein kluger Mensch hat mal gesagt, dass Pünktlichkeit zeigt, dass mir deine Zeit genauso wichtig ist, wie meine eigene. Und ich finde, das stimmt.

Ich hob meine Hand, die Finger zu einer lockeren Faust geballt. Ich atmete noch einmal tief durch, dann klopfte ich.

Es dauerte gefühlt drei bis vier Ewigkeiten, bis sich etwas hinter der Tür tat. War sie wirklich da? Hatte sie unser Date vielleicht vergessen? War heute überhaupt der Ball? Hatte ich vielleicht nicht fest genug geklopft? Also hob ich meine Hand erneut, ballte sie dieses Mal zu einer festeren Faust. Als ich gerade meine Fingerknöchel gegen die Holztür hämmern wollte, hörte ich Geräusche dahinter. Erst vernahm ich nur etwas Gerumpel, dann rief Katharinas Stimme: „Einen Moment bitte."

Dann dauerte es wieder sehr, sehr lange bis etwas passierte. Wenigstens wusste ich jetzt, dass sie da war und mich gehört hatte. Also wartete ich geduldig.

Da stand ich nun mit durchgedrücktem Rücken in meinem weißen Hemd und meiner schwarzen Hose. Der festgeklebte Scheitel saß noch nahezu perfekt, die Hände brav vor dem Bauch gefaltet. Hätte jemand bei mir die Weinkarte bestellt, ich hätte mich nicht beschweren dürfen.

Als sich dann endlich die Holztür öffnete, war ich wie vom Donner getroffen.

Da stand sie vor mir: Ein Gesicht, schön, makellos und unschuldig wie das eines Engels, ihre blonden Haare fielen wie ein Wasserfall aus Weizen leicht gewellt über ihre Schultern. Ihr rotes Ballkleid geizte nicht mit Prunk und Kitsch, aber im positiven Sinne. Es ließ ihre Schultern frei und mein kleines Herz ein bisschen höher schlagen. Ich war wie verzaubert, so einen perfekt-schönen Menschen hatte ich wahrscheinlich noch nie gesehen. Sprachlos konnte ich mein Glück kaum fassen.

Ihre roten Lippen lächelten leicht unsicher, ihre strahlend blauen Augen musterten mich.

Mit offenem Mund stand ich da und brachte kein Wort heraus. Das erledigte Katharina dann. Als sie der Meinung war, dass der perfekte Moment lang genug gedauert hatte, bemerkte sie leicht schnippisch: „Keine Blumen? Da hätte ich mehr von dir erwartet, Ismael. Aber man muss dir lassen, dass du dich ganz passabel herausgeputzt hast. Ich bin positiv überrascht." Das verbuchte ich als Kompliment. Und das mit den Blumen, da hatte sie recht. In meinen Gedanken gelobte ich Besserung.

„Toll siehst du aus", stammelte ich.

„Natürlich tue ich das." Was jeder sehen kann, musste ihrer Meinung nach nicht noch extra erwähnt werden. Wir standen uns im Türrahmen gegenüber und es war nicht ganz klar, wie es weitergehen sollte.

In einem Buch hatte ich mal gelesen, dass der Gentleman der Dame einen Arm reicht, damit sie sich unterhaken kann. Wenn ich recht darüber nachdenke,

habe ich es nicht gelesen, sondern in einem Bilder-
buch über Cinderella gesehen. Wie auch immer, ich
hielt ihr meinen Arm hin und das war wohl die Geste,
auf die sie gewartet hatte. Sie hakte sich ein und wir
schwebten in Richtung Ballsaal.

26 - Der Abschlussball

Ballsaal klingt pompöser, als es am Ende war, denn der Veranstaltungsort war eigentlich nichts anderes als unser Speisesaal. Der gleiche Ort, an dem ich morgendlich das bemerkenswerte Rührei der Köchin Magaretha zu mir nahm und auch der gleiche Ort, an dem ich mich stundenlang durch das eine oder andere Lehrbuch gequält hatte, war heute ein ganz anderer Ort. Die Schule hatte ganze Arbeit geleistet und den eher praktisch ausgelegten großen Raum in einen prachtvollen Saal verwandelt.

Von der Decke hing eine riesige Discokugel, die von bunten Lichtern angestrahlt wurde und lustige Reflexionen durch den Raum tanzen ließ. Überall hingen Luftballons, Girlanden und bunte Tücher. Auf dem Podest unter dem Schulwappen, auf dem sonst der Tisch der Lehrer stand, hatte eine Band ihr Equipment aufgebaut. Noch hielten sich die Musiker zurück, dezent spielten sie Tanzmusik und alte Klassiker als Hintergrundunterhaltung. Am Rand des großen Raums standen Stehtische und ein paar Barhocker, in der Mitte war eine große Tanzfläche freigelassen. Außerdem gab es eine Bar, an der man sich mit Getränken versorgen konnte.

Als Katharina und ich den Saal betraten war die Abschlussfeier bereits in vollem Gange. Die Räumlichkeit war schon sehr gut gefüllt, die Tanzfläche war jedoch noch leer.

Unsere Ankunft wurde mit einem Geraune und Getuschel quittiert. Man hatte uns durchaus bemerkt. Und der Reaktion nach zu urteilen, sahen wir umwerfend aus. Vielleicht war es auch Katharinas umwerfende Erscheinung, die die Reaktionen ausgelöst hatte. Aber ich stand mit auf der Bühne und es fühlte sich eigentlich ganz gut an.

Ich sah mich in den Weiten des Saals um und suchte nach ein paar bekannten Gesichtern. Bisher hatte ich meine Freunde im Dämmerlicht noch nicht ausfindig machen können. Dafür fiel mir ein Rednerpult auf, das da sonst nicht stand. Beim Anblick der großen Tanzfläche fiel mir ein, dass ich gar nicht tanzen konnte. Was musste man da eigentlich machen? Wie tanzte man auf einem Ball? Bei dem Gedanken, dass ich Katharina blamieren könnte, wurde mir etwas flau im Magen.

Während ich mich noch orientierte war sich Katharina ihrer Sache schon sehr sicher. Sanft, aber doch bestimmt, dirigierte sie mich zu einer Gruppe Stehtische mit vielen fabelhaft aussehenden Menschen. Bei näherer Betrachtung erkannte ich die meisten dann doch noch. Es handelte sich um ihre Freundinnen, alle in fantastischen Abendkleidern und aufwendigen Frisuren. Auch Kittina stand da zusammen mit Ültje. Sie trug eine mintgrüne Abendrobe, die vielleicht nicht ganz so dramatisch und pompös aussah, wie so manch anderes Kleid der anderen Schülerinnen, ihr dafür aber hervorragend passte. Ihre braunen Haare hatte sie hochgesteckt, jedoch hatte sich eine freche

Strähne bereits gelöst und hing an der Seite ihres Gesichts herunter.

Als wir uns zu der Gruppe stellten, guckte sie mich kurz an, ohne eine Miene zu verziehen. Katharina musterte sie hingegen schon etwas länger. Dann drehte sie sich wieder weg von uns und widmete sich einer anderen Unterhaltung.

Wir wurden überaus herzlich begrüßt und alle machten Komplimente über alles und jeden. Es glich einer Art Wettbewerb, bei dem es darum ging, den oder die andere in möglichst hohen Tönen zu loben. Der Sinn dieser Lobhudelei erschloss sich mir nicht ganz.

„Fantastisch siehst du aus!"

„Wie Du das mit deinen Haaren hinbekommen hast, hinreißend."

„Dein Kleid ist ja das schönste, das ich jemals gesehen habe. Einfach sagenhaft."

Ich sagte nichts. Ich stand nur neben der Märchenprinzessin, lächelte etwas verkrampft und versuchte im Rahmen meiner Möglichkeiten gut auszusehen.

Katharina drehte sich lächelnd zu mir um und strahlte mich mit ihren wunderschönen Augen an. „Wolltest du dich nicht um Getränke kümmern?", trällerte sie in einem zuckersüßen Befehlston.

In der Tat wollte ich das. Denn diese aufgesetzte Freundlichkeit fing jetzt schon an, mich zu langweilen. Also nahm ich die Aufgabe dankend an und kämpfte mich freundlich und möglichst gutaussehend durch die Leute in Richtung Bar.

Hinter der Theke trieb die Köchin Magaretha ihr Unwesen. Natürlich sie, wer denn sonst? Als sie mich und meinen leicht verzweifelten Gesichtsausdruck sah, nickte sie einmal kurz und drehte sich dann zu ihren Flaschen. Elegant wie ein Torero wirbelte sie ein paar der Flaschen in der Luft herum. Ihr omamäßiges Erscheinungsbild passte nicht ganz zu den Fähigkeiten, die sie hinter der Bar als Cocktailmixer bewies. Wieder mal ein gutes Beispiel dafür, dass man Menschen nicht nach ihrem Äußeren beurteilen sollte. Ihre Bewegungen sahen wirklich spektakulär aus und ich machte mir berechtigte Hoffnung, dass ihre Drinks genauso gut waren wie ihr Rührei.

Ein Schuss aus dieser Flasche, ein bisschen aus diesem Krug, ein bisschen Eis, eine seltsam aussehende Frucht und schon standen zwei Gläser vor mir. Magaretha zwinkerte mir noch verschwörerisch zu, dann kümmerte sie sich um den nächsten Gast.

Ich nahm in jede Hand ein Glas und machte mich auf den Weg zurück in die Welt der makellosen Menschen. Da stand auf einmal Michel neben mir und grinste mich breit an.

„Hey El, amüsierst du dich?" Eine Frage, die eher wie eine Aussage daherkam.

„Jau, großartiges Fest", stellte ich ohne große Euphorie fest.

„Dann geh mal zurück zu deinem Mädchen. Was für ein Hingucker!" Er klopfte mir anerkennend auf die Schulter, als ob ich etwas gewonnen hätte. „Ich hol mir auch mal schnell was zu trinken. Wir sehen uns später", sagte er noch, dann war er auch schon wieder verschwunden.

Ich stellte mich zurück an Katharinas Seite, gab ihr ein Glas und versuchte weiterhin so gut wie möglich auszusehen und nichts Peinliches zu machen. Ich ließ meinen Blick durch den Saal gleiten. Wirklich alle hatten sich herausgeputzt, jeder hatte sich chic gemacht und ich musste zugeben, dass ich langsam Spaß an der Sache bekam. Die Mädchen in pompösen Ballkleidern oder im schlichten Kleinen Schwarzen. Die Jungs in Anzügen, Sakkos und teilweise sogar im Smoking. Auch die Lehrer hatten ihr Bestes gegeben, wenn auch die Geschmäcker unterschiedlich und teilweise skurril waren. Frau Winkebaum trug einen frechen Hosenanzug mit Schlag am Bein und dazu grüne Schlangenlederstiefel. Professor Tributum hatte einen Umhang aus bordeauxfarbenem Samt, mit goldenen nautischen Symbolen aus dem Schrank geholt. Und Frau El Aboussi trug einen silberglänzenden Anzug mit breitem Kragen und unfassbar hohen High Heels. Nicht jedes Outfit entsprach unbedingt meinem persönlichen Geschmack, aber wirklich jeder hatte sich offensichtlich Gedanken gemacht und das Beste aus dem Schrank geholt, was darin zu finden war.

„Alles ganz schön oberflächlich", dachte ich. „Aber dennoch schön anzusehen." Ich fügte mich meinem Schicksal und versuchte den Abend zu genießen.

Dann war ein lautes Räuspern im ganzen Saal zu hören. Danach ein Geräusch, als ob jemand gegen ein

Mikrophon klopft, um zu prüfen, ob es eingeschaltet ist. Irritiert sahen sich alle um, bis uns klar wurde, dass etwas am aufgebauten Rednerpult vor sich ging. Professor Tributum stand dort und versucht die Aufmerksamkeit auf sich zu lenken.

„Meine Damen und Herren, liebe Schülerinnen und Schüler…", begann er. Weil er aber noch nicht die komplette Aufmerksamkeit des Saals hatte brach er ab und begann noch einmal.

„Entschuldigung, dürfte ich um Aufmerksamkeit bitten!" Langsam wurde er von der Feiergemeinde bemerkt, die Gespräche verstummten und man drehte sich in seine Richtung. „Also, wie gesagt, liebe Anwesende", begann er ein weiteres Mal. „Guten Abend und, äh, herzlich willkommen zur diesjährigen Abschlussfeier. Als Rednerin konnte unsere Schule jemand ganz Besonderes überreden, äh, also es wird heute Abend jemand sehr Besonderes zu uns sprechen." Er machte einen nervösen und aufgeregten Eindruck, ganz untypisch für den Schulleiter. Es musste sich um eine sehr wichtige Persönlichkeit handeln, wenn der gute Professor so aus dem Konzept gebracht wurde. „Es ist mir eine, äh, Ehre und ich übergebe das Wort jetzt an unseren Ehrengast. Eine Vorstellung sollte wohl nicht, äh, notwendig sein."

Mit diesen Worten gab er die Rednerkanzel frei und eine schlanke, adrett gekleidete Frau betrat das Podest. Ihre schwarzen, langen Haare fielen locker über ihre Schultern und rahmten ihr markantes Gesicht mit den beeindruckenden Wangenknochen ein.

Um mich herum fingen die Leute begeistert an zu klatschen, einige pfiffen vor Freude auf den Fingern. Die elegante Frau am Rednerpult schien bei den meisten bekannt zu sein. Bei mir jedoch nicht.

„Wer ist denn das?", fragte ich möglichst leise meine Begleitung. Meine Unwissenheit musste ja nicht jeder mitbekommen.

„Was? Du kennst Marìa Blegoña Sánchez nicht? Die weltberühmte Ministerin für Piraterie und Gaunereihandwerk kennt doch jedes Kind!", antwortete Katharina, leider nicht mit der vielleicht angebrachten Diskretion. Um uns herum bekamen alle meine unbedarfte Frage mit, was mir ziemlich peinlich war.

„Sie ist so klug, so selbstsicher, so eloquent", mischte sich eine von Katharinas Freundinnen ein.

„Sie ist so welterfahren und belesen" stellte eine zweite junge Dame fest.

„Und so elegant und schön", fügte Katharina hinzu.

Mit Politik hatte ich bisher nicht viel am Hut, daher war mir diese doch ach so berühmte Person leider komplett unbekannt.

Die Frau in ihren besten Jahren am Rednerpult war eine natürliche Autorität, wie sie im Buche steht. Ruhig und unaufgeregt stand sie da, guckte vollkommen gelassen in die Menge und wartete darauf, dass der Saal ihr die komplette Aufmerksamkeit schenken würde. Und dieser Saal voller aufgeregter Hühner und halbstarker Hunde hatte nichts Besseres zu tun, als ihr diesen Gefallen zu gewähren. Es dauerte nur

Augenblicke, bis alle gespannt und still auf ihre Worte warteten.

„Guten Abend liebe Schülerinnen, liebe Schüler." Sie sprach mit ruhiger, sonorer Stimme. „Guten Abend Neu-Piraten und junge Erwachsene. Ich freue mich meine Rede damit beginnen zu dürfen, ihnen allen zu einem erfolgreichen Abschluss zu gratulieren."

Notizen oder gar einen Text, von dem sie ablesen konnte, schien sie nicht zu brauchen, mit ihrer freien Rede fesselte sie jeden im Raum. Sie sprach mir und allen anderen aus der Seele und ins Gewissen, sie traf genau den Nerv mit exakt den richtigen Worten. Bisher war ich Reden in erster Linie von Professor Dr. Harry Albus Tributum gewohnt. Das waren dann meistens Monologe ohne jeden Spannungsbogen, dafür gerne mal zu lang. Doch das hier war eine ganz andere Liga. So viel Energie, so viel Verve, ich war begeistert.

„…und damit wünsche ich Ihnen allen von Herzen immer eine Handbreit Wasser unter dem Kiel, immer ein letztes Goldstück in der Tasche und immer einen Plan B im Hinterkopf." Damit endete eine mitreißende, inspirierende Rede. Unter tosendem Applaus verließ die Ministerin erst ihr Podium und dann den Saal.

Meine Gedanken rasten, in meinem Kopf drehten sich all die Ideen, die die Rede in mir geweckt hatten. Ich brauchte etwas frische Luft, um mich von dieser unerwarteten Stimulanz zu beruhigen und meine Gedanken zu verarbeiten.

„Ich geh mal pinkeln", sagte ich zu Katharina.

„Das ist etwas mehr Information als ich benötigt hätte", bekam ich zur Antwort.

Also schob ich mich durch die Menge in Richtung des Ausgangs. Vor der Mensa stand ich, viel zu luftig angezogen, unter sternenklarem Himmel. Ich fröstelte, aber das störte mich nicht weiter. Mit dem Blick in die Sterne begann ich mich zu fragen, ob das hier wirklich das war, was ich wollte. Die Ballkönigin auf den Ball zu begleiten, das ganze Rausputzen und Schickmachen und so. Wollte ich das wirklich? Wahrscheinlich schon. Wollte das nicht jeder Junge auf der Schule? Mit einem Mädchen, so schön wie Katharina, zusammen sein, vielleicht dürfte ich sie später sogar küssen. Natürlich, das musste das sein, was ich wollte.

„Sind sie nicht wunderschön?" Eine Frauenstimme riss mich aus meinen Gedanken. Erschrocken drehte ich mich um. Da stand die berühmte Ministerin höchstpersönlich mit einer Zigarette in der Hand.

Ich wusste nicht, was ich sagen sollte. Aber das war auch nicht notwendig. Frau Blegoña Sánchez mochte es selbst zu reden und empfand Unterbrechungen eher als störend.

„Die Sterne meine ich, sind sie nicht wunderschön? Ich liebe es sie zu betrachten. Aber sie leuchten nur im Dunkeln. Nur nachts kann man ihre Schönheit sehen. Manchmal muss es dunkel sein, um das Licht sehen und seine Pracht genießen zu können."

Ich verstand nicht, worauf sie hinauswollte.

„Du musst Ismael Shakkabowly sein." Ihre Stimmlage wechselte von verträumt in eine Art Plauderton. „Ich habe von dir gehört. Du bist ein besonderer Junge, so viel ist klar. Aber lass dir nicht zu viel von den Altvorderen erzählen, geh lieber deinen eigenen Weg."

Sie hatte von mir gehört? Mit offenem Mund lauschte ich ihren Worten.

„Tributum ist ein großartiger Seemann, aber ein fürchterlicher Pädagoge. Ich hoffe er konnte dir wenigstens ein bisschen beibringen und Grundlagen legen, bevor das Leben höchstpersönlich deine Ausbildung übernimmt."

Dass der Professor kein guter Lehrer war, da waren wir voll und ganz einer Meinung. Aber ein guter Seemann?

Sie warf ihre Zigarette auf den Boden und trat die Glut aus.

„Lass dich von den anderen nicht ärgern." Sie lächelte mich an. „Ich bin mir sicher, dass wir uns wiedersehen werden." Damit drehte sie sich um und ging. Doch dann blieb sie noch einmal stehen und sagte über die Schulter: „Manchmal verdient man nicht das was man sich wünscht, sondern etwas Besseres." Damit ließ sie mich allein in der kalten Nacht zurück.

Ich zweifelte an meiner Intelligenz, weil ich den Monolog der Ministerin nicht so ganz verstanden hatte. Außerdem konnte ich nicht fassen, dass sie mich kannte. Aber bevor ich mir meinen Kopf vollends zerbrach, wollte ich lieber wieder zurück ins Warme, immerhin wollte ich ja noch Ballkönig werden und meine schöne Begleitung küssen.

Drinnen fand ich eine leicht genervte Katharina vor.

„Ismael, wo bleibst du denn? Wir müssen uns mal langsam auf der Tanzfläche blicken lassen, bald wird das Ballkönigspaar gewählt. Natürlich müssen wir vorher getanzt haben!"

Sie griff meine Hand und zog mich auf die Tanzfläche. Jetzt begann der schwierige Teil des Abends. Neben Katharina zu stehen und gut auszusehen war quasi das Einmaleins für Möchtegernballkönige. Sich auf der Tanzfläche gekonnt zu bewegen und dabei immer noch attraktiv zu wirken, das war dann schon eher die Champions League. Ich tat mein Bestes, aber wir können zusammenfassen, dass ich einfach kein guter Tänzer bin. Meine Füße bewegten sich immer leicht neben dem Takt und mein Hintern wackelte unkontrolliert hin und her. Ich fühlte mich nie wirklich wohl auf der Tanzfläche und das sah man meinen Bewegungen an. Jedoch bekam Katharina davon nicht viel mit, sie war damit beschäftigt, extrovertierte Bewegungen auf das Parkett zu zaubern. Sie drehte sich im Kreis, ging in die Knie und bewegte ihre Arme wild über ihrem Kopf. Ich war mir nicht ganz sicher, ob das optisch und ästhetisch ansprechend war, aber es war auffällig und darum ging es bei der Wahl zur Ballkönigin. Graue Mäuse gewinnen nicht. Bei einer neuerlichen wilden Pirouette stand leider jemand im

Weg. Ültje versuchte in Katharinas Flugbahn mit Kittina zu tanzen und wurde komplett umgetanzt.

„He, pass auf!", beschwerte sich mein Freund, aber da war es schon zu spät. Katharina und Ültje lagen in einem Knäuel auf dem Boden. Während das arme Unfallopfer versuchte Katharina wieder auf ihre Füße zu helfen, versuchte diese ihr Outfit zu retten. Helfende Hände kamen von allen Seiten hinzu, um die Situation zu entschärfen. Auch ich versuchte zu helfen, wo ich nur konnte.

Plötzlich stand ich direkt vor Kittina. Das kam für uns beide unerwartet und war in dem Durcheinander einfach passiert. Gefühlt seit einer Ewigkeit standen wir nicht mehr so nah beieinander, sahen uns in die Augen, ohne dass einer von uns beiden überhastet den Blickkontakt wieder abbrach. Ohne ein Wort zu sagen standen wir uns für einige Augenblicke gegenüber. Um uns herum spielten sich immer noch tumultartige Szenen ab, in denen Ültje versuchte sich für etwas zu entschuldigen, das er gar nicht verursacht hatte und Katharina in synchron beschuldigte und ihre Frisur wieder richtete. Doch uns kümmerte das ganze Chaos nicht. Wir sagten nichts und doch genug.

Dann spielte die Band das nächste Lied, eine eher ruhige Nummer und ich entschied mich das Schweigen zu brechen:

„Darf ich bitten?", fragte ich einfach.

„Nichts lieber als das", kam als gelächelte Antwort.

Kittina und ich tanzten und schunkelten weg von dem Tumult, hinein in eine glückselige Zweisamkeit, inmitten von vielen Menschen. Wir mussten uns nicht aussprechen, denn eigentlich gab es nichts zu diskutieren. Wir tanzten eine ganze Weile und irgendwann küsste ich sie. Endlich war mir klar, was ich wirklich wollte. Das Offensichtliche lag so nah und ich hatte es so lange übersehen.

„Na endlich", war ihre erste Reaktion nach dem Kuss. Wir mussten beide lachen. Es war ein herzliches und befreiendes Lachen. So glücklich war ich schon lange nicht mehr gewesen.

Dann strich sie mir sanft mit dem Finger über die Wange. „Guck mal einer an, kaum erlebst du ein kleines Abenteuer und schon ist da eine neue Sommersprosse."

Ich verstand nicht ganz worauf sie hinaus wollte. „Was haben meine Sommersprossen denn mit meiner Lebenserfahrung zu tun."

„Ja, aber weißt du denn nicht, dass jedes Abenteuer eine Sommersprosse hinterlässt?" Sie guckte mich ungläubig an.

„Das weiß doch jedes Kind: Je größer und erfahrungsreicher das Abenteuer war, umso ausgeprägter erscheint die Sommersprosse. Wofür sollten die Dinger denn sonst gut sein?"

Da hatte sie auch wieder recht.

Ich fühlte mich, als sei ich nach langer Suche angekommen. Kittinas Nähe löste in mir ein Gefühl innerer Geborgenheit und Ruhe aus. Lange tanzten wir noch an diesem Abend, ohne viel zu reden. Wir genossen einfach nur den Moment.

Und was passierte noch an diesem Abend? Nachdem ich Katharina einfach auf der Tanzfläche zurückgelassen hatte, war ihr ziemlich schnell klar geworden, dass sie keine Begleitung mehr hatte. Und allein konnte sie nicht zum Ballkönigspaar gewählt werden. Also brauchte sie schnell Ersatz für mich.

Ihre Suche erfolgte pragmatisch nach rein optischen Gesichtspunkten. Sie kam schnell zu der Erkenntnis, dass ihr rotes Ballkleid farblich hervorragend mit Michels dunkler Hautfarbe harmonierte. Also wurde er kurzentschlossen zu ihrer Ballbegleitung befördert, was Michel zwar überraschte, weil er bis dahin noch kein Wort mit ihr gesprochen hatte, er es aber nicht ablehnte, weil sich eine bisher ungeahnte Möglichkeit ergab, Ballkönig zu werden. Und auch wenn die beiden charakterlich so viel gemeinsam hatten wie Yin und Yang, waren sie optisch wirklich ein Hingucker. Auch auf der Tanzfläche machte Michel eine weitaus bessere Figur als ich. Das bemerkte auch die Ball-Jury und honorierte das Engagement im optischen Sektor mit der Krönung zum Abschlussballkönigspaar. Damit war Katharina am Ziel ihrer Träume und Michel stand stolz mit einem breiten Lächeln im Gesicht neben der strahlenden Siegerin.

Und was passierte bei Ültje? Nachdem das Tohuwabohu auf der Tanzfläche sich beruhigt und aufgelöst hatte, bemerkte auch er recht schnell, dass seine Ballbegleitung abhandengekommen war. Seine

Reaktion konnte unterschiedlicher nicht sein. Einen Moment lang beobachtete er Kittina und mich beim Tanzen.

„So ist es erheblich besser!", konstatierte er. Für ihn war es nicht so wichtig, schnell einen Ersatz zu finden. Er mischte sich unter das Volk, lachte mit unseren Freunden, futterte sich durch das Buffet und hatte einfach einen guten Abend. Gerüchteweise wurde später berichtet, dass er knutschend mit Jana hinter der Bühne gesichtet wurde. Aber was auf dem Abschlussball passiert, das bleibt auf dem Abschlussball. Also werde ich darüber keine weiteren Details berichten.

So wurde der Abschlussball für uns alle zu einem denkwürdigen Abend, ein angemessener und würdiger Abschied aus dem Lebensabschnitt an der berühmten Hamidu Ben Ali-Gesamtschule für Piraten, Freibeuter und Korsaren. Natürlich war uns die Tragweite des Schlussstriches nicht bewusst, dafür waren wir viel zu jung und naiv. Aber diese Unbekümmertheit sei der Jugend gegönnt.

27 - Abschied

Die Ballnacht war lang und voller Ereignisse, Erlebnissen und Eindrücken. Die Handlungsstränge unserer kleinen Abenteuer liefen erst auseinander, dann parallel, jedes mit eigenen Höhen und Tiefen. Aber am Ende kamen die Fäden wieder zusammen. Und so saß ich im Morgengrauen des folgenden Morgens mit Kittina, Michel und Ültje auf der Veranda. Kittina lag auf meinem Schoß und dämmerte langsam weg, während Ültje, Michel und ich den Vögeln lauschten, die den neuen Tag begrüßten.

Als die Sterne langsam vom Sonnenlicht verschluckt wurden, verstand ich langsam die Metapher der Ministerin, die meinte, dass man die Sterne nur im Dunkeln sieht. Sie sind auch tagsüber da, aber sie fallen nicht so auf. Sie werden vom Glanz der Sonne überstrahlt. Genau wie Freunde, die sind auch immer da, aber nicht immer ist uns klar, wie wichtig sie sind. Manchmal werden wir abgelenkt oder verwirrt und in die falsche Richtung geleitet. Aber wenn es um uns düster wird, kann man sie deutlich erkennen. Sie beleuchten deinen Weg und helfen bei der Orientierung. Manchmal muss es Nacht sein, damit man weiß, dass die Sterne noch da sind. Auch die Nacht ist nicht hoffnungslos.

„Madrugada", sagte Michel leise in das Schweigen und meine Gedanken hinein.

„Wie bitte?", fragte ich, hatte ich doch das Gefühl mich verhört zu haben.

„Madrugada", wiederholte Michel das unbekannte Wort. „Das ist spanisch und heißt so viel wie 'die blaue Stunde'. Also die Zeit kurz vor dem Sonnenaufgang, wenn die ersten Sonnenstrahlen die Nacht vertreiben. Ich mag das Wort, es klingt so schön mystisch."

„Das stimmt, ein schönes Wort", gab ich ihm recht. „Und mystisch ist eine gute Umschreibung. Niemand weiß, was der Tag bringen wird, der nach dem Morgen kommt."

„Doch", widersprach mir Ültje. „Wir wissen, dass der heutige Tag Abschied bringen wird. Wir werden abreisen aus dieser Schule, die in den letzten Jahren unser Zuhause war. Wir werden in alle Winde zerstreut werden und jeder wird auf seine Art sein Glück suchen."

„Jetzt sei mal nicht so melancholisch", rief ich ihn zur Besinnung. „Wir sehen uns doch alle bald wieder. Am 30. Februar feiere ich meinen Geburtstag und da werdet ihr ja wohl alle kommen, oder?!"

Der kommende Geburtstag war für mich ein ganz Besonderer. Ich würde endlich volljährig werden und damit die Erlaubnis erhalten, auf Kaperfahrt gehen zu dürfen. Ich hoffte genug Geld geschenkt zu bekommen, um mir ein kleines Schiff leisten zu können. Dann würde ich mir eine Crew zusammenstellen und das lustige Piratenleben konnte endlich beginnen.

„Na klar komme ich. Das wird super!", antwortete Ültje und klang schon deutlich weniger niedergeschlagen als noch kurz zuvor.

„Und fahren wir danach zusammen zur See? Oder willst du lieber alleine fahren?", ich hegte immer noch die Befürchtung, dass Ültje lieber ein Restaurant aufmachen würde oder etwas ähnliches. Ich hatte ein wenig Angst, wie seine Antwort ausfallen würde.

„Ich könnte mir schon sehr gut vorstellen mit dir zusammen auf einem Schiff zu fahren", kam die Antwort überraschend schnell und eindeutig. Meine Zweifel waren also unbegründet. Das freute mich!

„Super!", stellte ich fest. „Dann können wir alle zusammen zur See fahren. Das wird ein Riesenspaß."

Mir fiel auf, dass Michel sich an dem Gespräch gar nicht beteiligt hatte. War er eingeschlafen? Er saß auf der Treppe der Veranda, mit dem Rücken zu mir, ich konnte sein Gesicht nicht sehen.

„Michel, das wird super, oder?", versuchte ich ihn in das Gespräch einzubinden.

Eine Weile war er still. Dann holte er tief Luft und begann zu sprechen: „Ja, das wird super." Eine kurze Pause. „Aber nicht für mich." Und noch eine Pause, es fiel im sichtlich schwer, das zu sagen, was jetzt kommen würde. „Ich habe mich gegen das Piratenleben entschieden. Für mich waren immer die Schiffe das Größte. Es ging mir nie darum, wirklich auf das offene Meer hinauszufahren, sondern es ging mir darum, wie technisch ausgereift die Schiffe waren. Es ging mir nie um die Kaperfahrten und das ganze Piratenzeug, es ging mir um die Baukunst und um die Möglichkeiten das Beste aus einem Boot herauszuholen. Ich möchte lieber an Land bleiben und Boote bauen. Ich werde kein Pirat, sondern Schreiner."

Uff, das war ein verbaler Schlag in die Magengrube, unerwartet und heftig. Ausgerechnet Michel! Damit hatte ich nicht gerechnet.

Kittina reagierte zuerst und meinte im Halbschlaf: „Super Michel, mach, was dir gefällt und woran du Spaß hast. Wenn man seinem Herzen folgt, ist man immer auf dem richtigen Weg."

Damit hatte sie recht! Die Aussage hatte mich überrumpelt, vielleicht auch enttäuscht. Aber wenn Michel das so machen wollte, dann sollten wir ihn als seine Freunde dabei unterstützen. Denn Freunde unterstützen sich immer, egal wohin die Reise geht.

„Ich hatte gehofft, dass du im Sturm neben mir stehen würdest. Aber wenn du mir das Schiff baust, das mich durch den Sturm bringt, dann soll mir das Recht sein", sagte ich.

Und auch Ültje reagierte verständnisvoll: „Mutiger Schritt, aber ich glaube du wirst ein vortrefflicher Schiffbauer."

Michel drehte sich um und blicke uns einen nach dem anderen an. „Ihr seid nicht wütend? Oder enttäuscht?", fragte er.

„Klar hätte ich dich gerne auf meinem Schiff gesehen", antwortete ich wahrheitsgemäß, „aber nicht, wenn es nicht dein Traum ist."

Michel sah erleichtert aus. Und Ültje fügte noch hinzu: „Ist doch eine super Arbeitsteilung: Du baust die Schiffe und wir versenken sie."

Michel lachte befreit. „Ich hatte ein bisschen Schiss euch das zu sagen...", begann er.

„Quatsch", fiel ihm Ültje ins Wort „Freundschaft ist Freundschaft und damit basta!"

Michel strahlte über das ganze Gesicht.

„Aber du kommst trotzdem zu meiner Geburtstagsparty?", fragte ich.

„Natürlich", antwortete Michel übereifrig. „Darauf freue ich mich schon riesig und ich habe auch schon ein Geschenk."

Wer hätte das gedacht? Ich hatte die Befürchtung, dass wir nicht alle Piraten werden würden und so kam es dann auch, allerdings vollkommen überraschend und anders als erwartet.

Eine Weile saßen wir noch auf der Veranda und lauschten den Vögeln beim Morgenkonzert. Die Sonne war mittlerweile aufgegangen und der Tag hatte begonnen. Es war das letzte Mal, dass wir hier zusammensaßen. Der kommende Tag war ein Tag des Aufbruchs und des Abschieds. Ein neuer Lebensabschnitt würde beginnen, wie ein neues Kapitel im großen Buch das jeder für sich selber schreibt.

Ein Aufbruch, ein nächster Schritt. Madrugada des Lebens.

28 - Reise nach Hause

Irgendwann neigt sich auch der längste Tag dem Ende und so endete auch irgendwann dieser Tag. Und mit ihm endete auch der Abschlussball, die finale Sitzung auf der Veranda und unsere Zeit an der Piratenschule. Was folgte war kein glorreicher Abgang, kein Auszug mit Parade, mit Luftballons oder Blasorchester. Das hatten wir ja schon (wenigstens teilweise) auf dem Abschlussball. Die nächsten Tage waren vielmehr von Hektik und Betriebsamkeit geprägt. Alle waren leicht genervt damit beschäftigt, ihre Sachen in Kisten und Kartons zu verpacken und die Schlafquartiere frei zu räumen. Die neuen Schüler, die nächste Generation würde bald anrücken und die Zimmer neu beziehen. Neue Geschichten würden geschrieben und neue Abenteuer würden erlebt werden. Aber ohne uns, wir waren im Weg und mussten Platz machen.

Ich hatte meine Kammer leergeräumt und alles verpackt. Die wenigen Dinge, die ich besaß, passten bequem in wenige Koffer und Reisetaschen. Diese versuchte ich gerade die Treppe herunterzutransportieren. Auch wenn meine Besitztümer sich in Grenzen hielten, war ich doch hoffnungslos überladen. Im labilen Gleichgewicht balancierte ich die Treppe herunter und ärgerte mich über mich selbst, warum ich denn nicht zwei Mal gehen konnte. Aber das wäre natürlich keine Option gewesen.

Hinter mir hörte ich Schritte. Ich war allerdings so sehr beladen, dass mir meine Fracht mein Sichtfeld versperrte, ich konnte also nicht erkennen, wer sich näherte. Nicht nur mein Sichtfeld war eingeengt, sondern auch die relativ schmale Treppe war durch mich und mein Gepäck versperrt. Also hatte die Person hinter mir, entweder die Möglichkeit mit mir langsam die Treppe herunterzugehen, sich vorsichtig an mir vorbei zu quetschen oder vielleicht sogar mit anzupacken. Noch bevor ich die Situation so richtig begreifen konnte, musste ich realisieren, dass die Person eine weitere Option identifiziert hatte: Nämlich mich einfach ohne besondere Behutsamkeit zu überholen, mich dabei, eventuell sogar absichtlich, anzurempeln und mich so erstens aus dem Weg und zweitens aus dem Gleichgewicht zu bringen. Krachend und scheppernd landete mein Reisegepäck auf den Stufen und trat den Weg nach unten auf die unsanfte Weise an. Fassungslos, aufgrund der Rücksichtslosigkeit, starrte ich der unhöflichen Person hinterher. Es war ein alter Bekannter und sein Verhalten keine sehr große Überraschung.

„War das jetzt wirklich nötig, Donald?", fragte ich leicht genervt.

Donald W. Busch blieb stehen und sah mich abschätzig an.

„Wenn einem solche Verlierer im Weg stehen, dann muss man sie halt zur Seite räumen", erklärte er mir sein Verhalten.

„Ach komm, Donald." Ich war es einfach leid, mit ihm zu streiten. „Was bringt dir diese ganze Feindseligkeit?"

„Pft." Verächtlich ließ er Luft entweichen. „So was wie du ist doch keine Feindseligkeit wert. Sobald ich dich auf dem offenen Meer sichte, werde ich dich zerquetschen wie eine Fliege."

„Also erstens gibt es auf dem offenen Meer keine Fliegen, die man zerquetschen könnte, außerdem hast du kein Schiff. Und ohne Piraten-Diplom wird dir auch niemand ein Boot verkaufen." Ich empfand seine verbale Attacke einfach nur als mitleiderregend. Wer weiß, wann wir uns wiedersehen würden und ich wollte nicht im Streit auseinandergehen, also machte ich noch einmal den Versuch eines Friedensangebots. „Lass uns doch einfach das Kriegsbeil begraben. Ok?"

Donald wollte davon allerdings gar nichts wissen. Sein Gesicht lief rot an und man konnte seine Wut förmlich riechen.

„Du denkst also, du bist was Besseres?", er spuckte die Worte förmlich aus. Wieso sollte ich etwas Besseres sein? Davon hatte ich doch gar nichts gesagt.

„Mein Vater hat mir ein schönes Boot gekauft und es ist bis unter die Zähne bewaffnet. Und du wirst die Kanonen noch in Aktion sehen, kurz bevor dein eigenes Boot sinkt." Wutentbrannt drehte er sich um und stampfte davon. Schade, mit ihm würde ich heute keinen Frieden mehr schließen.

Ich sammelte meine Sachen auf und schleppte alles in die Lobby.

Es gab noch eine Sache, die ich erledigen musste, bevor ich das Internat verlassen würde. Eine Sache stand noch auf meiner zu-Erledigen-Liste. Mein Weg führte mich ohne Umwege zum Brunnen vor dem Schulgebäude. Ich setzte mich auf den Rand, wie ich es in den letzten Wochen so oft getan hatte, wenn ich lernen musste. Dann wartete ich. Aber wie ich es mir schon gedacht oder wenigstens erhofft hatte, musste ich mich nicht lange gedulden. Erst raschelte es im Gebüsch und dann stand er vor mir, der Graf von Ripshost. Der getigerte Kater schaute mich erwartungsvoll an und miaute auffordernd. Mit der flachen Hand klopfte ich auf meine Oberschenkel und schon sprang das Tier elegant auf meinen Schoß. Er rollte sich zusammen und ich durfte ihn noch einmal kraulen. Sofort stellte sich wieder diese innere Ruhe ein, die sein Brummen in mir auslöste und mir dabei geholfen hatte, mich in der schwierigen Klausurenphase zu konzentrieren.

„Ich habe doch gesagt, der Graf täuscht sich nie."

Überrascht sah ich auf, Magaretha hatte sich herangeschlichen. „Der Graf sieht den Charakter der Menschen, ihre Fähigkeiten und ihr Wesen. Er hilft noch lange nicht jedem, aber in dir hat er etwas gesehen."

„Vielleicht kann ich auch einfach nur gut streicheln", antwortete ich. Der Gedanke etwas Besonderes zu sein, gefiel mir nicht.

„Du bist ein guter Junge, das sehe ich genauso wie dieser alte Racker hier." Sie schaute erst auf den Kater, dann wieder zu mir. „Mach es gut Ismael. Da draußen warten viele Abenteuer auf dich. Vielleicht läuft nicht immer alles im Leben nach Plan, aber solange du dich gut um deine Freunde kümmerst und dir selbst treu bleibst, wird am Ende alles gut. Und wenn es noch nicht gut ist, ist es noch nicht das Ende."

Damit drehte sie sich um und ging zurück in ihre Küche. Ohne noch einmal zurückzublicken sagte sie leise: „Komm Ribbie, es ist Zeit sich zu verabschieden." Die Katze hob den Kopf mit gespitzten Ohren und sprang von meinem Schoß, um Magaretha zu folgen. Nach ein paar Schritten blieb er stehen und guckte mich noch einmal an. Sein „Miau" klang wie eine Verabschiedung.

„Mach es gut, alter Freund", flüsterte ich ihm hinterher. Es folgten ein paar weite Sprünge über den Hof, dann verschwand er im nächsten Gebüsch. Der Kater war weg, aber ich guckte ihm noch eine Weile hinterher. Dann stand ich auf, um es ihm gleichzutun, auch ich würde diesen Ort heute verlassen. Das Kapitel Hamidu Ben Ali-Gesamtschule war abgeschlossen und ich machte mich auf den Weg zurück in meine alte Heimat, wo meine Eltern den frisch gebackenen Piraten schon erwarteten.

Meine Heimat, das war natürlich die See. Aber wenn meine Eltern mal nicht auf Kaperfahrt waren, dann lebten sie in ihrem Heimathafen Vineta, einer quirligen Handelsmetropole an der Ostseeküste.

Meine Reise nach Hause ist eine Geschichte für sich, die ich euch gerne an ein andern mal erzähle, alles zu seiner Zeit. In den alten Tagen waren Reisen lang, beschwerlich und immer ein Abenteuer. Man konnte nicht einfach in ein Flugzeug steigen und bei Tomatensaft und salzigen Crackern die Kilometer in Schallgeschwindigkeit zurücklegen. Wer eine solche Strecke zurücklegte, brauchte Zeit und Kraft, konnte am Ende aber auch immer eine Geschichte erzählen. Ich mochte die alten Tage lieber.

Mit dem Schiff bin ich zunächst von Beirut bis nach Venedig gesegelt. Ich hatte Glück, dass ich die Fahrtkosten in der Kombüse abbezahlen konnte. So konnte ich mir die Abkürzung über das Meer leisten und musste nicht außen herum reisen. Wir segelten vorbei an Zypern, Kreta, dem Hacken des italienischen Stiefels und dann weiter nach Norden bis in die venezianische Bucht.

Dann ging es über den Landweg weiter in Richtung Ostsee. Die Überquerung der Alpen war besonders beschwerlich, aber das Bergpanorama entschädigte mich für die Mühen.

Der Weg war weit und ich war eine ganze Weile unterwegs. Ich könnte viele Geschichten erzählen, die jedoch an dieser Stelle den Rahmen sprengen würden. In Südtirol wurde ich in einen wilden Kampf mit einer Horde Schmetterlinge verwickelt, in einer Klamm auf der Südseite der Alpen musste ich für einen verzweifelten Werwolf dolmetschen und wenn ich dann nicht noch ein Maisfeld dressiert hätte, wäre es zur Katastrophe gekommen. Doch diese Geschichte erzähle ich ein anderes Mal.

29 - Geburtstagsfeier

Ohne falsche Bescheidenheit und ohne zu Übertrei-
ben, kann ich mit Fug und Recht behaupten, dass die
Geburtstagsfeier zu meiner Volljährigkeit legendär
wurde. Klar, das behaupten viele von sich, denn in
der Retrospektive verklärt sich vieles in Nostalgie
und Romantik und im Nachhinein ist die Erinnerung
besser, als das eigentliche Event. Ich will niemandem
absprechen, eine großartige Feier veranstaltet zu haben und ich bestehe ja auch gar nicht darauf, dass
meine Geburtstagsfeierlichkeit damals in Vineta die
bedeutendste Jubiläumsparty aller Zeiten war. Alles
was ich hier an dieser Stelle festhalten möchte ist, dass
an diesem 30. Februar so dermaßen über alle Grenzen
gefeiert wurde, dass die Regierung aus Sicherheits-
gründen dieses Datum kurzerhand aus dem Kalender
strich. Die folgenden Jahre sollten dieses Datum nicht
mehr enthalten, nur um sicherzugehen, dass sich dieses, über die Stränge schlagende Ereignis nicht noch
einmal wiederholt. Daher war meine Geburtstagsfeier der Grund, warum der Februar weniger Tage
hat, als alle anderen Monate. Der fehlende Tag wurde
auf die anderen Monate verteilt, und alles nur, weil
das *Ministerium für Innere Sicherheit und der Guten Ordnung* der Meinung war, dass wir etwas zu laut, zu fri-
vol und zu ungezwungen waren. Eine harte Entscheidung, die mich zutiefst getroffen hat.

Übrigens hat mich diese Maßnahme nicht davon
abgehalten, weitere herausragende Feiern und Feste

zu organisieren und zu zelebrieren. Ich feierte meinen Geburtstag in den darauffolgenden Jahren dann ganz einfach immer dann, wenn es mir in den Kram passte. Allerdings fanden diese Events dann weit entfernt von jeglicher Zivilisation statt, ich wollte ja nicht riskieren, dass den Leuten noch ein anderer Kalendertag geklaut würde.

Diese schicksalhaften Feierlichkeiten bestachen, neben herausragendem Catering, durch eine formidable Gästeliste. Meinen Eltern war es wichtig, dass aus meiner Volljährigkeit ein gesellschaftliches Ereignis wurde und so wurde jeder eingeladen, der in der Piratenwelt auch nur annähernd von Rang und Namen war.

Ich muss zugeben, dass ich nicht alle kannte. Weder waren mir alle Namen geläufig, noch erkannte ich alle Gesichter. Ich war aber auch nie gut darin Prominente zu erkennen. Das war aber auch nicht so wichtig, solange meine Freunde den Weg zu meinem Fest fanden. Allerdings war es meinem Vater wichtig, dass ich die richtigen Leute kennenlernte; wohl gemerkt, die seiner Meinung nach richtigen Menschen.

„Ismael, komm doch mal her." Ich war auf dem Weg an die Bar, um die Luft aus meinem Becher zu lassen, als er mich am Ärmel meines Hemdes erwischte und mich zu sich herüberzog. Neben ihm stand ein braungebrannter kleiner Mann mit einem Dreispitz mit bunter Feder auf dem Kopf und einer Kette aus seltsamen Knochen um den Hals. Er machte einen durchaus sympathischen ersten Eindruck und streckte mir seine Hand zur Begrüßung entgegen. Ich nahm die Hand und schüttelte sie.

„Das, mein Sohn," teilte mir mein Vater mit verheißungsvoller Stimme mit und klopfte dabei dem bisher Unbekannten auf die Schulter. „Das hier ist Efraim. Wir haben damals an der Piratenschule nebeneinander gesessen. Aus ihm ist richtig was geworden: Er ist jetzt König in der Südsee."

„Ja, das stimmt," bestätigte der kleine Mann mit einer überraschend tiefen Stimme. „Aber nur von einer ganz kleinen Insel."

„Er hat übrigens eine hübsche Tochter", mein Vater zwinkerte mir zu. Und zu seinem Freund gewannt fragte er: „Wie hieß sie noch gleich?"

„Pippilotta", antwortete der Südseekönig.

„Papa!", ermahnte ich meinen Vater, der sehr wohl wusste, dass ich glücklich mit Kittina liiert war.

„Ja, ja, schon gut. Komm Efraim, wir trinken einen auf die guten alten Zeiten."

„Ach, die alten Zeiten waren gut?", fragte der Freund meines Vaters und beide mussten lachen.

Arm in Arm zogen mein Vater und sein Kommilitone von dannen.

Meine Mutter war nicht viel besser als mein Vater. Auch ihr Ansinnen war es, mich ihrer Meinung nach wichtigen Menschen vorzustellen. Zu bereits vorgerückter Stunde zog sie mich zu sich herüber und stellte mich zwei älteren Herren vor. Sie hörten auf die Namen René und Albert, waren Autoren aus Frankreich und wollten eine Geschichte über einen

312

Krieger namens Sternchen veröffentlichen. Mir war nicht klar, was das mit mir zu tun hatte, außerdem waren alle drei schon so betrunken, dass eine Unterhaltung nicht mehr sinnvoll möglich war. Aber ihr war es wichtig, dass ich die beiden kennen lernte und sie mir von ihrem Projekt erzählen konnten.

„Der Clou ist, dass unser Held nicht groß und stark ist. Er ist eher klein, dafür ungemein clever", wurde mir erklärt.

„Aber ein Krieger muss doch auch mal kämpfen. Da wäre Stärke schon hilfreich", lallte meine Mutter und hatte nicht ganz unrecht.

„Ja, da müssen wir uns noch was überlegen."

„Wenn ihr fertig seid mit nachdenken, dann holt mir mal noch einen Schluck von diesem Zaubertrank hier. Die Bowle ist wirklich ein Gedicht." Die beiden Künstler schauten sich an, als ob sie eine Eingebung gehabt hätten.

„Heureka!", entfuhr es Albert.

„Id est", nickte René.

Ich verstand nur noch Bahnhof und ich nutzte einen kleinen Moment der Unaufmerksamkeit, um mich zu verdrücken.

All die ganzen mehr oder weniger prominenten Gäste und wichtige Menschen, die meine Eltern eingeladen hatten, waren mir ziemlich egal. Soll sich die Klatschpress darum kümmern, wer mit wem, was mir an diesem Abend wichtig war, das waren meine Freunde. Und sie waren wirklich alle gekommen.

Ültje hatte einen Umweg auf sich genommen und Kittina abgeholt und sie waren dann zusammen erschienen. Die Zwillinge Peter und Tony waren gekommen und hatten versprochen sich nicht zu streiten, was nur teilweise gelang. Die Brüder Pao und Chang Yi wurden zwar kurz am Buffet gesehen, hatten sich aber sehr schnell mit der Band angefreundet und verbrachten den Rest des Abends auf der Bühne. Auch Michel war da, was mich besonders freute, weil das unser erstes Wiedersehen war, nachdem er von der Piraterie Abstand genommen hatte. Dass Jana da war, freute mich enorm. Seit unserer gemeinsamen Erfahrung in der Abschlussprüfung verband uns etwas Besonderes. Allerdings glaubte ich feststellen zu können, dass sich Ültje noch ein kleines bisschen mehr darüber freute, sie wiederzusehen.

Und dann war noch jemand anwesend, der weder eingeladen, noch erwartet worden war: Professor

Dr. Harry Albus Tributum höchstpersönlich hatte sich auf den weiten Weg gemacht und es war mir vollkommen schleierhaft, warum. Zu meinem Freundeskreis zählte er definitiv nicht und auch auf der Liste der wichtigsten noch lebenden Personen meines Vaters war er nicht zu finden. Aber ich war ein guter Gastgeber, also hieß ich ihn willkommen. Und ohne die blöde Schule, als zwingenden Rahmen, machte er überraschenderweise einen ganz netten Eindruck.

Ein Highlight des Festes war definitiv der Moment, in dem ich das Geschenk meiner Eltern überreicht bekam. Zuerst wurde das obligatorische Ständchen dargeboten. Ein unglaublich peinlicher Moment für das Geburtstagskind. Man steht mitten in einem Kreis, alle schauen dich an und du weißt nicht, was du machen sollst. Soll man mitsingen? Das wäre doch schon sehr seltsam. Also steht man da, lächelt dämlich und weiß nicht wohin mit den Händen, bis diese Tradition endlich ein Ende findet. Üblicherweise wird danach applaudiert, dabei kann man dann wieder mitmachen und alles ist wieder gut.

Mitten während dieses Applauses traten meine Eltern aus den Reihen in den Kreis. Meine Eltern hatten mir bis zu diesem Moment noch kein Geburtstagsgeschenk gemacht und ich hatte einen leicht dramatischen Auftritt erwartet. Also wartete ich freudig gespannt darauf, was jetzt kommen würde.

„Endlich bist du volljährig mein Sohn, herzlichen Glückwunsch!", setzte mein Vater feierlich zu einer kurzen Rede an.

„Alles Gute, mein Liebling. Wir haben dich lieb", ergänzte meine Mutter so liebevoll, wie nur Mütter es können.

„Wir haben uns lange überlegt, was wir dir schenken könnten", erklärte mein alter Herr weiter. „So richtig viel ist uns nicht eingefallen." Er wartete auf den zu erwartenden Lacher des Publikums, der nicht ausblieb. Mein Vater konnte immer gut mit Publikum.

„Eigentlich gab es nur eine Sache, die infrage kam." Er lächelte breit und nahm seine Frau fest in den Arm.

Mit der freien Hand warf er mir einen Gegenstand herüber, den ich fing und anguckte.

Ungläubig ging mein Blick von dem kleinen unscheinbaren Objekt in meiner Hand zurück zu meinen Eltern.

„Echt jetzt?", stammelte ich.

„Nun ja", setzte mein Vater erneut an. „Du brauchst ein Schiff und deine Mutter und ich sind alt genug, um uns zur Ruhe zu setzen. Also ja, das meinen wir ernst."

Ich schloss meine Hand fest um den Schlüssel, den mir mein Vater zugeworfen hatte. Ich wusste nur allzu gut, in welches Schloss der altmodische, grüne Schlüssel passen würde. Ich fiel meinen Eltern um den Hals und wiederholte immer wieder „Danke, danke, danke".

Ich hatte bestimmt schon eintausendmal gesehen, wie das Metall des Schlüssels die Kapitänskajüte der Grünen Orca geöffnet hat. Der belanglos erscheinende Gegenstand war nichts anderes als der Schlüssel zum wichtigsten Besitz meiner Eltern. Sie überließen mir ihr Schiff! Damit war ich ein echter Pirat! Mit Diplom und jetzt auch mit Schiff!

Übrigens heißt die Grüne Orca nur aufgrund des Schlüssels Grüne Orca. Alle anderen Adjektive waren in Verbindung mit dem Wort Orca schon vergeben und im Schiffsregister eingetragen. Schreckliche Orca, Schnelle Orca, Grausame Orca, das sind alles bereits registrierte Namen. Und dann haben meine Eltern halt das Naheliegendste gewählt, was ihnen beim Anblick des Schlüssels eingefallen ist. So einfach sind manchmal die Erklärungen. Ich bitte um Entschuldigung solltet ihr etwas Spektakuläreres erwartet haben.

„Tja, Sohnemann, jetzt brauchst du eigentlich nur noch eine Crew", konstatierte mein Vater. Aber da war ich ihm schon einen Schritt voraus.

„Das ist das kleinste Problem!", rief ich triumphierend, „das ist doch schon alles geklärt."

Ich blickte in die Runde und nickte den jeweiligen Personen zu, dann benannte ich meine Mannschaft. Nach und nach standen mehr Piraten um mich herum.

„Pao wird mein erster Kommandant und sein Bruder sein Vertreter. Ich könnte mir niemanden Besseren vorstellen, als diese beiden mit ihrer ruhigen Art. Die Zwillinge Tony und Peter werden sich um die Segel und die Takelage kümmern. Ihr nautisches Talent sucht seinesgleichen. Selbst bei Windstärke 10 können die beiden noch die Segel akkurat setzen und müssen dabei nicht mal aufhören sich zu streiten. Mein guter Freund Ültje wird sich um die Kombüse kümmern und die Mannschaft kulinarisch bei Laune halten.

Und zu guter Letzt wird meine liebe Kittina zusammen mit mir die Kapitänsrolle übernehmen."

Während ich meine Crew benannte, hatte ich auch kurz Augenkontakt mit Michel. Wortlos, nur mit meinem Blick fragte ich ihn ein letztes Mal, ob er nicht doch ein Teil meiner Mannschaft sein möchte. Er lächelte, machte aber keine Anstalten seine Meinung zu ändern. Er schien glücklich zu sein und mit sich im Reinen. Er würde nicht mit auf mein Schiff kommen.

„Eine sehr gute Wahl, mein Schatz," beurteilte meine Mutter den kleinen Haufen junger Piraten. „Aber Dir fehlt noch ein Steuermann."

„Das ist richtig", musste ich ihr zustimmen, denn dieses Problem war mir auch schon aufgefallen. „Aber das werde ich auch noch irgendwie lösen."

Und wirklich löste sich diese Baustelle ganz von allein, ohne dass ich etwas dazu tun musste. Das war mir zu diesem Zeitpunkt aber noch nicht bewusst.

Es gab an diesem Abend noch weitere Geschenke, das ist ja klar. Aber die standen alle im Schatten des wunderbaren Präsentes, das meine Eltern mir gemacht hatten. Klar habe ich mich auch über das Set Küchenmesser von meiner Tante Rosalina gefreut und für den Schlüsselanhänger aus echten Walfischknochen, den mir Efraim geschenkt hatte, gab es sofort eine Verwendung am Schlüssel zu meiner Kapitänskajüte.

Ein im Nachhinein sehr passendes Geschenk hatte mit Kapitän Nemo mitgebracht. Einen jungen rotblauen Ara, der sich direkt ohne falsche Scheu auf meine Schulter setzte, an meinem Ohrring knabberte und dort einfach sitzen blieb, egal wohin ich ging. Er, oder besser sie, sitzt auch genau jetzt dort, während ich diese Zeilen zu Papier bringe. Sissi ist mir eine treue Begleitung geworden. Viel treuer als so manche Menschen, die ich Freunde nannte. Manchmal war es nervig, dass Sissi wirklich immer auf meiner Schulter saß. Zum Beispiel, wenn man in der Bank um einen Kredit bittet oder wenn man sich mit seiner Frau streitet. Dann geht ein bisschen die Seriosität abhanden, aber was will man machen?

Der Rest des Abends ist legendär. Ich habe später Menschen getroffen, die unter Eid gelogen und behauptet haben, da gewesen zu sein, weil die gesellschaftliche Bedeutung dieser Feier, gerade in der Retrospektive betrachtet, immens war, wollte jeder von sich behaupten können, dabei gewesen zu sein.

Ein englischsprachiger Freund der Familie, Kaliko Jack, sagte noch an diesem Abend „Be There or Be Square", was ich nicht so richtig verstand. Trotzdem wurde dieser Ausspruch später auch für andere angeblich relevanten Events verwendet.

Gesellschaftliche Bedeutung, teure Geschenke, prominente Gäste, das war alles nicht so wichtig, wie dass meine Freunde und meine Liebsten alle beisammen waren. Wir feierten einfach eine richtig gute, ausgelassene Party.

30 - Abreise

Der Morgen nach der sagenumwobenen Feier war nicht ganz so großartig, wie die legendäre Feier selbst. Warum merkt man die Tragweite der Konsequenzen immer erst im Nachhinein? Wäre es denn nicht viel besser, wenn man am Abend vor der Feier schon wüsste, wie man sich am nächsten Morgen fühlt? Aber würde das irgendwas ändern?

Der Morgen war noch früh, aber ich war schon wach. Ein Rotkehlchen begrüßte bereits den Tag, aber die Sonne versteckte sich noch hinter dem Horizont. Ich stand am Strand der Ostsee und schaute in den Nebel über dem Meer. Ich hatte nicht geschlafen, dazu war ich viel zu aufgeregt. Das bereute ich in diesem Moment ein wenig, denn mein Kopf schmerzte und ich hatte ein flaues Gefühl in der Magengegend. Aber wie hätte ich schlafen können, an einem Tag wie diesem?

Vor meinen Füßen lag eine leere Flasche im Sand. Mit meinem Fuß stupste ich sie an. Ein kleiner Krebs, der sich im Schatten der Flasche eine Existenz aufbauen wollte, lief erbost davon. Mir kam eine Idee und ich hob die Flasche auf. Als Erinnerung an meine Heimat würde ich ein wenig Küstennebel in der Flasche einfangen. Ein Souvenir an meinen Heimatstrand, ein Andenken an diesen Moment.

Ich zog die leere Flasche schnell durch die Luft und verschloss sie sofort mit einem Korken. In dem Glasgefäß waberte ein kleines Stückchen Küstennebel, wie ein eingefangener Gedanke oder ein konserviertes Gefühl. Die Flasche hat ihren Platz auf meinem Schreibtisch gefunden. Immer wenn ich sie betrachte, denke ich an zu Hause, den Morgen vor der ersten Fahrt auf meinem eigenen Schiff und den Start in ein neues Leben. Und an Kopfschmerzen.

Später, kurz vor Mittag, stand ich auf der Grünen Orca, die jetzt mein Schiff war und organisierte die letzten Handgriffe, bevor es auf die erste Abenteuerfahrt gehen konnte. In meiner Hand hielt ich ein Klemmbrett und kreuzte Arbeitsschritte ab. Die Checkliste war die erste Neuerung unter meiner Leitung. Die Liste half einfach dabei, dass nichts vergessen wurde. Früher kam es schon mal vor, dass erst 50 Seemeilen auf offener See festgestellt wurde, dass man kein Trinkwasser an Board hatte, oder dass der erste Offizier fehlte. Das war ärgerlich, ein bisschen peinlich und kostete viel Zeit, weil man zurückfahren musste. Meine Liste sollte dem vorbeugen.

Assistiert wurde ich bei meiner Arbeit von dem Papageien Sissi, der auf meiner Schulter saß, an meinem Ohrring kaute und hin und wieder wie eine Möwe schrie. Später würde sie mal menschliche Wörter lernen, aber bisher waren ihre einzigen Fremdsprachenkenntnisse auf ornithologischer Basis.

Es wurde Proviant verladen, wichtige Funktionen des Schiffes kontrolliert und alles andere vorbereitet. Meine Mannschaft war vielleicht jung und noch nicht sehr erfahren, aber die Rädchen griffen schon ganz gut ineinander und es lief alles reibungslos. In Kürze wären wir bereit mit der Flut aus dem Hafen von Vineta auszulaufen.

Mit einem lachenden und einem weinenden Auge und einem brummenden Schädel, sah ich meine Eltern auf dem Kai stehen, die mir zuwinkten. Sie waren jetzt Rentner und waren mit dieser Situation wohl im Reinen. Dass sie mir dieses Abenteuer ermöglichten, war einfach fantastisch und ich war in diesem Moment unglaublich dankbar. Ich nahm mir vor, ihnen das irgendwann zu sagen, aber ich würde sie eine lange Zeit nicht mehr wiedersehen. So ist das Leben als Pirat nun mal, man ist sehr viel unterwegs. Ich hob meine Hand und winkte zurück.

„Ay, Captain, wi' sind be'eit auszulaufen." Mein erster Offizier Pao machte Meldung und ich quittierte mit einem Nicken.

Ich holte Luft und wollte gerade den finalen Befehl „Leinen los" rufen, doch Pao unterbrach mich: „Was ist denn da los? Soll das ein Witz sein?", fragte er ungläubig.

Ich folgte seinem erstaunten Blick und fand den Grund für seine Verwunderung hinter dem Steuerrad. Auch ich konnte meinen Augen kaum trauen, doch dort stand Professor Dr. Harry Albus Tributum auf dem Steuerstand, sein Umhang wehte dramatisch um seine hagere Statur, die Fäuste waren um die Pinne des Steuerrades geballt, schaute er schon fast stoisch in Fahrtrichtung.

Was machte er dort und wie war er eigentlich auf mein Schiff gekommen? Er hätte doch an mir vorbeigehen müssen, ich hatte ihn aber nicht gesehen. Irgendwann musste ich herausfinden, wie er diese plötzlichen Auftritte durchführte, den Trick wollte ich lernen.

Jetzt musste ich aber erst einmal für Klarheit sorgen, daher ging ich zu ihm herüber und sprach ihn etwas schüchtern an: „Herr Professor, wir wollen ablegen. Sie sollten das Schiff jetzt verlassen." Ich versuchte meine Verblüffung mit Höflichkeit zu überspielen.

„Nein, mein Junge, ich werde das Schiff nicht verlassen." Mit festem Blick sah er mich an, dann fuhr er fort: „Ich habe viel zu lang an Land gelebt. Als ich gestern Abend deine junge Crew gesehen habe, dachte ich mir, dass ein bisschen Erfahrung hier nicht schaden würde. Außerdem fehlt euch ein fähiger Steuermann, also habe ich mir gedacht, kein Anker ist aus Gold. Ich gehe noch einmal auf Reisen."

Ich war sprachlos. Der Rektor meiner Schule sollte mein Steuermann werden? Als Teil meiner Piratenbande? Hatte ich da nicht ein Wörtchen mitzureden? Ich wusste nicht wie ich reagieren sollte und blicke ihn mit offenem Mund an.

Dann fiel mir ein, was die Ministerin Blegoña Sánchez über Tributum gesagt hatte. Er sei ein großartiger Seemann hatte sie behauptet. Vielleicht wäre der alte Mann wirklich eine Bereicherung für uns und könnte unser unerfahrenen Crew etwas beibringen.

Dann unterbrach mich mein neuer Steuermann: „Was ist jetzt? Können wir ablegen?" Er machte eine kurze Pause, um die Wichtigkeit der nächsten Worte zu unterstreichen. „Mein Captain", fügte er hinzu und zwinkerte mir zu.

Auch ich bin nicht aus Holz, mit diesen Worten hatte er mich überzeugt. Was soll's, dachte ich mir und brüllte „Leinen los! Wir legen ab."

Und dann, endlich, ging es los. Die Taue und Seile, die das Schiff an der Kaimauer fixiert hatten, wurden gelöst, der Anker wurde gelichtet und die Segel wurden gesetzt. Langsam setzte sich die Grüne Orca in Bewegung. Geschickt manövrierte uns Albus Tributum durch das Hafenbecken. Ich beobachtete seine Manöver kritisch, kam aber zu dem Schluss, dass er das ganz gut machte.

Auf der Kaimauer standen meine Eltern und ein Großteil der Feiergesellschaft der letzten Nacht. Ich stand auf dem Achterdeck und kümmerte mich um meine Pflichten als Kapitän und schaute zurück zum Hafen. Es wurde gejubelt, auf Fingern gepfiffen und gewunken. Langsam, aber sicher, als sich die Grüne Orca auf ihren Weg ins offene Meer machte, wurde das Verabschiedungskomitee immer kleiner. Doch Moment mal! Standen da direkt neben meinen Eltern nicht etwas Kittinas Eltern? Sollte sich der mongolische Fürst mit seiner Wikingerfrau etwa wirklich die Mühe gemacht haben, uns zu verabschieden? Hektisch griff ich nach meinem Fernrohr, konnte es aber in der Eile nicht finden. Wieso waren die Dinge nie da, wo man sie suchte?

Kittina, die meine plötzliche Unruhe bemerkt hatte, kam zu mir und fragte was los sei.

Kurz überlegte ich, ob ich ihr etwas sagen soll. Aber was hätte ich sagen können? Ich hatte ja nur eine Vermutung und selbst wenn ich dieses blöde Fernrohr jetzt finden würde, langsam waren wir eh zu weit entfernt.

„Alles gut", sagte ich. „Aber wir sollten mal an der Ordnung auf diesem Schiff arbeiten."

„Die kleinen Geister brauchen Ordnung, das Genie beherrscht das Chaos", kommentierte sie altersweise.

„Und schlechte Augen brauchen ein Fernrohr", ergänzte ich und zuckte mit den Schultern.

„Bitte schön," lächelte sie mich an und drückte mir mein Fernrohr in die Hand. Was würde ich nur ohne sie machen? Aber jetzt war es zu spät, wir waren schon zu weit vom Hafen entfernt.

Die Grüne Orca stach in See, das Abenteuer konnte beginnen. Neben mir stand Kittina, nahm meine Hand und lächelte mich an.

„Es geht los", sagte ich.

„Ja", antwortete sie verträumt, „endlich."